RIBBY'S SALAISUUS

Cathy McGough

Stratford Living Publishing

MITÄ LUKIJAT SANOVAT

"Vau, mikä kyyti tämä oli! Tapa, jolla tämä tarina on kerrottu, jättää sinut miettimään, mitä sinulle juuri tapahtui."

"Tämä on täysi psykopaatti-naisten kauhutarina, joka on kerrottu kuivalla huumorilla."

UK:

"Ribby pitää sisällään niin monia salaisuuksia. Ihana mutta surullinen tarina."

"Ribbyn salaisuus on mielenkiintoinen ja nautinnollinen, mutta monella tasolla häiritsevä ja lukemisen arvoinen." "Ribbyn salaisuus on mielenkiintoinen ja nautinnollinen, mutta monella tasolla häiritsevä."

"Hyvin kirjoitettu, vakuuttavat hahmot ja kiehtova matka."

Sisällysluettelo

Epigrafia — XI

Omistautuminen — XIII

POEMI: ON THE SURFACE — XV

PROLOGI — XVII

KAPPALE 1 — 1

*** — 7

*** — 11

*** — 16

KAPPALE 2 — 19

*** — 21

KAPPALE 3 — 27

*** — 32

KAPPALE 4 — 35

KAPPALE 5 — 38

KAPPALE 6 — 41

*** — 43

***	50
KAPPALE 7	55
KAPPALE 8	58
KAPPALE 9	64
***	66
***	68
KAPPALE 10	70
KAPPALE 11	74
***	77
KAPPALE 12	80
***	82
KAPPALE 13	86
KAPPALE 14	90
KAPPALE 15	92
KAPPALE 16	96
***	99
***	102
KAPPALE 17	107
***	110
KAPPALE 18	113
KAPPALE 19	116

***	120
KAPPALE 20	122
KAPPALE 21	125
KAPPALE 22	128
KAPPALE 23	132
KAPPALE 24	137
***	141
KAPPALE 25	142
KAPPALE 26	146
***	149
KAPPALE 26	160
***	165
***	167
KAPPALE 27	169
KAPPALE 28	176
***	180
KAPPALE 29	185
KAPPALE 30	190
KAPPALE 31	192
KAPPALE 32	195
***	198

KAPPALE 33 — 201

KAPPALE 34 — 205

KAPPALE 35 — 208

KAPPALE 36 — 211

*** — 213

*** — 215

KAPPALE 37 — 217

KAPPALE 38 — 221

KAPPALE 39 — 223

KAPPALE 40 — 226

*** — 230

KAPPALE 41 — 231

*** — 233

KAPPALE 42 — 234

KAPPALE 43 — 235

KAPPALE 44 — 237

KAPPALE 45 — 240

KAPPALE 46 — 241

KAPPALE 47 — 244

*** — 246

*** — 249

KAPPALE 49	251
KAPPALE 50	253
KAPPALE 51	260
KAPPALE 52	263
***	265
KAPPALE 53	267
KAPPALE 54	271
***	272
***	274
KAPPALE 55	275
***	277
KAPPALE 56	280
KAPPALE 57	283
KAPPALE 58	288
KAPPALE 59	290
KAPPALE 60	291
***	295
KAPPALE 61	297
KAPPALE 62	302
KAPPALE 63	306
KAPPALE 64	307

KAPPALE 65   310

***   311

KAPPALE 66   316

KAPPALE 67   320

***   321

KAPPALE 68   322

KAPPALE 69   324

KAPPALE 70   328

KAPPALE 71   335

KAPPALE 72   338

KAPPALE 73   341

***   343

***   345

***   349

Epilogi   351

Lainaus   353

Sana kirjoittajalta   355

Kirjoittajasta   357

Myös: 359

"Salaisuuteni huutavat ääneen.

En tarvitse kieltä.

Sydämeni pitää talon auki,

Oveni ovat laajalti avoinna."

Theodore Roethke

Kuvitteellisille ystäville ja niille, jotka niitä tarvitsevat

POEMI: ON THE SURFACE

Peili,
Sinä heijastat
minua tarpeettomana
Kirjoitettu kaikki
minuun
On lihaa
värillinen epävarmuus.
Peili,
Sinä pilkkaat
täydellisyyttä
Tällä pidättäytyneellä
heijastus
Ja
tulos on aina sama
Teidän
kehyksessäsi: Minä pysyn muuttumattomana.
Kirjoitettu
rivien väliin

Disguised
runollisesti
Vääjäämätön
ominaisuudet
Virtaus
epäharmonisesti.
Peili: I
noudatan näkemääni
Sillä minä olen
sinä, kautta ja läpi
Mutta joskus
heijastus

PROLOGI

K UN MIES SYÖKSYI HÄNTÄ kohti, hänen kädessään ollut avain osui suoraan hänen silmäkuoppaansa. Mies huusi ja ulvoi, kun hänen nivusensa osui naisen polveen. Hän säikähti, kun hän veti avaimen pois miehen silmästä. Kun veri valui hänen kasvoilleen, hän nyyhkytti ja pyöri ympäri pitäen kiinni nivusistaan. Hän iski avaimen miehen kaulan kylkeen ja osui valtimoon. Veri roiskui kuin vesi palomiehen letkusta.

Hän siirtyi muutaman askeleen päähän ruumiista ja upotti varpaansa veteen. Hän vilkaisi välillä takaisin miehen luo. Kunnes mies lakkasi liikkumasta. Hän meni takaisin ja kuunteli, oliko mies kuollut: hän oli. Lopultakin. Hän pyöritti miestä kuin perunasäkkiä syvemmälle ja syvemmälle veteen. Jokaisella työnnöllä ruumis tuntui yhä kevyemmältä.

Arkhimedes oli oikeassa.

Kun ruumis oli niin syvällä kuin hän pystyi, hän ui takaisin rantaan, keräsi vaatteensa ja pukeutui uudelleen.

Hän jätti miehen tavarat sinne, minne hän oli ne pudottanut.

Kun uuden päivän aurinko värjäsi taivaan tulenpunaiseksi, hän palasi veteen.

Hän tutki rantaviivan eikä nähnyt mitään merkkejä miehestä. Hän kastoi avaimen veteen huuhdellakseen veren pois ja lähti sitten kotiin. Pitkän suihkun jälkeen hän nukkui kuin vauva.

KAPPALE 1

Tämä ON TARINA NAISESTA, joka oli liian kiltti omaksi parhaakseen: kunnes ei ollutkaan.

Ribby Balustraden päivä alkoi aina samalla tavalla, kun hänen äitinsä uhkasi syöttää hänen aamiaisensa heidän susikoiralleen Scampille, ellei hän kiirehtisi.

Ribby, jonka vaatekaappi rajoittui äidin kädenjälkeä oleviin vaatteisiin, veti kukkakuvioisen muumun päähänsä, astui jeesus-sandaaleihinsa ja harjasi hiuksensa, mikä ei kestänyt kauan. Silti hän pääsi harvoin ajoissa alas.

Martha Balustrade ei ollut sellainen äiti, joka piti kiinni tietystä aikataulusta. Aamiainen olisi valmis. Mitä ja milloin, päätettiin sinä päivänä.

Tämän loputtoman keittiökamppailun voittaja oli Scamp.

"Ei se mitään, ei minulla ole muutenkaan nälkä", Ribby valehteli, kun hän taputti koiraa otsalle ja poistui talosta.

Ribby ei jäänyt miettimään näitä, hänen ikiomia murmelipäivän tapahtumia. Sen sijaan hän kiirehti puiston läpi pääkadulle.

Linja-autosuojassa haisi virtsa ja kahvi. Tällaisena päivänä hän oli iloinen, että oli jättänyt aamiaisen väliin, sillä nytkin löyhkä sai hänet oksentamaan. Hän ei malttanut odottaa, että pääsisi töihin kirjastoon.

Kun bussi saapui, hän vilautti Presto-korttiaan ja meni sitten tavalliselle takapenkilleen. Hänen vatsansa jyskytti, kun bussi puksutti eteenpäin ja pysähtyi silloin tällöin ottamaan uusia matkustajia. Kun hän saapui Toronton keskustaan, hän poistui bussista ja kiirehti kulmakaupassa ostamaan nopeasti suklaapatukan ja sitten kirjastoon.

Ribby oli ylpeä siitä, ettei hän koskaan myöhästynyt. Kirjastossa työskentelevä ei yksinkertaisesti voinut myöhästyä. Jos myöhästyisi, kärsimättömien asiakkaiden laumat tukkisivat sisäänkäynnin. Niin kävi, kun hän astui sisään ja näki poikkeuksellisen pitkän jonon, jota herra Filchard johti.

"Huomenta, herra Filchard. Miten voin auttaa?"

"Huomenta, Ribby. Mitä tekisinkään ilman sinua? Kaikki muut ovat aina niin kiireisiä, kiireisiä, kiireisiä - mutta sinä, kultaseni, löydät aina aikaa auttaa vanhaa miestä." Hän jatkoi.

"Teen vain työtäni", Ribby sanoi. "No, mitä sinä etsit tänään?"

"Voisitko tulla lähemmäksi? Se on aika tyly kirja: Syövän kääntöpiiri. Tunnetko sen?"

"Kyllä, herra Filchard. Se on klassikko."

"Niinkö? Olen kuullut, että siinä on... Ai niin, ei se mitään; jos se on klassikko, minun ei tarvitse enää kuiskata, vai mitä?"

"Ei, on olemassa paljon kiistanalaisempiakin kirjoja", hän hymyili muistellen kohua viidenkymmenen sävyn hölynpölystä.

"Ongelma on se, kultaseni, ettei minulla ole aavistustakaan, kuka sen kirjoitti. Tunnet minut, olen pimeältä keskiajalta enkä osaa käyttää noita kirottuja tietokonejuttuja." Hän nauroi. "Voisitko olla niin kiltti ja etsiä sen puolestani?"

"Sen on kirjoittanut Henry Miller", hän sanoi klikatessaan tietokantaan. "Kyllä, se on saatavilla aivan yläkerrassa kaunokirjallisuuden käytävällä."

"Katson sitä ensin. Henry Miller, sanoitko. En ole koskaan kuullutkaan hänestä!"

"Totta puhuakseni en ollut kovin vaikuttunut, kun luin sen. Kriitikot ja arvostelijat pitivät sitä aikanaan loistavana. Siinä on joitakin tökeröitä kohtia."

"Kiitos, Ribby. Hyvää päivänjatkoa."

"Eipä kestä", Ribby sanoi, kun poika lähti.

Hän hoiti muut odottavat asiakkaat yksin. Kun hän oli auttanut viimeisen asiakkaan, hän siivosi tiskin.

Nyt kun oli hiljaista, Ribby keitti itselleen kupin kahvia ja palasi työpöytänsä ääreen. Paluumatkalla hän pysähtyi hetkeksi kuuntelemaan veden ääniä. Kirjaston arkkitehti oli käyttänyt suihkulähdettä ulkoisten äänien peittämiseen. Jotkut kaupungit olivat sulkemassa kirjastojaan, mutta Toronto oli erilainen. Rakennus itsessään oli selviytyjä. Edes vuoden 1812 sodan jälkeinen ryöstely ei murtanut sen henkeä.

Hän otti kulauksen kahvia ja seisoi hetken vilkuillen portaita. Ne näyttivät siisteiltä, kun ihmiset menivät ylös ja tulivat alas, mutta hissi oli varmasti kätevä, kun sitä tarvittiin.

Yläkerran portaikossa hän huomasi herra Filchardin laskeutuvan alaspäin. Hän oli melkein alhaalla, ja hänellä oli toinen käsi kirjassaan ja toinen kirjastokortissaan. Hän pysähtyi ja odotti häntä. Mies oli hieman hengästynyt.

"Ensi kerralla käytän ehdottomasti hissiä", herra Filchard sanoi.

He suuntasivat aputiskille, jossa Ribby leimasi korttinsa.

"Likainen ukko!" Amanda, työtoveri kuiskasi, kun hän poistui rakennuksesta. "Hän saa minut todella pelkäämään."

Ribby jätti hänen kommenttinsa huomiotta. Hän otti käsivarteensa kasan kirjoja, laittoi ne kärryyn ja työnsi sen hissiin ja nousi kolmanteen kerrokseen. Hän siirtyi hyllystä toiseen arkistoimalla. Kun hän viilasi erästä kirjaa uudelleen ikkunan lähellä, hänen katseensa kiinnittyi välähdykseen kadun toiselta puolelta. Parikymppinen nuori mies, joka oli pukeutunut farkkuihin päästä varpaisiin, asteli hänen suuntaansa. Auringonvalo kimalteli hänen nenärenkaissaan ja ketjuissa, joilla ne oli kiinnitetty hänen korviinsa.

Ribby jatkoi tarkkailua, kun mies käveli portaita ylös. Uteliaana hän kiirehti alas pääkerrokseen.

Pelkkä ajatus miehen palvelemisesta sai hänen sydämensä sykkimään. Hän ei ollut koskaan ennen ollut näin lähellä tyyppiä, jolla oli niin monta reikää päässä. Ribby oli varma, että muillakin oli naamioituja reikiä— syvälle kätkettyjä tunnehaavoja. Kuten Vincent Van Gogh, joka käytti kipuaan tunteiden ilmaisuun. Ajatus oman kehon käyttämisestä taiteena sekä pelotti että kiehtoi häntä.

Hän saapui takaisin työpöydän ääreen ja katseli miestä. Hän seisoi eteisessä kuin eksynyt pikkupoika. Millainen hänen äänensä on, hän pohti.

Hän asettui hankintaosaston taakse, jossa hän siistiytyi. Mies ei ollut liikkunut senttiäkään. Hän yskähti ja seisoi sitten Apua/tiedotusta -kyltin alla. Heidän katseensa kohtasivat.

"Voinko auttaa?" Ribby kysyi punoittaen posket ja hikiset kämmenet.

"Uh, joo, no, toivottavasti", hän sanoi kovalla äänellä.

"Puhukaa hiljempaa", hän sanoi.

"Ai, okei, anteeksi. Etsin kirjaa, mutta en tiedä sen nimeä."

"Tiedätkö, kuka sen on kirjoittanut?"

"En."

"Voitteko kertoa, mistä kirja kertoo?"

"Jep, jep, sen tiedän, sen tiedän varmasti. Se kertoo tulevaisuudesta. No, kun se tyyppi kirjoitti sen, se oli hänen tulevaisuutensa. Meille se on menneisyytemme. Siinä on Isoveli mukana. Ei se tv-ohjelma, vaan toisenlainen Big Brother." Hän nauroi nokkelalle tavalle, jolla hän oli sitonut sekä menneisyyden että nykyisyyden yhteen. Ribby nauroi myös.

"Ai, tarkoitatko George Orwellin kirjaa 1984?"

"Jep, se kuulostaa oikealta. Orwell. Erinomaista. Onko se sisällä?"

"Hetki vain", Ribby sanoi kirjoittaessaan sen tietokoneeseen. Se oli tallessa, ja Ribby lähti etsimään sitä. Nuori mies seurasi hänen perässään.

Kun hän oli saanut kirjan käteensä, he palasivat vastaanotolle. Ribby vahvisti, että hänellä oli tarvittavat henkilöllisyystodistukset, ja myönsi kirjastokortin.

Kortti työnnettiin rähjäiseen lompakkoon. Hän kiitti Ribbyä ja käveli kohti uloskäyntiä. Hänen repaleiset farkkunsa roikkuivat - kuten Ribbyn mielentila.

Vuoro oli vihdoin ohi, ja Ribby ryntäsi ulos rakennuksesta. Joka maanantai Ribby oli vapaaehtoisena lastensairaalassa. Hän tanssi ja lauloi. Hän teki kaikkensa kohottaakseen lasten mielialaa. Hän ihaili lapsia, ja lapset tuntuivat vastaavan tunteeseen. Joka viikko hän valitsi yhden lapsen, joka oli huomion keskipisteenä. Tänään oli Mikey Landersin vuoro, eikä hän saanut myöhästyä.

Vasemmassa kädessään Ribby kantoi taikakassiaan. Lapset olivat aina innoissaan, kun hän antoi heidän kastaa kätensä siihen. Sisällä oli muun muassa pukuja, soittimia, kasvomaalia, ilmapalloja, rihkamaa ja meikkiä.

Kun hän vihdoin saapui lastenosastolle, hän hyppäsi Mikeyn huoneeseen. Hänen vanhempansa istuivat, yksi sängyn kummallakin puolella, ja pitelivät poikansa käsiä sormien ja kämmenten kasassa. He pyyhkivät kyyneleitä pois vapailla käsillään. Mikey nukkui, joten hän poistui hiljaa.

Ribby yritti olla ajattelematta surua, joka leijui ilmassa Mikeyn huoneessa. Mikey ja hänen perheensä olivat kokeneet niin paljon.

Hän työnsi sen pois, mielensä takaosaan. Ribbyn tehtävänä oli piristää lapsia ja heidän perheitään. He odottaisivat häntä. Hän laittoi iloisimmat kasvonsa.

Billy ja Janie Freeman huusivat, kun he huomasivat Ribbyn tulevan käytävää pitkin. "Hän on täällä! Hän on täällä!" he huusivat. Riemun aalto täytti käytävän. Lapset ja heidän perheensä muodostivat piirin hänen ympärilleen yhteishuoneessa.

Ribby lauloi itse säveltämänsä Jump Like A Caribou -nimisen kappaleen ja soitti kazoota sopivina hetkinä:

JUMP JUMP JUMP JUMP

KUIN KARIBU!

Ribby käynnisti junan, ja kävelemään kykenevät lapset kaatuivat hänen perässään.

JUMP JUMP JUMP JUMP

KUIN KARIBU

Vanha juna loppui, ja Ribby muodosti rivin pyörätuolissa tai kainalosauvoilla liikkuneista lapsista. Lapset lauloivat tai vilkuttivat tai tamppasivat jalkojaan. Mitä tahansa tekoa, jonka avulla he pääsivät lauluun mukaan ja pitivät ääntä.

JUMP JUMP JUMP JUMP

KUIN KARIBU!

Kun laulu loppui, he huusivat: "Uudestaan! Uudestaan!"

Laulu oli lapsille tuttu, sillä Ribby lauloi sitä usein käyttäen eri eläimiä, kuten kengurua, kakadua, kakapua, ja hänellä oli jopa versio, johon sisältyi vierailu eläintarhassa.

Ribby kumarsi ja siirtyi suoraan toiseen sävelmään. Hän nautti asioiden sekoittamisesta. Pitää heidät arvailussa. Kun energia huoneessa laantui, hän vaihtoi suuntaa ja pyysi ilmapallojen muotoja. Hän lauloi vetäessään ja vääntäessään ilmapalloja eläinten muotoihin. Suosituin toivomus oli karibuemo ja sen vasikka, mikä piti hänet kiireisenä, sillä se oli vaikea tehtävä.

Lapset, jotka halusivat ilmapalloja, saivat ne, ja Ribbyn oli aika lähteä. Hän alkoi pakata laukkuaan, juuri kun Mikey Landers astui sisään tuolinsa pyöriä soitellen. Hänen äitinsä kulki hänen perässään, ja hänellä oli vaikeuksia saada häntä kiinni. Mikey oli vihainen, sen hän huomasi heti. Hän meni hänen luokseen ja tarjosi eläimellistä ilmapalloa ojennetulla kädellä.

"Minä, minä melkein kaipasin sinua, Ribby! Sinun olisi pitänyt herättää minut. Lupasit tehdä esityksesi minun huoneestani tällä viikolla! Oli minun vuoroni!" Kyyneleet valuivat hänen poskiaan pitkin, kun hän risti kätensä ja kieltäytyi hänen rauhantarjouksestaan.

Hän laski kätensä alas, polvistui hänen tasolleen ja sanoi: "Anteeksi, kaveri. Olen niin iloinen nähdessäni sinut hereillä", hän katsoi hänen vanhempiaan, "mutta sinä torkuit, kun menin ohi, pikkuinen. Tiedän, kuinka paljon tarvitset kauneusunia! Olet ensi viikon listan kärjessä, onko selvä?"

"Lupaatko?" Hän avasi kätensä.

"Vannon sen ja toivon kuolevani." Ribby toivoi, että hän voisi ottaa nuo sanat takaisin ja niellä ne. Jos olisi mahdollista vaihtaa hänen elämänsä miehen henkeen, hän olisi tehnyt sen siinä ja siinä epäröimättä.

Mikey ei ollut huomannut kömmähdystä, ja lopulta hän ojensi kätensä ja otti vastaan hänen lahjansa.

Kun nainen oli ojentanut sen hänelle, Ribby hyvästeli hänet. Matkalla ulos huoneesta hän sanoi: "Nähdään ensi viikolla, Rugrats!".

Ribby pidätti kyyneleitään, kunnes hän oli poistunut rakennuksesta. Koska hänellä ei ollut nenäliinoja, hän käytti hihaansa. Bussipysäkille tullessaan hän oli onnistunut rauhoittamaan itsensä.

Joka ikinen viikko hän lupasi itselleen, ettei itkisi. Lasten pitäisi olla ulkona leikkimässä, pitämässä hauskaa. Heidän ei pitäisi joutua murehtimaan sairaudesta tai kuolemasta. Jos hän pystyi poistamaan tuon tuskan... Vaikka vain lyhyeksi ajaksi, se oli sen arvoista, että hän otti kyytiä tunteiden vuoristoradalla.

B USSI SAAPUISI VASTA VARTIN päästä. Hän ryntäsi kulmakaupassa vasten vatsan murinaa. Suolaista vai makeaa? hän mietti. Tiskin takana hän huomasi valikoiman savukkeita. Uteliaana hän pyysi askin.

"Millaisia, rouva?"

Hän vilkaisi niiden nimiä. "Cools", hän sanoi.

"Onko teillä jo sytytin?" myyjä kysyi. Odottamatta vastausta hän laittoi tulitikkuaskin Coolsin päälle. "Tulitikut ovat talon puolesta", hän sanoi, kun Ribby ojensi käteistä. Hän palautti vaihtorahat.

Myyjän äkillinen virne, joka muistutti irvistystä, häiritsi häntä. Hän häipyi sieltä pikavauhtia. Takaisin bussipysäkillä hän repi savukeaskin auki ja sytytti yhden. Hän hengitti syvään, kuin näyttelijä, joka näyttelee rooliaan. Se näytti niin helpolta elokuvissa. Todellisuudessa oli vaikeaa olla oksentamatta. Ensimmäisen vedon jälkeen hän puhalsi savun ulos ja rentoutuminen valtasi hänet.

Kun bussi saapui, hän työnsi paketin käsilaukkuunsa ja istui tavalliselle takapenkilleen. Hän ajatteli, miten tuhmaa olisi polttaa savuke Stan the Manin bussissa.

Stan the Man oli vähän kuin natsi ja tunnettu kiusaaja. Hän oli nähnyt sen itse. Hän huusi lapsille, jotka laittoivat jalkansa penkille. Heitti heidät ulos bussista pakkasessa, kuin he olisivat syyllistyneet murhaan tai jotain.

Kerran eräs pieni vanha rouva oli vienyt laukkunsa viereiselle istuimelle. Hän vaati naista poistamaan ne, vaikka kukaan ei tarvinnut paikkaa. Kun nainen ei suostunut, hän heitti hänet ulos bussista.

Ribby muisti vieläkin hänen luumunmuotoiset kasvonsa, jotka katsoivat ylöspäin, kun bussi lähti liikkeelle. Nainen oli nostanut keskisormensa niin korkealle kuin hänen pieni vartalonsa vain pystyi ja huusi: "Haista vittu!".

Tapaus oli järkyttänyt Ribbyä niin paljon, että siitä päivästä lähtien hän istui aina bussin takaosassa. Siellä hän saattoi olla näkymätön. Hän saattoi katsella kuin kärpäsenä seinällä kiinnittämättä huomiota itseensä. Hän ei halunnut tehdä mitään, mikä suututtaisi Stan the Manin.

Toisaalta Stan ei voinut nähdä kaikkea. Kuten mies, joka kaiveli nenäänsä ja pyyhki sitä penkkiin. Hän näki sen, mutta Stan ei. Ribby nauroi. Stan-mies vilkaisi häntä taustapeilistä. Hän lopetti nauramisen. Kuinka turvallinen Stanin ajotaito oli? Pakkomielle matkustajistaan, ihme, ettei hän joutunut kolariin.

Ribby kurottautui käsilaukkuunsa. Harkitsi savukkeen esiin ottamista. Huomaisiko Stan?

Heittäisikö hän hänet ulos bussista? Oli pimeää, ja kotiin oli liian pitkä matka kävellä. Hän sulki käsilaukkunsa. Hän keskittyi tähtiin ikkunasta.

Kotona hän veti oven auki, ja heti keittiöstä kuului naurua. Hänen äidillään oli usein herrasmiesvierailijoita. Tämä ilta ei ollut erilainen.

Tom Mitchell istui äitiä vastapäätä. Ribby nyökkäsi Tomin suuntaan. Hän tunsi, kuinka Tomin katse riisui hänet. Mies katsoi häntä aina sillä tavalla. Hänen äitinsä ei näyttänyt välittävän.

"Hei, Ribby", Tom sanoi. "Mukava nähdä sinua taas."

Ribby sulki hanan, hengitti syvään ja kääntyi pöytään päin.

Hänen äitinsä odotti vastausta.

Samoin Tom.

"No niin", Tom sanoi noustessaan ylös. "Minun on parasta lähteä, Martha. Oli hienoa nähdä sinut, kuten aina." Hän työnsi tuolinsa taaksepäin ja kallisteli baseball-lippislippistään Tomin suuntaan.

Tom astui askeleen Ribbyä kohti. "Ja sinä myös Ribby— vaikka luulet olevasi liian korkea ja mahtava tervehtimään äitisi sulhasta, pidän sinusta silti hyvin."

Ribbyn äiti nauroi, kovaa ja matalaa vatsan naurua. "Voi Tom, meidän Ribbimme pelkää omaa varjoaan. Ei se mitään. Olen varma, että hänkin pitää sinusta." Hän kääntyi tyttärensä puoleen. "Eikö niin, Ribby? Sinä pidät aina miehistäni."

Ribby nielaisi vesilasin alas. Hän kurottautui käsilaukkuunsa ja kosketti savukeaskia. Salaisuuden tietäminen antoi hänelle vallan tunteen. Hän meni olohuoneeseen.

Tom ja Martha kuiskuttelivat eteisessä, kun hän selaili lehteä. Pian hän kyllästyi skandaalimaisiin otsikoihin, otti television kaukosäätimen ja napsautti kanavia läpi. Etuovi pamahti.

"Kunpa olisit ystävällisempi ystävilleni", Martha sanoi laskeutuessaan sohvalle. "Kyllähän tässä elämässä tarvitaan ystäviä, ja Tom on aina ollut hyvä meille."

"Mitä on päivälliseksi, äiti?"

"Minulla on ollut seuraa koko iltapäivän. Ei ole aikaa tehdä päivällistä, tytär, ja minulla on nälkä", Martha nuoli huuliaan. "Ehdottomasti, täysin ja helvetin nälkäinen."

"Tilataan sitten", Ribby sanoi. "Voimme saada erikoispaistettua riisiä, munakääryleitä ja sitruunakanaa jaettavaksi."

"Jep, se sopisi minulle", Martha sanoi ja nappasi television välkkeen Ribbyn kädestä. Hän osoitti ja napsautti, nopeasti ja kiivaasti.

"Menen rouva Englen luo ja soitan."

"Tee niin, tytär, tee niin", Martha sanoi kaataessaan itselleen lasillisen viskiä. Hän ampui siihen hieman soodaa. Hän kurottautui minijääkaappiin ja otti sieltä jääkuutioalustan. Hän pudotti kaksi kuutiota, otti kulauksen ja huokaisi.

Kun Ribby palasi, Martha sanoi. "Olet hyvä tytär, useimmiten." Martha otti toisen pidemmän ryypyn. "Olisimme kodittomia ilman sinun palkkaasi, jolla maksamme asuntolainan ja laitamme ruokaa pöytään." Martha sekoitti juomaansa sormellaan. Jääkuutiot kilisivät lasia vasten.

Ribby hölkkäsi hieman. Tämä keskustelu sai hänet aina tuntemaan olonsa epämukavaksi.

Kun mainokset alkoivat, Martha kysyi: "Onko ruokaa näkynyt vielä? Viski kalvaa vatsaani."

"Hän sanoi puoli tuntia, äiti."

"Kolmekymmentä minuuttia, no, herran tähden, kolmekymmentä minuuttia on liian pitkä aika odottaa pientä riisiä!" Martha löi vasemman kätensä tuolin käsinojalle. Hänen oikea kätensä pysyi ylhäällä säilyttääkseen viskilasinsa pyhyyden.

"En voi perua nyt. Istu rauhassa ja katso ohjelmaa, niin se on täällä ennen kuin huomaatkaan."

Martha askarteli baaritiskin ääressä ja lisäsi lisää viskiä ja jäätä. Takaisin sohvalla hän tyytyi odottamaan illallista.

Ainakaan hänen ei tarvinnut laulaa sitä varten, ajatteli Ribby vinosti virnistäen.

M ARTHA SELASI KANAVIA. RIBBY odotti lähettäjää
eteisessä.

Hän kurottautui käsilaukkuunsa ja otti esiin savukkeen. Hän laittoi sen sytyttämättömänä huuliensa väliin ja katsoi peilikuvaansa. Jos hänen hiuksensa eivät olisi niin neutraalit ja ihonsa niin rähjäinen, hän olisi voinut näyttää hienostuneelta. Ehkä.

Kun ovikello soi, hän melkein pudotti savukkeen.

Martha huusi: "Nappaa se, Ribby!"

Hän työnsi savukkeen käsilaukkuunsa.

Bing-bong taas.

"Tytär? Tytär! Oletko siellä?"

"Kyllä, äiti. Haen rahat." Hän avasi oven.

"Hyvää iltaa", lähetti sanoi.

Hän ei tunnistanut naista, mutta nainen tunsi hänet. Kirjaston kaveri, jolla oli lävistyksiä ja tatuointeja.

"Se tekee 32,50 dollaria", mies sanoi.

Ribby ojensi 35,00 dollaria. Mies näytti erilaiselta kuistilla seisoessaan. "Pidä vaihtorahat", hän sanoi sulkiessaan oven ja ajatteli yhä miestä.

"Alkaa varmaan olla kylmä, Rib!" Martha sanoi, repi kassin hänen kädestään ja lähti keittiöön.

Ribby laittoi käsilaukkunsa takaisin koukkuun ja teki mielessään muistiinpanon, että ottaisi sen mukaansa yläkertaan, kun menisi nukkumaan. Ei olisi hyväksi, jos Martha löytäisi savukkeet.

Takaisin olohuoneessa he söivät illallista tv-tarjottimilla. Suosikkipeliohjelma Jeopardy! alkoi.

Ribby ja Martha kilpailivat keskenään aina, kun he katsoivat sitä. Se, joka tiesi vastauksen ensin, huusi sen ääneen.

"Mikä on New York", Ribby huusi.

"Mikä on L.A.!" Martha huusi. Hän oli väärässä.

"Minähän sanoin", Ribby sanoi. "Kaikki tietävät sen, äiti."

Martha kurottautui pöydän yli ja löi tytärtään kasvoihin. Isku oli niin kova, että tv-tarjotin sisältöineen lensi lentoon. Ribbyn tuoli kaatui taaksepäin, ja hänen päänsä iskeytyi sohvapöytään. Sitten se iskeytyi lattialle pamahtaen.

"Tuo opettaa sinua", Martha sanoi, "kun osoitit epäkunnioitusta. Tämä on minun taloni. Kuka sinä olet sanomaan minulle, olenko väärässä vai oikeassa!"

"Mutta äiti", Ribby kuiskasi. "Hän sanoi..."

"Minua ei kiinnosta pätkääkään, mitä hän sanoi. Minä menen nyt nukkumaan. Keitä minulle kuppi teetä - minun tavallista - ja tuo se ylös."

"Selvä, äiti", Ribby sanoi.

Ribby meni baaritiskille. Hän otti pullon, meni keittiöön ja laittoi vedenkeittimen kiehumaan. Hän tupsutti teepussin kuppiin ja kaatoi kuumaa vettä neljäsosan verran.   Kun tee oli haudutettu, hän lisäsi puoli kupillista Bourbonia ja sen jälkeen kaksi teelusikallista sokeria.

Matkalla portaita ylös hän päätti tehdä jotain varsin epä-Ribbymaista.

Hän liikutti kieltään suunsa sisällä, keräsi sylkeä ja antoi sen roiskua poskiinsa. Kun hän oli saanut tarpeeksi, hän sylkäisi äitinsä kuppiin.

Hän katseli sitä pinnalla, sekoitti sitä ja laski sen sitten yöpöydälle. Hän hymyili vetäessään ensin lakanan ja sitten peitot alas, kuten hän teki joka ikinen yö.

Martha tuli ulos kylpyhuoneesta. "Olet joskus hyvä tytär."

Ribby ei sanonut mitään. Hän auttoi äitinsä ulos vaatteistaan ja yöpaitaan. Äidin jalat olivat kylmät. Ribby hieroi niitä öljyllä ennen kuin liu'utti tossut vanhentuneen lihan päälle.

Lähtiessään ulos Ribby vilkaisi olkansa yli. Martha otti kulauksen teetä ja huokaisi sitten.

Ribby pidätti naurunsa, kunnes hän oli huoneessaan.

Sitten hän nauroi niin kovaa, että joutui vaimentamaan äänen tyynyllään.

KAPPALE 2

Herättyään Ribby istui ja mietti edellisiltaa. Hän nauroi kuunnellessaan äitinsä alapuolella polkemista, kuten oli hänen tavallinen rutiininsa.

"Aamiainen on valmis kymmenessä minuutissa", Martha huusi.

Ribby onnistui blokkaamaan suurimman osan siitä. Samaa vanhaa. Samaa vanhaa.

"Minulla ei ole nälkä, äiti", Ribby huusi harjaamalla hiuksiaan. "Sitä paitsi minun on mentävä tänään aikaisin töihin."

Ribby kuunteli, kun äiti kirosi häntä. Hän ajoi harjalla hiuksiaan ja pysähtyi äkkiä, kun alakerrasta kuului kaakatusta. Tämä nauru oli häiritsevää. Martha nauroi harvoin aamuisin, ellei joku hänen miehistään ollut kylässä.

"Nähdään, äiti!" Ribby sanoi, kun hän kiersi keittiön ja suuntasi suoraan kohti ovea. Ulkona hän huomasi pakettiauton, jossa mies istui ja odotti. Kuorma-auton kyljessä luki yrityksen nimi: Attics-R-Us.

Sana ullakko herätti muiston siitä, kun hän oli viimeksi käynyt siellä. Pelkkä ajatus siitä sai hänet vapisemaan ja värisemään. Hän neutralisoi muiston ja lukitsi sen avaimella mielikuvituksensa kirjastoon.

Hän osoitti itseään bussipysäkin suuntaan. Hän ehti juuri ajoissa. Hän kiipesi kyytiin ja tuijotti ulos ikkunasta, kun maailma ohitti hänet sumeana. Hänen vatsansa kolisi. Hänen nälkänsä kasvoi koko ajan. Hän ei välittänyt särystä, sillä hän halusi säästää jokaisen pennin ostosmatkaa varten. Tänään oli päivä, jolloin hän aikoi hemmotella itseään.

Hän avasi käsilaukkunsa. Pelkkä tupakan tuoksu vaimensi hänen vatsan jyskytyksen.

Töissä hän ripusti takkinsa ja kiinnitti käsilaukkunsa.

Vaikka hänen työtoverinsa olivat asemillaan, kukaan ei auttanut jonossa odottavia asiakkaita.

Ribby oli kirjastonhoitajan vanhin apulainen, mutta silti hänellä ei ollut mitään valtaa.

Jälleen kerran Ribby hoiti odottavia asiakkaita yksin. Pääkirjastonhoitaja rouva P. Wilkinson ei näyttänyt huomaavan.

Lounastauolla Ribby kysyi työtovereiltaan, mistä he ostivat vaatteensa. Useimmat suosittelivat ostoskeskuksen tavarataloa, jossa oli laadukkaita tuotemerkkejä edulliseen hintaan.

Ribby innostui yhä enemmän nyt, kun hän tiesi, mistä hän shoppaili. Hän ei malttanut odottaa, että tekisi jotain, mitä ei ollut koskaan ennen tehnyt.

Ribby Balustrade aikoi ostaa itselleen uuden mekon.

Tavaratalon luona Ribby seisoi hetken ulkona ja kurkisti ikkunoihin. Autojen, bussien ja raitiovaunujen äänet kaikuivat rakennusten ympärillä. Sisäänkäynnin lähellä oleva bussimies alkoi soittaa ja laulaa. Väkeä alkoi kerääntyä, työntelyä ja tönimistä, jotkut kantoivat kuumia juomia ja polttivat savukkeita. Oli niin meluisaa ja tungosta, että hän halusi vain päästä sisälle. Sisälle hiljaisuuteen.

Hän astui sisään pyöröovista, ja hetken aikaa oli hiljaista. Sitten hänen lokeronsa imaistiin auki, ja hän astui ulos toisenlaiseen kaaokseen. Asiakkaat heiluttelivat laukkuja, tulivat ja menivät. Ja se oli iso, monta kerrosta. Useat ihmiset täyttivät liukuportaat, jotka kulkivat ylös ja alas. Paistetun ruoan, popcornin ja donitsien tuoksut makeuttivat ilmaa aiheuttaen aistien ylikuormituksen.

"Voinko auttaa teitä?" nainen informaatiopisteessä tiedusteli.

"Kyllä, naistenvaatteet, kiitos."

"Kolmas kerros", nainen sanoi.

Liukuportaissa oli hiljaista. Matkustajat katselivat puhelimiaan. Hän piti kiinni kaiteesta.

Kun hän saapui kolmanteen kerrokseen, hän huomasi sen - unelmiensa mekon. Pienen mustan numeron, kuten kirjaston lehdissä sanottiin, joka sopi täydellisesti illan cocktail-juhliin ja erityistapahtumiin. Hän katseli sitä ja ajatteli sanoja baseball-aiheisesta elokuvasta. Hän hymyili ja muutti sanat muotoon: "Jos ostat sen, tilaisuuksia sen käyttämiseen tulee."

"Voinko auttaa?" fiksuun pukuun pukeutunut nainen kysyi.

"Kyllä, kyllä voitte. Haluan hemmotella itseäni. Ajattelin, että musta mekko, jotain helppokäyttöistä ja helppohoitoista, sopisi hyvin. Pidän tuolla mallinuken päällä olevasta mekosta. Jos teillä on sitä minun kokoani, haluaisin sovittaa sitä."

"Erinomainen valinta", nainen sanoi. "Katsotaanpa nyt, minkä kokoinen sinä olet. Kaksitoista? Neljätoista?"

"En, en tiedä."

"Sinä olet kaksitoista. Olen yleensä melko hyvä arvaamaan, mutta varmuuden vuoksi ota kymppi, kaksitoista ja neljätoista", virkailija ehdotti. "Ai niin, ja tarvitset mustat kengät viimeistelläkseni lookin. Onko sinulla koko seitsemän?"

Yllättyneenä Ribby vastasi: "Nämä kengät ovat kokoa seitsemän."

"Täydelliset sitten. Älä pelkää tulla ulos, kun olet valmis. Tiedän, miten vaikeaa voi olla, kun on yksin ostoksilla."

"Minä, minä tulen, kiitos", Ribby sanoi sulkiessaan pukuhuoneen oven.

Peilien ympäröimänä Ribby saattoi nähdä itsensä ensimmäistä kertaa kaikista kulmista, kun Marthan tylsä käsintehty puku putosi lattialle.

Ribby sovitti mekkoa kokoa kaksitoista. Pääntie ja laskokset lantiolla ja vyötäröllä korostivat hänen vartaloaan. Hän tiesi jo, että halusi ostaa sen, mutta halusi silti saada toisen mielipiteen. Hän astui ulos pukuhuoneesta.

"Vau!" myyjä huudahti. "Näytät upealta! Mutta tässä, anna minun tehdä yksi asia."

Myyjä katosi nurkan taakse, mutta palasi sekunneissa. "Anna kun laitan tämän hiuksiisi ja nämä tekohelmet kaulaasi. Vannon, että näytät aivan miljoonalta dollarilta!"

"Näytän niin upealta!" Ribby tuskin tunnisti itseään.

"Näytät sensaatiomaiselta!"

"Haluaisin sovittaa vielä pari asua." Hän käveli hyllylle ja valitsi kaksiosaisen punaisen puvun, puseron ja housut. Hän palasi pukuhuoneeseen. Puku näytti upealta siististi leikatun takin ja siihen sopivan hameen kanssa, ja kengät, joita hän oli sovittanut puvun kanssa, sopivat siihen täydellisesti. Pusero näytti paremmalta ilman kuin päällä, ja housut kiinnittivät liikaa huomiota hänen takapuoleensa.

"Otan puvun, mekon, kengät ja helmet", Ribby sanoi. "Paljonko se maksaa? Unohdin katsoa."

Virkailija laski kaiken yhteen. "Kokonaishinta ennen veroja on 760,00 dollaria. Saako sen käteisellä vai luotolla?"

"Voi, se on enemmän kuin odotin", Ribby tunnusti.

"Ei hätää, ota mekko tänään ja tule sitten myöhemmin hakemaan kengät ja asusteet. Tai voit hakea In-Store Creditiä. Tarkistan, että olet oikeutettu siihen, ja sitten saat heti luottoa."

"Voisinko?" Ribby kysyi. "Siitä olisi apua!"

Virkailija kysyi Ribbylle muutaman kysymyksen, ja hän sai luottokortin. Hän osti erän. Virkailija pussitti kaiken.

"Kiitos paljon. Olette ollut ihana!"

"Eipä kestä."

Ribby juhli kahvikupposen kera ja lähti pimeän tultua kohti bussipysäkkiä. Matkalla hän poltti savukkeen.

Attics-R-Us -pakettiauto oli yhä pysäköitynä hänen talonsa ulkopuolelle, kun hän kääntyi kulman taakse.

Sisälle päästyään Ribby meni keittiöön. Suljetun oven takaa hänen korviinsa kantautuivat tutut rakastelun äänet. Se ei ollut ensimmäinen kerta, kun hän oli palannut kotiin ja löytänyt äitinsä jonkun miehen kanssa. Oliko Attics-R-Usin mies täällä koko päivän? Ewwww. Ribby vetäytyi yläkertaan.

Huoneessaan Ribby käsitteli alakerran tapahtumia. Hän ei antaisi sen pilata päiväänsä.

Hän puki päälleen uuden mekkonsa, kenkänsä ja helmikaulakorunsa. Hän kurottautui käsilaukkuunsa ja otti esiin savukkeen. Se kädessään hän näytti entistäkin hienostuneemmalta. Hän leikitteli hiuksillaan. Testasi, miltä ne näyttivät ensin ylhäällä ja sitten alhaalla.

Ulkona auton ovi avautui ja sulkeutui. Ribby kurkisti ulos ikkunasta ja katseli, kun Attics-R-Usin pakettiauto ajoi pois.

Hetkeä myöhemmin hänen äitinsä askeleet kuului, ja toisessa huoneessa suihku käynnistyi.

Ribby vaihtoi takaisin vanhat vaatteensa. Riisuutuessaan hän työnsi ajatukset äidistään ja miestään pois mielestään. Kun hän oli valmis, hän käveli hiljaa varpaillaan alakertaan, ulos ovesta ja tuli takaisin sisään.   Tämä teko vahvisti hänen lokeroitumistaan tämän tapauksen osalta, ja se auttaisi häntä tulevaisuudessa, kun vastaava tapaus tapahtuisi.   Marthan herrasmiesvierailijoiden joukossa tämä toiminta oli itsesuojelutaktiikka.

Hän kaatoi itselleen kupin kuumaa teetä ja sekoitti pataruoan, ennen kuin meni olohuoneeseen katsomaan vähän televisiota.

Martha tuli pian sen jälkeen alakertaan ja he söivät päivällistä. Kun hänen äitinsä nukahti sohvalle, Ribby meni yläkertaan huoneeseensa.

Luettuaan hetken aikaa Ribby sulki silmänsä ja antoi mielikuvituksensa laukata. Hän kuvitteli omaa kotia, veden äärellä. Hän kuvitteli olohuoneen, jossa oli mukava lepotuoli ja siihen sopivat rapsakat tuolit. Niiden takana seinällä Van Goghin ja Monet'n vedoksia. Kukkia maljakoissa. Hän kuvitteli tulevansa töistä kotiin ja nostavansa jalat ylös. Televisiota hallussaan pitäen.

Kupla puhkesi ja todellisuus tihkui sisään.

Martha ei koskaan sallisi sitä.

Se, mitä hän ei tiennyt, ei kuitenkaan voinut vahingoittaa häntä.

Äskettäin hankitun luottokortin lisäksi Ribby osallistui maakuntakirjaston henkilökunnan säästöohjelmaan, joten hänellä oli joitakin salaisia säästöjä, mutta hän ei ollut koskenut niihin ennen tätä päivää.

Ribby ajatteli artikkelia, jonka hän oli lukenut sanomalehdestä. Se oli tositarina miehestä, jolla oli kaksi eri elämää kahden eri vaimon kanssa. Hän mietti, voisiko hän ottaa idean ja tehdä siitä omansa. Voisiko hän luoda itselleen uuden elämän?

Uni tuli, mutta Ribby ei nähnyt unta. Sen sijaan hän päätti.

Huomenna hän synnyttäisi uuden version itsestään. Mielikuvitusystävän. Toisen egon.

Osan itsestään, joka tekisi asioita, joita hän ei uskaltanut tehdä.

Ystävä, jolla oli kaunis nimi: Angela.

KAPPALE 3

L AUANTAIAAMUNA. RIBBY HYPPÄSI SÄNGYSTÄ innoissaan tulevasta päivästä. Hän taitteli mustan mekkonsa, sukkahousut ja laittoi ne käsilaukkuunsa. Hänen korkokenkänsä eivät mahtuneet. Sandaaleihin oli pakko tyytyä.

Martha istui keittiön pöydän ääressä pää kädessään. Krapulatila. Kahvinkeitin nuuski ja sihisi hänen takanaan. Kun hän näki Ribbyn, hän huokaili. Ribby oli nähnyt äidissään merkit liiasta viskistä monta kertaa ennenkin. Hän kaatoi itselleen kupin kahvia ja täytti äitinsä kupin uudelleen. Marthan kädet tärisivät, kun hän otti kulauksen.

Ribby jatkoi matkaa käytävää pitkin ja ulos etukuistille, josta hän haki sanomalehden. Hän palasi keittiöön ja siemaili nyt viileää kahviaan lukiessaan. Lehti ei osoittautunut esteeksi Marthan huokauksille, jotka olivat vuorotellen täynnä huokauksia.

Ribby käänsi lehden eteenpäin Vuokrattavat asunnot -palstalle. Hän juoksi sormellaan listaa pitkin, ja siellä oli paljon valinnanvaraa ranta-alueella, jolla hän toivoi asuvansa. Hän sulki lehden ja huuhteli kupin pois.

"Minun on mentävä, äiti. Nähdään myöhemmin."

Martha löi nyrkkejään pöytään. "Älä sitten tule takaisin, jos et saa edes sympatiaa heräämään äiti-parkaasi kohtaan." "Älä sitten tule takaisin."

"Ota pari pillerilääkettä, niin olet kunnossa", Ribby sanoi avatessaan ulko-oven ja paiskautuessaan sen perässään. Kun hän käveli poispäin, hän huomasi, että äiti oli sulkenut ikkunaluukut. Ei herrasmiesvierailijoita tänään.

Ribby nousi bussiin, ja saavuttuaan parhaalle vuokra-alueelle hän osti toisen sanomalehden. Hän kiersi pari vaihtoehtoa ja päätti osallistua muutamaan avoimien ovien päivän katselmukseen. Yksi sijaitsi upealla alueella lähellä rantaa, ja se oli hänen prioriteettilistansa ykkönen.

Ennen kuin hän pääsi katsomaan kiinteistöjä, hänen oli vaihdettava sopiva asu. Julkinen pesuhuone kelpasi. Pukeutuneena uusiin vaatteisiinsa hän tutustui alueeseen ja katseli rauhassa Ontariojärveä. Hän kuunteli, kun lempeät aallot liplattavat rannalla. Hänen yläpuolellaan lokit huusivat huomiota. Hänen takanaan autot torvensivat, kun matkustajat odottivat valojen vaihtumista. AC-DC:n ääni, jossa oli voimakas basso, kuului, ja hän kääntyi nähdäkseen, että syyllinen oli musta auto, jonka katto oli alhaalla. Hän jatkoi kävelykatua pitkin. Hänen suuhunsa valui vesi, kun hän törmäsi hotdog-kojuun, jonka kyljessä paistui sipulia. Hän tarkisti kellonajan erään kaupan ikkunasta ja tajusi, että hänen oli kiirehdittävä katsomaan ensimmäistä taloa.

Ulkopuolelta rakennus näytti kutsuvalta. Se ei ollut pilvenpiirtäjä kuten jotkut muut. Se oli keskikokoinen ja siinä oli omat parvekkeet. Parvekkeet oli koristeltu henkilökohtaisilla tavaroilla, kuten polkupyörillä ja kasveilla. Parvekkeet, joilla asukkaat loivat oman pienen taivaansa. Jossa he olivat ylpeitä omaisuudestaan.

Hän huomasi yläpuolellaan olevan Vuokrataan-kyltin. Kuten ilmoituksessa luvattiin, siitä oli näkymä veden äärelle. Hän ei malttanut odottaa, että pääsisi sinne ylös ja katsomaan tarkemmin.

Sisään päästyään hän kierteli aulassa tunnustelemassa paikkaa. Postiosastolla hän luki laatikoita koristavia nimiä, melkein kuin hän olisi toivonut tunnistavansa jonkun. Hän ei tunnistanut. Hän painoi hissin nappia ja lähti ylöspäin.

Asunto oli helppo löytää, kun opasteet osoittivat tietä. Ovi oli auki. Hän koputti kuitenkin ja meni sisään. Muitakin oli ympärillä. Ensivaikutelman perusteella hän tiesi, että hänen oli saatava asunto. Se oli tarkoitettu hänelle.

Keittiössä oleva agentti puhui nuorelle pariskunnalle. Hän sanoi tytölle: "Tulen pian. Katselkaa vapaasti ympärillenne."

Sisustus oli tylsä magnolian sävyinen. Keittiö oli hyvin varustettu ruostumattomasta teräksestä valmistetuilla laitteilla, astianpesukone mukaan lukien. Pääasiallinen oleskelutila oli avoin.

Täydellinen. Hän kuvitteli istuvansa siellä ja katselevansa upeaa näkymää aalloille. Kuunnellen aaltoja. Hän liu'utti parvekkeen ovet auki ja astui ulos. Lapset leikkivät lähistöllä. Hän palasi sisälle ja katseli makuuhuonetta. Se oli isompi kuin hänen huoneensa kotona, siinä oli oma kylpyhuone ja enemmän kuin runsas vaatehuone. Hänen täytyisi ostaa paljon uusia kenkiä ja vaatteita täyttääkseen tuon tilan. Se oli ihana. Kaikki. Hän halusi sitä niin kovasti, että pystyi maistamaan sen.

"Näkymä on henkeäsalpaava", Ribby sanoi, kun agentti oli vapaa. "Tämä on juuri sitä, mitä etsin."

"Se on kysytty. Jos haluat sen", agentti sanoi. "Sinun täytyy täyttää hakemus tänään. Oletko koskaan ennen vuokrannut?"

"En, olen asunut kotona."

Hän näpytteli joitakin papereita. "Asutko yksin? Työskenteletkö päätoimisesti?"

"Kyllä, ja kyllä. Olen töissä kirjastossa. Olen apulaiskirjastonhoitaja, ja olen työskennellyt siellä seitsemän vuotta."

"Omistaja vuokraa mieluiten yksinasuvalle tai nuorelle pariskunnalle... jos kaikki papereiden kanssa on kunnossa."

Ribbyn silmät syttyivät, kun hän otti hakemuksen vastaan. Agentti tarjosi hänelle kynän. Kun nainen täytti sitä, hän jutteli.

"Kun hakemuksesi on hyväksytty, tarvitsemme shekin ensimmäisen ja viimeisen kuukauden vuokraa varten."

"Ei mitään ongelmaa." Hän täytti lomakkeen allekirjoituksella. "Milloin saan tietää, onko hakemukseni hyväksytty?"

"Soitan sinulle. Meidän pitäisi tietää tiistaihin mennessä."

"Minä, meillä ei ole puhelinta. Jos annatte käyntikorttinne, soitan teille. Sopiiko tiistaiaamu?"

"Täydellistä", hän vilkaisi hakemusta. "Äh, neiti Balustrade, puhutaan sitten, ja onnea matkaan", agentti sanoi poistaessaan avoimien ovien kyltin. Hän saattoi naisen hissille ja ulos rakennuksesta. Kun he saapuivat kadulle, hän kysyi: "Voinko antaa teille kyydin jonnekin?"

"Ei kiitos, aion kävellä pitkin rantaviivaa ja nousta sitten bussilla kotiin."

Ribby juoksi rannalle. Hän riisui sandaalinsa ja antoi hiekan valua varpaidensa välistä. Sitten hän upotti ne veteen. Hän keräsi muutaman simpukankuoren, istahti alas ja kuunteli kaupungin ja Ontariojärven ääniä.

Lokki laskeutui lähelle. Sitten toinen.

"Mitä mieltä olette?" hän kysyi linnuilta. "Onko tämä oikea paikka Angelalle ja minulle?"

Lokit katsoivat häntä, mutta ne vastasivat vain haukkumalla.

O LI VIELä LIIAN AIKAISTA lähteä kotiin. Ribby päätti mennä katsomaan huonekaluja. Esittelytilassa oli ollut hyvä valikoima. Kaikki oli kuitenkin niin kallista, koska hän tarvitsi kaiken.

Ääni hänen päässään sanoi: "Second hand. Elegantti. Hienostuneisuus. Shabby chic.

Ribby katseli ympärilleen. Oliko joku puhunut hänelle? Hän oli yksin. Hän ajoi sormiaan sohvan selkänojaa pitkin ja ajatteli: "Shabby chic, vai?". Täydellistä.

Ääni sanoi: "Älä unohda, että uusi asunto vaatii myös uuden vaatekaapin.

Ribby pysähtyi. Oliko hän tulossa hulluksi? Hän keskusteli itsensä kanssa, mutta ääni oli erilainen. Ääni oli Angela. Angela oli syntynyt.

Et voi odottaa, että synnyin tähän elämään Marthan vanhoissa ryysyissä.

Ribby hymyili. Hän oli samaa mieltä. Tärkeimmät asiat ensin. Asunto. Huonekalut. Tarvitset kauniita tavaroita. Me tarvitsemme kauniita asioita. Meidän täytyy varmistaa, ettei äiti saa tietää. Hän raivostuisi.

Hän on lehmä.

Ribby nauroi, kunnes melkein kasteli housunsa.

Miten olen koskaan pärjännyt ilman sinua?

Emme saa koskaan tietää. Aiotko koskaan sytyttää savukkeen? Keuhkoni huutavat sitä!

Ribby kurotti käsilaukkuunsa ja otti savukkeen esiin. Hän sujautti sen huuliensa väliin, sytytti sen ja vetäisi.

Ahhhhh, Angela huokaisi, tarvitsin sitä. Ribby, nyt tarvitaan suunnitelma.

Minä tiedän. Jos saamme tämän asunnon, miten pidämme sen salassa äidiltä? Miten jatkan hänen maksamistaan ja maksan uuden asunnon sekä hankin kaiken muun? Tiedän, pyydän palkankorotusta.

Älä pyydä palkankorotusta, vaadi sitä. Ja pyydä vanhaa pussia vähentämään vuokraa!

Korotus on jo myöhässä. Olet oikeassa. Mutta äiti ei suostu, vaikka menettäisi talon ilman minua.

Se on hänen ongelmansa, ei sinun Rib. Hän on aikuinen nainen, ja jos et ole paikalla, hän voi vuokrata huoneesi, eikö niin?

Ribbystä tuntui oudolta, että joku oli kerrankin hänen puolellaan.

En aio asua asunnossa koko aikaa. Se ei koskaan onnistuisi. Hän keksisi keinon pilata kaiken. Ei, asun kotona arkisin ja viikonloppuisin asunnossa.

Hän käy läpi pankkikirjaasi, Rib, ja näkee, että saldo laskee ja laskee, ja hän saa raivarin. Tiedät millainen hän on.

Ribby katsoi kahdesti. Miten Angela tiesi siitä?

Olet oikeassa. Minun on oltava varovainen, minne jätän laukkuni. Olen vienyt sen suoraan huoneeseeni, kun siinä on savukkeita. Teen niin jatkossakin, eikä hän saa tietää siitä mitään.

Ja jos hän pyytää sinulta rahaa, mitä aiot tehdä?

Sanon hänelle ei.

Muistatko, kun tarjosit hänelle jokaista ansaitsemaasi senttiä? Hänen piti vain lopettaa herrasmiesvierailujen vastaanottaminen.

Mistä hän tietää siitä? Aivan kuin hän olisi ollut kanssani koko ajan.

Miten voisin unohtaa sen? Äiti nauroi niin kovaa, että luulin hänen tukehtuvan. Yritin auttaa häntä saamaan ilmaa lyömällä häntä selkään, ja hän löi minua niin kovaa, että hampaani putosi.

Vanha lehmä tulee kaipaamaan sinua, Ribby, mutta sinä ansaitset elämän, ja minä olen täällä auttamassa sinua. Katson, että saat sen. Meidän on parasta mennä takaisin, ennen kuin vanha tamma lähettää ratsuväen!

Onnellisuus oli näköpiirissä, mutta joskus oli tartuttava siihen.

KAPPALE 4

Maanantaiaamuna Ribby nousi ylös ja lähti ovesta hyvin aikaisin. Hän ei halunnut nähdä Marthaa. Töihin hänellä oli yllään Martha-muumuu-erikoisasu, jossa hänen rintansa taistelivat etukumarassa. Tämä asu oli kirjaston vaatekaappipolitiikan mukainen. Hän kiirehti bussille ja saapui paikalle tavallista aikaisemmin.

"Hyvää huomenta, Ribby", rouva Pigeon, kirjaston vakiokävijä, sanoi. "Jos etsit jotain erinomaista luettavaa, suosittelen tätä." Hän ojensi kirjan, ja Ribby otti sen.

"Elämäni lautasella", Ribby luki. "Koskeeko se ruokaa?"

"Ei, ei millään tavalla!" "Ei, ei millään tavalla!" Rouva Kyyhkynen sanoi nauraen. "Se kertoo elämästä, naurusta ja kyynelistä." Hän piti tauon. "Lopeta tuo, Billy! Jason, tule takaisin tänne." Lapset palasivat tiskin ääreen. "Olen pahoillani, että kirja on myöhässä."

"Olet saanut minut vakuuttuneeksi siitä. Kiitos, rouva Pigeon." Hän hymyili leimatessaan kirjan palautetuksi.

"Eipä kestä, kultaseni. Seuraavan kerran kun tulen käymään, voitte kertoa, mitä piditte Clare Huttista. Sanokaa Ribbylle hei hei, pojat. Jason lakkaa sylkemästä veljesi päälle. Joudutte vielä pahaan pulaan, kun pääsette kotiin!" Rouva Pigeon hymyili, kun hän johdatti Jasonia korvasta ja Billyä kädestä. Kolmikko poistui pyöröovien kautta.

Ribby oli liian innoissaan lukemaan. Sitä paitsi oli taas maanantai, ja hänen oli päästävä sairaalaan.

Kello 17.00 Ribby nappasi tavaransa kaapista ja nousi bussiin. Matkalla hän tunsi houkutusta polttaa, mutta hän ei halunnut, että lapset haistaisivat savukkeet hänestä.

Hän meni lahjatavarakauppaan, josta hän oli pyytänyt heliumilla täytettyjä ilmapalloja jokaiselle osastolapselle. Ajatus oli ihana, mutta niiden kantaminen oli eri asia.

Kuten oli luvattu, Ribby aloitti Mikey Landersin huoneesta. Hän ei ollut siellä. Hän jatkoi matkaa käytävää pitkin ja vilkaisi matkan varrella huoneisiin. Hänen takanaan seurasi muita, jotka muodostivat laulavan paraatin. Pyörätuoleja, kainalosauvoja, kaikki olivat tervetulleita. Jopa ylihoitaja Alice liittyi mukaan.

Ribby vilkaisi hänen suuntaansa, ja heidän katseensa kohtasivat. Jokin oli vialla, mutta se saattoi odottaa. Hän jatkoi esitystä.

Ribby astui keskelle. Hän otti katsekontaktin lapsiin. Lucy May Monroe tarvitsi hiuksiinsa nauhan, jonka Ribby kaivoi taikapussistaan. Se oli violetti nauha, Lucy

Mayn lempiväri. Lapsi kiljui ihastuksesta. Lucyn äiti kietoi sen hänen tynkäisen poninhäntänsä ympärille.

Viime vierailulla Benjamin Fish oli toivonut Lohikäärmeen pehmustetta, jonka Ribby oli nyt piilottanut taikapussiinsa. Hän antoi Benjaminin kurottautua sisään, ja tämä veti sen esiin. Hän laittoi sen syliinsä ja katsoi vanhempiaan, mutta heitä ei ollut paikalla. Koska hän ei halunnut avata sitä ilman heitä, hän piteli lahjaa pyörätuolilla sylissään.

Siellä odotti useita muita lapsia. Yksi kerrallaan Ribby täytti heidän toiveensa. Hän lauloi taas. Tällä kertaa hän tanssi ja esitti Elton Johnin Crocodile Rock -kappaleen. Hän jakoi loput ilmapallot. Vain Mikey Landersin ilmapallo oli jäljellä.

Ribby hyvästeli lapset. Hän kantoi Mikeyn punaista ilmapalloa ja käveli käytävää pitkin. Hoitaja Alice odotti.

"Ribby, odota, minulla on sinulle kerrottavaa."

Ribby ei halunnut kuulla uutisia. Hän jatkoi kävelyä. Jos hän ei tietäisi, se ei olisi totta.

Hoitaja Alice tarttui Ribbyn käteen. "Ribby, Mikeyllä oli kovia tuskia, ja nyt hän on saanut rauhan."

Ribby halusi huutaa. Hän jatkoi kävelyä ja poistui rakennuksesta. Ulkona hän päästi ilmapallon irti ja katseli sitten, kunnes näki sen enää.

Hän ei itkenyt.

KAPPALE 5

RIBBY OLI NIIN INNOISSAAN, kun hän soitti kiinteistönvälittäjälle puhelinkopista ja sai tietää, että asunto oli hänen. Reilun viikon päästä hän muuttaisi sinne. Runsaasti aikaa ostaa välttämättömyystarvikkeita ja miettiä, miten hän pysyisi erossa Marthasta.

Miksei hän käyttäisi minua? Olemmehan ystäviä, vai mitä?

Mitä tarkoitat?

Joskus olet paksu kuin tiili. Kerro vanhalle taistelukirveelle, että olet käymässä ystävän luona, joka asuu kaupungissa ja jonka nimi on Angela.

Entä jos hän haluaa tavata sinut? Enkä voi valehdella. Ihoni paljastaisi minut.

Et sinä valehtele. Sinä vietät aikaa kanssani. Sinulla on täydellinen alibi - MINÄ!

Sinä iltana illallisella Ribby otti asian puheeksi. "Haluaisin lähteä perjantai-iltana ulos ystäväni Angelan kanssa."

"Kertoisitko?!" Martha sanoi hämmästys äänessään. "Sinulla on ystävä?"

"Luemme samoja kirjoja ja tulemme hyvin toimeen."

"Tytär, ole varovainen tämän uuden ystäväsi kanssa. Katso, ettei hän käytä sinua hyväkseen, koska olet hyvin naiivi maallisten asioiden suhteen."

"Kyllä minä pärjään, äiti. Katsomme elokuvan ja käymme kahvilla."

Päivät kuluivat nopeammin nyt, kun hänen elämänsä oli päässyt pois tavanomaisesta rutiineistaan, ja pian oli perjantai.

"Minun on parasta lähteä liikkeelle. Tapaamme teatterin ulkopuolella."

"Ennen kuin lähdet, voisitko antaa vanhalle äitiparkallesi muutaman dollarin Jack Daniels -pullon tilalle?"

Ribby epäröi. Jos hän ei antaisi äidilleen rahaa, hän ei ehkä pääsisi ulos talosta. Hänen oli pakko antaa rahat, ja niin hän tekikin.

"Myöhästyn, äiti; ei kannata odottaa minua."

"Pidä hauskaa", Martha sanoi ja tunki rahat rintaliiveihinsä.

Ribby käveli polkua pitkin ja hengitti useita kertoja syvään. Hän ei voinut uskoa sitä. Perjantai-ilta ja hän oli lähdössä kaupungille elokuviin.

Älä unohda minua.

Miten voisin unohtaa? Ilman sinua seisoisin yhä tuolla etuhuoneessa!

Teit hyvin, Ribby, kun annoit hänelle rahat tänä iltana. Mutta ei enempää. Tarvitsemme jokaisen lounaan!

Elokuvan aikana Angela kikatti rakkaudellisille kohtauksille.

Tämä on niin tylsää! Epärealistista. Lähdetään pois täältä.

Se on romanttista. Anna sille mahdollisuus.

Ribby tunki suklaapalan suuhunsa.

Kunpa täällä saisi polttaa.

Shhhh.

Elokuvan jälkeen Ribby oli liian ärtynyt hakeakseen kahvia ja lähti kotiin.

Mitä aiot sanoa, kun palaamme, jos tiedät-kyllä-kuka on hereillä?

Hän ei ole hereillä. Jack Danielsin jälkeen hän ei ole enää hereillä.

Aamulla voit kertoa, että olet uuden ystäväsi Angelan luona lauantai-iltana. Tulet takaisin sunnuntai-iltana. Onko selvä?

Hän tietäisi, että valehtelen. Hän tietää aina.

Ehkä hän tietää, mutta se oli ennen kuin sait oman asunnon. Kaksoiselämä. Ennen kuin sait minut. Sitä paitsi, se on vain muodollisuus. Sinä OLET minun luonani, ja minä olen ystäväsi. Joten puhut oikeasti totta.

Kun sanot sen noin, se kuulostaa aika hyvältä.

Joo, sytytä nyt savuke ja lähdetään takaisin.

KAPPALE 6

OLI MUUTTOPäIVä, JA RIBBY oli valmis lähtemään. Hän käveli varpaillaan portaita alas toivoen pääsevänsä livahtamaan huomaamatta. Se ei kestänyt kauan, sillä Martha odotti häntä keittiössä.

"Kuppi kahvia?"

"Kiitos, äiti", Ribby sanoi istuessaan alas ja vilkaisi kelloaan.

Marthan nieleskely ja jääkaapin surina olivat ainoat äänet, jotka kuuluivat.

"Minulla ja Angelalla oli uskomattoman hauskaa viime perjantai-iltana, äiti, ja hän on pyytänyt minua jäämään luokseen viikonlopuksi. Haluaisin lähteä."

Martha tökkäsi nenänsä kuppiinsa. Hän sormetti toisella kädellä pöytäliinaa ja silitteli toisella Scampia pöydän alla.

Hänen äitinsä hiljaisuus oli huolestuttavaa. Hän oli harvoin ollut näin hiljaa. Ribby tunsi syyllisyyttä, ja hänen kätensä tärisivät, kun hän siemaili juomaansa. Hän mietti, tiesikö hänen äitinsä.

Ribby ajatteli sanoa jotain, hiljaisuus oli kamalaa, mutta hän pelkäsi. Hän joi kahvinsa loppuun, nousi ylös ja huuhteli kupin pois. Hän laittoi sen telineeseen kuivumaan.

"Olen iloinen, että sinulla on ystävä, ja toivottavasti viihdyt."

"Kiitos, äiti", Ribby sanoi juostessaan yläkertaan hakemaan käsilaukkunsa ja lähti ulos. Hän ehti bussiin ja ehti selvitä kaupungin toiselle puolelle ennen lähettipoikia.

"Tule ylös!" hän sanoi puhuessaan sisäpuhelimeen. Miehet kärräsivät sisään vaatimattomat huonekalut ja muut tavarat, joita hän oli kerännyt lounastuntiensa aikana. Kun he olivat lähteneet, hän teki olonsa kotoisaksi ja kuunteli aaltoja parvekkeelta.

Keskipäivällä Ribby lähti kävelylle rantakadulle. Hän huomasi matkan varrella useita baareja ja yökerhoja. Hän ei ollut koskaan aiemmin käynyt yhdessäkään, koska yksin meneminen ei tuntunut kiinnostavalta, mutta nyt se oli toisin. Hän palaisi myöhemmin.

Kun Angela oli maailmassa, hän ei tuntenutkaan oloaan aivan niin yksinäiseksi.

M YÖHEMMIN SAMANA ILTANA RIBBY odotti jalkakäytävällä yökerhon edessä.

Lopeta tuo kävely, Ribby. Lasken kymmeneen ja sitten menemme sisään. No niin, mennään! Valmiina tai ei, täältä tullaan!

Minua pelottaa.

Helppo nakki, Ribby, helppo nakki! Seuratkaa minua.

Ihan kuin minulla olisi vaihtoehtoja.

Portaat olivat kapeat ja hämärästi valaistut. Ribbyn nilkat horjuivat hänen uusissa korkokengissään, kun hän laskeutui alas. Kun hän kääntyi kulman takaa baaritilaan, stroboskooppivalot vilkkuivat ja sykkivät musiikin tahdissa.

Lopeta kenkien kanssa hössöttäminen. Paratiisi odottaa! Täällä. Istahdan tälle jakkaralle, jotta voin tarkkailla toimintaa. Puhumattakaan siitä, että he voivat tarkkailla meitä!

Enpä tiedä... Emmekö näytä epätoivoisilta?

Ei epätoivoiselta, vaan saatavilla olevalta. Katso tätä paikkaa, Rib. Se on täynnä naurua ja musiikkia. Meillä on varmasti hauskaa. Tarjoaisitko meille juotavaa?

Mitä pyydän? En ole koskaan ennen tilannut juomaa.

Katsotaanpa, Angela tutki juomalistaa. Yksi näistä olisi hyvä. Kyllä, tilaa Vodka ja Tonic - tee siitä iso!

Ribby raotti kurkkuaan, toivoen saavansa baarimikon huomion. Hän keskusteli erään miehen kanssa striimin toisessa päässä. Hän yskähti, mutta kovaäänisen musiikin ja välkkyvien valojen takia hän ei uskonut, että häntä huomioitaisiin.

Pitääkö minun tehdä kaikki? Angela vaikeroi. "Anteeksi, herra baarimikko; saisinko suuren V&T:n tänne, kun teillä on hetki aikaa, kiitos?"

Baarimikko katsoi Ribbyä ja hymyili. "Totta kai."

Hän eteni pitkin baaria ja vilkaisi Ribbyn suuntaan, kun hän sekoitti juomaa. "Et näytä tutulta. Oletko täältä päin?"

"Muutin tänne tänä viikonloppuna. Ajattelin käydä katsomassa, mitä täällä tapahtuu", Angela sanoi.

"Tervetuloa naapurustoon. Ja tämä on talon puolesta. Minä olen tervetuliaiskomitea", baarimikko sanoi silmää vinkaten.

Angela iski Ribbyn silmäluomia. Hän kumartui eteenpäin, aivan kuin aikoisi kuiskata jotain miehen korvaan. Hänen rintansa kaatuivat mekossa eteenpäin, jolloin baarimikko sai täyden näkymän Ribbyn dekolteesta. "Kiitos paljon", Angela sanoi. "Olen aina halunnut tavata tervetulokomitean."

"Nyt olet tavannut, ihan livenä. Nimeni on Jake, mikä sinun nimesi on?"

"Minä olen Angela, hauska tavata."

"Jos tarvitset jotain muuta, vihellä vain. Sinähän osaat viheltää?"

"Kuten suuri näyttelijätär Lauren Bacall sanoi kerran, panet vain huulet yhteen ja puhallat." Jake nauroi, ja Angela päästi heikon vihellyksen.

Tämä kommentti yllätti Ribbyn, sillä hän ei ollut koskaan oppinut viheltämisen taitoa. Puhumattakaan siitä, ettei hän ollut koskaan nähnyt yhtään Lauren Bacallin elokuvaa.

Jake siirtyi pitkin baaria ja palveli toista asiakasta, joka oli seurannut keskustelua.

"Jake, vanhus", mies sanoi siirtyen lähemmäs. "Ottaisitko oluen tänne?"

"Nigel. Jätkä. En ole nähnyt sinua viikkoihin. Miten helvetissä voit? Luulin, että muutit pois?"

"Minä? Muutin? Minne muualle voisit muuttaa, kun olet asunut rannan lähellä suurimman osan elämästäsi? Mikään muu ei vedä vertoja! Minut pitäisi viedä ulos puulaatikossa", Nigel sanoi nauraen, kun Jake kaatoi olutta.

"Mitä sinä olet puuhannut?"

"Töitä, töitä, töitä, tarpeeksi sanottu", Nigel sanoi. Hän kutsui Jakea lähemmäs ja kuiskasi: "Kuka on se beibi? Oletko menossa ulos hänen kanssaan vai saanko minä kokeilla?"

"Hän on uusi. Muutti tänne tänään. Nimi on Angela. Hienot tissit, eikä huono huumorintajuinenkaan."

Näetkö, hän pitää meistä!

Hän ei edes tunne meitä.

Mutta hän haluaa tuntea.

"Anteeksi, Jake", Angela sanoi. "Haluaisin tilata ison Martinin, ravistettuna, ei sekoitettuna. Tuplana."

"Yksi tupla Martini, tulossa", Jake sanoi.

"Olet siis James Bond -fani?" Jake kysyi laittaessaan Martinin hänen eteensä.

Angela leikki oliivilla pyöritellen sitä lasissa ja kaatoi sitten koko annoksen takaisin.

Ribby vapisi. Kuten ennenkin, hän ei ollut koskaan nähnyt yhtään James Bond -elokuvaa eikä lukenut yhtään Ian Flemingin romaania. Hän ihmetteli, miten Angela saattoi tietää asioita, joita hän ei tiennyt.

Angela puhui. "Sean Conneryn kuvaus oli suosikkibondini. Heidän olisi pitänyt lopettaa elokuvien tekeminen, kun hän lopetti." Hän työnsi lasinsa baaritiskin poikki: "Vielä yksi tuplamartini minulle, Jake."

"Vau, se on aika vahvaa kamaa", Jake piti tauon. "Oletko varma, että jaksat toisen tuplan näin pian?"

"Minä olen asiakas, enkö olekin, ja sinä olet tervetuliaiskomitea, joten anna minun tuntea itseni tervetulleeksi. Lupaan olla kiltisti", Angela sanoi.

Jake katsoi baaritiskillä istuvaa Nigelia. Kymmenen kaveria käveli portaita alas ja tuijotti Ribbyä. "Haluaisin esitellä teidät ystävälleni. Nigel, tässä on Angela. Hän saattaisi arvostaa hieman seuraa. Nigel tuntee alueen hyvin, ja hän on hyvä tyyppi. Voin taata hänen puolestaan."

"Erittäin mukava tavata", Nigel sanoi ojentaessaan kätensä.

"Samoin hauska tavata", Angela sanoi siirtyessään välttelemään puutunutta pyllyä. Hän pyöräytti oliivin tuoreessa Martinissa ja pisteli sitä. Hän tunki sen suuhunsa ja kaatoi toisen juoman kurkkuunsa.

"Kuulin, että olet uusi täällä?" Nigel sanoi, kun hän katseli, kuinka Angelan suunurkasta tihkui pieni pala martinia.

Ribby otti lautasliinan ja taputti nesteen pois. Se maistui yhä kamalalta. Niin kuin hän kuvitteli kynsilakanpoistoaineen maistuvan. Miten Angela saattoi nauttia jostakin, mistä hän itse ei nauttinut?

"Kyllä, me vuokrasimme asunnon. Täällä on kaunista", Angela sanoi.

"Me?"

Ribby säpsähti.

Angela nauroi. "Me niin kuin kuninkaallisessa mielessä. Minä asun yksin."

"Haluaisitko tanssia?" Nigel kysyi.

Ribby ei ollut koskaan elämässään tanssinut.

Angela yritti nousta alas jakkaralta. Hän menetti tasapainonsa ja kompastui.

Nigel tarttui hänen käteensä. "Whoa, oletko kunnossa?"

"Olen kunnossa", Angela sanoi. "Tai tulen olemaan, kunhan menen pikkutyttöjen huoneeseen. Tiedätkö, missä se on?"

"Se on tuolla, baaritiskin päässä."

"Okie dokie", Angela sanoi. Hän tarttui Nigelia kauluksesta ja katsoi tämän syvänsinisiin silmiin. "Älä liiku. Tulen kohta takaisin ja otan tarjouksesi tanssista vastaan."

Ribby veti syvään henkeä, kun Nigel nyökkäsi ja perääntyi.

Angela taputti mekkoaan.

Karsinassa ollessaan Ribby nojasi metallioveen, joka tuntui viileältä hänen selässään. Hän repi rimoja vessapaperia ja peitti istuimen ennen kuin istuutui.

Huone pyörähti.

Taidan oksentaa.

Ei, ei me voida pahoin, Rib. Istumme tässä vielä hetken tai pari. Sitten menemme lavuaarille ja roiskimme vettä kasvoihimme. Kyllä me pärjäämme. Lupaan sen.

Hetkeä myöhemmin Angela käveli Nigelin luo. Hän näytti huolestuneelta. Hän ei ollut hyvännäköinen, mutta ei myöskään ruma. Hän oli tavallaan normaalin näköinen. Hänellä oli mustat farkut, vaaleansininen t-paita ja mustat saappaat. Hän piti Nigelin pienestä parrasta.

"Tule sitten", Angela sanoi, otti Nigelin kädestä kiinni ja johdatti hänet tanssilattialle.

Se oli hidas kappale.

Ribby ei edes osannut pitää kiinni. Hänen kämmenensä valuivat hikeä.

Nigel piti häntä käden ulottuvilla.

"Lähemmäs", Angela kuiskasi ja veti häntä kuppimalla hänen pakaroitaan.

Kun Chris de Burgh lauloi Lady in Rediä, Angela laski päänsä Nigelin olkapäälle ja rentoutui. Myös Ribby rentoutui. Hän tunsi miehen sydämen lyövän hänen sydäntään vasten. Hän tunsi miehen hengityksen niskassaan.

Angela halusi viedä hänet kotiin.

Ribby ei halunnut.

TANSSIN JÄLKEEN ANGELA TARTTUI Nigelia kädestä ja veti hänet takaisin kohti baaria. He istuivat jakkaroille, polvet koskettivat toisiaan. Nigel vilautti kahta sormea baarimikon suuntaan ja sanoi: "Tequilaa."

Angela työnsi hiuksensa korvansa taakse ja kumartui lähelle: "Yritätkö juottaa minut humalaan?"

"En. Se ei ole minun tyylini."

Angela kosketti hänen polveaan, kun juomat saapuivat.

Nigel heitti paukkunsa takaisin. "Öh, siis, mitä sinä teet? Tarkoitan elääkseni. Tarkoitan, että etenemme tässä vähän liian nopeasti."

Olen samaa mieltä!

Shhh Ribby. Mene takaisin nukkumaan. Sitten Nigelille: "Vähän sitä ja vähän tätä." Hän heitti tequilapaukun takaisin ja laittoi limetin hampaidensa väliin.

"Ah, salaperäinen nainen, vai mitä?" Mies nauroi. "No, minä olen suhdetoiminnassa."

"Kuinka jännittävää! Oletteko aina työskennelleet samassa yrityksessä?"

"Kyllä. Yksi kymmenen suurimman yrityksen joukossa rekrytoi minut suoraan yliopistosta. Kun aloittaa työskentelemällä parhaille, ainoa tie on alaspäin."

"Ymmärrän kyllä. Mitä sinä sitten tykkäät tehdä? Siis PR:n ja baareissa hengailun lisäksi."

"En yleensä hengaile baareissa."

"Totta kai", Angela sanoi.

"Ihan totta", Nigel sanoi ja siveli kädellään Angela polvea.

Ribby tunsi itsensä ahdistuneeksi. Hän oli tulossa liian tutuksi. Hän halusi lähteä.

Angela piti siitä.

Nigel jatkoi: "Minä tunnen Jaken. Olemme tunteneet toisemme jo vuosia, joten tulen tänne Cat's Eyeen silloin tällöin päästäkseni ulos. Et voi olla koko ajan asunnossasi katsomassa Netflixiä tai pelaamassa Xbox-pelejä. On parempi päästä ulos. Tapaamaan ihmisiä, ja tämä alue on niin tapahtumarikas paikka!"

"Niin on, mutta juuri nyt haluaisin murhata kupin kahvia. Haluaisitko mennä jonnekin muualle, vähemmän meluisaan paikkaan ja tarjota tytölle kupin? Pyytäisin sinut takaisin minun luokseni, mutta se on aivan sekaisin, koska muutin tänne vasta tänään", Ribby sanoi.

Käskin sinun jättää tämän minun huolekseni. Painu helvettiin.

"Ei ole kovin kaukana pieni kahvila, ja sitten saatan sinut kotiin. Jos se sopii sinulle, Angela?"

Yksi kupillinen kahvia, se sopii minulle.

Ota rauhoittava pilleri.

Ribby ja Nigel kävelivät käsi kädessä Night Owl -kahvilaan, jossa he tilasivat cappuccinon. He juttelivat epävirallisesti yhteen asti yöllä, jolloin Ribby sanoi haluavansa lähteä kotiin.

"Olet oikea herrasmies, kun pyysit saattamaan minut kotiin. Olen iloinen, että Jake esitteli meidät."

Kun he saapuivat Ribbyn asunnolle, Nigel kysyi: "Saanko puhelinnumerosi? Haluaisin nähdä sinut uudelleen."

"Ei vielä puhelinta", Angela sanoi penkoessaan laukustaan avaimia. Kun hän katsoi takaisin ylös, Nigel syöksyi suutelemaan. Kun Nigelin huulet kohtasivat Angelan huulet, Angela suuteli takaisin. Hänen kätensä kulkivat miehen hartioita ja rintaa pitkin. Hänen kätensä puolestaan tutkivat.

Kun Ribbyn polvet alkoivat lonksahtaa, Angela otti ohjat käsiinsä. Hän oli liian hengästynyt puhuakseen, joten hän vetäytyi pois. "Minun on parasta mennä sisään." Hän kosketteli huuliaan. Ne kihelmöivät yhä.

"Toivottavasti en ollut liian suorasukainen. Vaikutit pitävän siitä."

"Niin pidin", Angela sanoi.

"Minun on mentävä", Ribby sanoi. "Päivä on ollut pitkä, muutto ja kaikki." Hän avasi oven ja meni sisään.

Nigel seurasi häntä avoimeen hissiin. "Milloin näemme taas?"

Kun hissi alkoi sulkeutua, Angela otti ohjat käsiinsä. "Ensi lauantaina, samaan lepakkoaikaan, samalla lepakkokanavalla."

Kun ovet sulkeutuivat, Ribby kosketti taas hänen huuliaan. Se oli ollut hänen ensimmäinen suudelmansa, ja hän piti siitä kovasti.

Angela halusi lisää. Hänen suudelmansa sai hänet kuumaksi, kuumeiseksi.

Hän heitti parvekkeen ovet auki. Nigel seisoi siellä alhaalla ja katseli ylöspäin. Hän vilkutti.

"Hyvää yötä, Nigel", Ribby sanoi.

"Hyvää yötä, Angela", Nigel sanoi.

Olisimme voineet kutsua hänet ylös.

Tapasin hänet vasta, enkä tiedä hänestä mitään. Sitä paitsi pääni ja vatsani tuntuvat oudoilta.

Hän on täysin harmiton.

Jos se on totta, hän tulee takaisin.

Ribby palasi sisälle. Hän sulki ja lukitsi parvekkeen ovet. Hän meni kylpyhuoneeseensa ja tuijotti itseään peilistä jonkin aikaa odottaen näkevänsä siellä Angelan. Hän ei löytänyt hänestä jälkeäkään.

Kuuman suihkun jälkeen Ribby vaipui sänkyyn. Hän oli sulkenut makuuhuoneensa oven, kuten kotona. Sitten hänelle valkeni, ettei hänen tarvinnut tehdä niin enää. Hän nousi ylös, avasi oven auki ja lysähti takaisin sänkyyn. Hänellä oli yllään flanelliyöpaita, koska yöilma oli vilustuttanut häntä. Kun hän kaatui takaisin tyynyn päälle, huone alkoi pyöriä. Katto oli lattia, ja lattia oli katto. Kun hän sulki silmänsä, hänen vatsansa nousi kohti kurkkua. Hän piti kiinni sängyn reunoista kuin olisi ajelehtinut pelastusveneessä, kunnes hän ei enää kestänyt pyörimistä. Hän juoksi kylpyhuoneeseen ja oksensi. Ribby ystävystyi tuon posliinipalan kanssa, polvistui sen edessä kuin se olisi ollut jumala.

Kun hänen vatsansa oli tyhjä, hän kompuroi takaisin sänkyyn ja yritti nukkua. Huone ei enää pyörinyt. Hän ei tuntenut oloaan mukavaksi päänsä sisällä olevan äänen kanssa. Angela tuntui tietävän asioita. Kokeneen asioita. Erilaisia kuin hän itse oli kokenut. Miten se oli mahdollista? Miksi hän oli tilannut kaikki ne Martinit?

Ajatus Martinin ja tequilan juomisesta sai Ribbyn vatsan kurtistumaan. Tällä kertaa se oli kuivaa vatsaa; hänellä ei ollut enää mitään tarjottavaa posliinijumalalle.

Hän nukkui jumalan jalkojen juuressa painaen otsansa viileään posliiniin.

KAPPALE 7

RIBBY AVASI SILMÄNSÄ. HÄN oli kylpyhuoneessa lattialla. Hän nosti itsensä ylös käyttäen vessanpönttöä ankkurina. Epävakaasti hän laski kannen alas ja istui sen päälle. Hän avasi vieressään olevan lavuaarin hanan, antoi veden juosta muutaman sekunnin, täytti sitten lasin ja otti kulauksen. Hänen kätensä tärisivät, kun vesi valui hänen vatsaansa.

Kun Ribby pystyi seisomaan, hän piti kiinni lavuaarista, katsoi peilikuvaansa ja vannoi, ettei enää koskaan juo alkoholia.

Mikä kevytkenkäinen.

Ribby kävi suihkussa, pukeutui ja lähti kävelylle selvittääkseen päänsä. Hän pysähtyi kahvilaan ja tilasi vahvan kupin kahvia. Sitä siemaillessaan hän päätti, että hän oli valmis lähtemään kotiin, ja hän meni bussiin.

Eli Marthan kotiin.

Tapahtuiko eilinen todella? Se oli kuin unta.

Oksennus oli enemmänkin painajainen!

Nigelin suudelma oli unenomainen.

Ensimmäinen suudelma oli parempi kuin pannukakut voilla ja siirapilla.

Shh, teet minut nälkäiseksi.

Ribby astui ulos bussista ja lähti kotiin Kun hän kääntyi kulman taakse, siellä istui Martha yöpaidassaan neljältä iltapäivällä ja siemaili olutpulloa.

"Miten tyttäreni voi?" Martha kysyi.

"Meillä oli hauskaa, äiti. Angela on tosi hauska. Hän kutsui minut ensi viikonloppuna uudestaan."

"Hyvä. Kaikki sanovat, että olet aivan liian vakava. Tarvitset ikäisesi ystävän, jonka kanssa voit pitää hauskaa."

"Keitä kaikki ovat, äiti?"

Martha nousi seisomaan. Hän kompastui hieman, kun Ribby perääntyi. Oluen tuoksu yhdistettynä pesemättömään vartaloon sai hänet hengittämään pinnallisesti.

"Ei sillä ole väliä. Minusta sinäkin tarvitset miehen seuraa."

"Tapasin eilen illalla yhden Nigelin. Hän saattoi minut takaisin Angelan luokse ja..."

"Olet poissa kotoa yhden yön, ja saat miehen saattamaan sinut kotiin! Kuulostaa siltä, että olet enemmän minun tyttöni kuin luulinkaan!"

"Mitään ei tapahtunut."

"Ei tällä kertaa, tyttäreni, mutta minun vertani virtaa suonissasi, ja aika todistaa, että sanomani pitää paikkansa. Kun saat miehen käsiisi, kun hän alkaa koskettaa sinua paikoissa, oi niissä paikoissa, silloin heräät henkiin. Hän vie sinut sinne, minne et koskaan kuvitellut kehosi pääsevän. Kuka tahansa mies voi tehdä sen sinulle, tyttäreni, rakastitpa häntä tai et. Kuka tahansa mies voi. Kuka tahansa mies, joka tietää, voi opettaa sinua."

"En halua kuulla tätä", Ribby sanoi ja ryntäsi portaat ylös hänen huoneeseensa. Hän paiskasi oven kiinni ja lukitsi sen. Hän juoksutti kylvyn, lisäsi runsaasti kuplia ja valitsi sivupöydältä kirjan. Hän liotti tuntikausia yrittäen olla ajattelematta, mitä Nigel voisi opettaa hänelle.

KAPPALE 8

MAANANTAIAAMUNA TAKAISIN TÖIHIN. TAVALLINEN asiakasjono. Ribby palvelee heitä, pääkirjastonhoitaja ei huomaa. Myöhemmin Ribby oli toisessa kerroksessa palauttamassa kirjoja hyllyihin. Hän vilkaisi ulos ikkunasta nähdäkseen, tapahtuiko siellä jotain mielenkiintoista, mutta mitään ei tapahtunut. Kunnes sitten tapahtui. Kadun toisella puolella oli limusiini. Lippalakkipäinen autonkuljettaja nousi ulos ja avasi oven. Ribby katseli, kun vaaleaan naiseen kiinnitetyt pitkät jalat huomattavan korkeissa korkokengissä nousivat ulos. Autonkuljettaja sulki oven, ja nainen käveli pois kirjaston vastakkaiseen suuntaan.

Haluaisin näyttää erilaiselta.

Niin minäkin. Mitä sinulla oli mielessäsi?

Hiuksemme, voisimme muuttaa niitä. Värjätä ne. Blondeilla on hauskempaa.

Ehkä peruukki sen sijaan? Vähemmän pysyvää.

Kuulostaa hyvältä suunnitelmalta. En malta odottaa!

Kun kirjat olivat takaisin paikoillaan, Ribby palasi työpöytänsä ääreen. Hän etsi peruukkiliikkeen lähistöltä. Peruukit-R-Us oli muutaman korttelin päässä. Hän vilkaisi kelloa, ja oli melkein lounasaika. Hän ehti helposti sinne ja takaisin. Kaupan ulkopuolella hän katseli ikkunassa esillä olevia peruukkeja.

Pidän tuosta. Ja tuosta.

Ihanko totta? Haluaisitko olla noin lyhyt?

Kyllä, ehdottomasti lyhyempi.

Kello soi, kun hän astui kauppaan. Oli huomattavan hiljaista, hiljaisempaa kuin kirjastossa.

"Haloo?" Ribby sanoi.

Nainen ponnahti esiin tiskin takaa käsi ojennettuna: "Tervetuloa kauppaani. Miten voin auttaa teitä tänään?" Seisomassakin hän oli paljon Ribbyä lyhyempi.

Ribby avasi suunsa puhuakseen, mutta ennen kuin hän ehti sanoa mitään, nainen puhui uudelleen.

"Jos haluatte istua tähän, voin tuoda peruukit teille. Osoittakaa vain, mitä haluatte sovittaa. Sovitan peruukin sinulle, ja voilà, sitten voit katsoa uutta itseäsi peilistä."

Nainen laittoi kätensä Ribbyn selkään ja johdatti hänet tuolille. Ribby istui, kun nainen kurvasi tuolia yhä alemmas ja alemmas. Ribby kumartui edelleen alaspäin mukautuakseen.

"Mitä sinä teet?" nainen kysyi ajaessaan sormillaan Ribbyn hiuksia. "Tarkoitan, millä teet elantosi? Haluat todella peruukin, joka sopii elämäntyyliisi. Oi, hiuksesi ovat muuten ihanat."

"Öh, kiitos. Olen töissä kirjastossa. Haluaisin vaalean peruukin. Lyhyen, kuten ikkunassa oleva. Noin."

"Voi sentään, se on mielenkiintoinen valinta. Se on suosituin vaalea peruukkimme. Tiedäthän sanonnan, että blondeilla on hauskempaa."

Naisella oli tiskin takana laatikko täynnä peruukkeja, jotka olivat täsmälleen samanlaisia kuin ikkunassa oleva peruukki. Hän toi sen tänne ja alkoi sitoa Ribbyn oikeaa tukkaa.

"Muutin mieleni", Angela sanoi. Hän osoitti ylöspäin: "Haluaisin kokeilla tuota."

Mitä? Mitä sinä teet?

Se toinen on tavallinen. Haluan jotain erityistä.

Hyvä on.

Peruukissa oli otsatukka, joka oli pyyhkäisty otsan yli ja käännetty taakse. Se oli olkapään mittainen ja tuntui melko jäykältä.

Ei todellakaan.

Niinpä niin.

Entä tuo?

Se oli huomattavan lyhyt ja siinä oli vasemmalla puolella osa, mutta se oli porrastettu. Otsatukka oli höyhenpeitteinen, tyyli oli kauttaaltaan kerroksellinen, ja hiukset päättyivät juuri korvalehtien alle. Heti kun nainen laittoi sen päähänsä, sekä Ribby että Angela ihastuivat siihen. Se oli täydellinen kontrasti Ribbyn jokapäiväiselle lookille.

En voi uskoa tätä, näytän kauniilta.

Totta kai, Angela.

"Täydellistä! Kääri se sisään!" Ribby sanoi. "Minun on palattava töihin."

Nyt tarvitaan vain uusia vaatteita!

Ribby vietti iltapäivän tietokoneella. Hän lähetti sähköpostia ensimmäisenä rikoksen tehneille asiakkaille, jotka olivat myöhästyneet kirjojensa palauttamisesta. Toistuvasti rikkoneet vaativat puhelinsoiton.

Töiden jälkeen he menivät ostoskeskukseen ja ostivat muutaman tavaran. Oli myöhä, joten Ribbyn oli otettava Uber, jotta hän ehti ajoissa sairaalaan.

Hän heittäytyi lasten viihdyttämiseen. Mikeyn poissaolo roikkui yhä ilmassa, mutta siitä huolimatta lapset onnistuivat hymyilemään ja jopa nauramaan hieman.

Kotimatkalla bussissa tuuli tarttui Ribbyn takkiin ja työnsi häntä eteenpäin.

Miksi emme ole menossa oikeaan kotiimme?

On vasta maanantai, emmekä halua äidin epäilevän.

Hyvä on. Minä suostun tähän teeskentelyyn.

Shhh.

Ribby käänsi kahvaa ja avasi Marthan talon ulko-oven.

Miehen ääni puhkesi nauruun.

Ribby kuunteli hetken ja kuuli ruokailuvälineiden naksuvan lautasia vasten. Hänen vatsansa murisi. Hän ei ollut syönyt mitään koko päivänä.

Keittiössä John MacGraw upotti leipänsä puoliksi tyhjään kulhoonsa. Martha lusikoi muhennosta Scampin kulhoon, ja Scamp ahmi sitä.

Kun Ribby astui keittiöön, hän katsoi hymyilevää Marthaa. Kun John oli paikalla, Martha vaikutti joskus aivan erilaiselta ihmiseltä. Kaikista hänen äitinsä kotiin tuomista miehistä John oli kunnollisin. Hän toi esiin parhaat puolet Marthan äidistä, joka tuntui haluavan, että Martha luuli heidän olevan läheisiä.

"Hei, äiti. Hei myös sinulle, John."

"Istu seuraamme", Martha huokaili ja taputti häntä lähinnä olevan tuolin istuinta. Ennen kuin Ribby ehti istua, Martha hyppäsi ylös. "Odota! Minulla on sinulle ensin näytettävää. Se on lahja Johnilta."

"Se voi odottaa päivälliseen", John sanoi ja kannusti heitä molempia istumaan tiukalla äänellä.

"Se tuoksuu tosiaan hyvältä", Ribby sanoi, kun Martha tarttui häntä kädestä ja veti hänet ulos keittiöstä.

"Ta-dah!" Martha sanoi. Se oli uusi kannettava puhelin, jossa oli hyvin pitkä jatkojohto.

"Vau, se on mahtavaa."

"Niin on, mennään nyt takaisin keittiöön. Emme halua antaa Johnin odottaa."

"Äitisi on loistava kokki", John sanoi heti, kun he istuivat alas.

"Kiitos, puhelimesta."

"Ei hätää, oli jo aikakin, että sinulla on sellainen täällä. Helpottaa yhteydenpitoa", John sanoi.

Martha annosteli lisää muhennosta Johnin kulhoon. "En ole varma, mainitsinko siitä sinulle aiemmin, John. Ribby viettää maanantai-iltansa sairaalassa sairaita lapsia viihdyttäen." Hän kauhoi lisää Ribbyn kulhoon.

"Miten Mikey voi tänään?" Odottamatta vastausta: "Mikey on Ribbyn suosikki, hän..."

Ribby purskahti itkuun. Hän ei ollut ennen itkenyt Mikeyn vuoksi. Nyt hän ei voinut lopettaa. Kyyneleet virtasivat, valuen pitkin hänen poskiaan, muhennoskulhoon.

"Lopeta jo, tyttö", Martha sanoi korotetulla äänellä. Hän vilkaisi Johniin nähdäkseen, huomasiko tämä. Kun hän oli tyytyväinen, ettei tämä ollut huomannut, hän taputti Ribbyn kättä ja huokaili. "Mikä hätänä? Meille on vieraita, ja sinä itket kuin vauva. Ryhdistäydy." Hän painoi kynnen Ribbyn kämmenselkään ja kuiskasi: "Sinä nolaat Johnin".

"Auts", Ribby sanoi, veti käden pois ja jatkoi nyyhkytystä.

"Älä minusta huolehdi", John sanoi. "Hyvä itku ei ole koskaan vahingoittanut ketään. Tämä on sinun kotisi, Ribby, ja voit itkeä, jos haluat."

Ribby alkoi nauraa. Ei nauramaan, vaan nauramaan. Hänen päässään soi sävel: Tämä on minun kotini ja voin itkeä, jos haluan, itkeä, jos haluan, itkeä, jos haluan. "Mikey on kuollut.

KAPPALE 9

"**A**NGELA KUTSUI MINUT KOKO viikonlopuksi", Ribby sanoi aamiaisella seuraavana aamuna.

"Hyvä ajoitus Ribby, hyvä ajoitus. John ja minä vietämme viikonlopun yhdessä. Meillä on suunnitelmia."

Ribby huokaisi helpotuksesta.

"Pidä hauskaa ja..." Hän tarttui Ribbyn ranteeseen. "Haluan sanoa, kuinka pahoillamme John ja minä olimme eilen illalla, kun kuulimme pikku-Mikeystä. En halua, että tulet taas sumuiseksi, mutta olen ylpeä sinusta. Toivottavasti sinulla on hauskaa viikonloppuna. Ansaitset sen."

Äitinsä ystävällisistä sanoista säikähtänyt Ribby heitti kätensä tämän kaulan ympärille.

"No niin", hän sanoi taputtaen tyttärensä selkää.

He erosivat ja Ribby lähti bussipysäkille. Hänen päivänsä muistutti yhä vähemmän Murmelinpäivää.

Mikä pötypuhetta. Miten voit halata häntä kaiken sen jälkeen, mitä hän oli sanonut ja tehnyt sinulle? Miten sinä voisit? Se sai minut voimaan pahoin.

Hän oli vilpitön.

Olet niin naiivi!

UDEN PERUUKIN JA TUMMAT aurinkolasit päällään Angela oli päättänyt lähteä ostoskierrokselle.

Mutta meillä ei ole varaa siihen.

Sitä varten on luottoa.

Minun on silti maksettava se takaisin.

Rauhoitu, kaikki menee hyvin.

Angela kokeili mitä epä-Ribbyn näköisiä asuja ja käytti luottokorttinsa loppuun.

Rehellisesti sanottuna, ei enää tuhlausta.

Hyvä on, mutta näytämmehän upeilta?!

Ribby myönsi, ettei enää tunnistanut itseään.

Sinä olet siellä. Sinä olet ikkuna ja minä olen kehys.

Päät kääntyivät, kun hän käveli pitkin kävelykatua. Ihmiset huusivat ja vihelsivät.

Hän piipahti toisessa yökerhossa lähempänä rantakatua. Portsari tarkisti Ribbyn henkilöllisyystodistuksen ja katsoi kuvaa kahdesti.

"Oletko varma, että tämä olet sinä?" hän kysyi.

"Totta kai olen", Ribby vastasi. "Se on peruukki."

"Anteeksi, en tarkoittanut loukata. Tässä on kuponki ilmaiseen drinkkiin."

"Kiitos."

En pitänyt siitä, miten tuo tyyppi katsoi meitä.

Aivan kuin hänellä olisi ollut röntgennäkö ja hän olisi nähnyt mekon läpi.

Mikä hyypiö.

Haetaan ilmaiset juomat ja mennään sitten Cat's Eyeen.

✱✱✱

Vähän MYÖHEMMIN HÄN SAAPUI Cat's Eye -ravintolaan ja huomasi Nigelin istuvan yksinään.

En usko, että hän tunnistaa meitä.

Miksi hänen pitäisi? Meillä on tummat silmälasit ja vaalea peruukki.

Angela tilasi Martinin.

Pelkkä ajatus alkoholista sai Ribbyn vatsan voimaan pahoin.

Nigel vilkaisi Angelaa. Angela kuittasi hänet silmäniskulla ja heitti sitten Martinin takaisin. Hän tilasi toisen.

"Haluaisitko tanssia?" hän kysyi.

Nigel kietoi kätensä Angelan vyötärön ympärille ja piteli tätä lähellään. Hän katsoi Angelan tummiin aurinkolaseihin.

Angela sujautti kätensä Nigelin oikealle pakaralle. Hän keinutti Nigelia edestakaisin itseään vasten. He pyörivät pimeässä sykkivän diskoäänen tahdissa. Ennen kuin kappale loppui, he suutelivat. He unohtivat olevansa julkisella paikalla. Nigel tarttui naisen käteen ja johdatti hänet ulos klubilta.

Heidän välillään ei ollut sanoja, sillä intohimo oli liian suuri. He kävelivät muutaman askeleen, ja sitten Angela työnsi Nigelin kiviseinää vasten ja suuteli häntä vielä kerran.

He kävelivät edelleen, ohi 7-11:n. He pitelivät toisiaan kiinni, suutelivat, ja Angelan huulipunaa oli hänen kauluksessaan ja hänen kasvoillaan. Molemmat näyttivät siltä kuin olisivat olleet taistelussa.

Kun he saapuivat Ribbyn asunnolle, Nigel tajusi, kuka Angela oli. Hän otti häntä kädestä kiinni ja johdatti hänet yläkertaan.

"Hetkinen", Nigel sanoi. "Onko tämä jonkinlainen peli?"

"Ei tietenkään", Angela sanoi, avasi hänen paitansa napit ja suuteli pitkin hänen rintaansa. "Tule nyt."

"En tiedä, mikä sinua vaivaa", Nigel sanoi. "I..."

"Voi, ole hiljaa! Ja sanotaan, että naiset puhuvat liikaa!" hän sanoi, kun he repivät toistensa vaatteet pois ja kaatuivat sängylle.

Sen jälkeen Nigel otti vaatteensa ja livahti ulos ennen kuin Angela heräsi.

Ribby ei muistanut poistuvansa yökerhosta.

Angela muisti jokaisen yksityiskohdan.

KAPPALE 10

R IBBY BALUSTRADEN LAPSUUS EI ollut ollut onnellinen. Hän oli yksinäinen ainoa lapsi, joka olisi hyötynyt kahden vanhemman taloudesta. Koska hän ei koskaan tuntenut isäänsä, hänen täytyi kuvitella hänet. Hän näki hänet Atticus Finchin To Kill A Mockingbird -elokuvan hahmon ja Gregory Peckin tosielämän hahmon risteytyksenä.

Kun Ribby kysyi hänen isästään, Martha vaihtoi puheenaihetta.

Ribby palasi lukemaan Tappaa pilkkylintu -teosta. "Et koskaan oikeasti ymmärrä ihmistä, ennen kuin mietit asioita hänen näkökulmastaan... ennen kuin olet kiivennyt hänen ihoonsa ja kulkenut siinä."

Kun Ribby oli kysellyt isästään eikä saanut vastauksia, hän hautoi suunnitelman. Hän kiipeäisi ylös ullakolle, jota hänen äitinsä kutsui kielletyksi alueeksi, ja tutkisi asiaa Nancy Drew'n tapaan. Valitettavasti hän löysi sieltä vain seinästä seinään ryömijöitä, lähinnä hämähäkkejä. Lisäksi siellä haisi sairaalloisesti vanhat pölyiset ja haisevat unohdetut laatikot, jotka eivät liittyneet hänen isäänsä.

Kun hän hiipi takaisin alas, hän kuuli äitinsä kenkien naksuvan kuistilla. Ribby tajusi unohtaneensa sulkea ullakon oven ja joutui paniikkiin. Hän siirsi tikkaat takaisin alkuperäiselle paikalleen ja suunnitteli korjaavansa sen myöhemmin. Hän toivoi, ettei äiti huomaisi.

Kun he istuivat illalliselle, Ribby rukoili yhä uudelleen, ettei äiti huomaisi. Hän sanoi Jumalalle, ettei hän koskaan sanoisi tai tekisi mitään pahaa loppuelämänsä aikana. Hän vannoi luopuvansa lempilelustaan, vaaleasta, vaaleahiuksisesta nukesta nimeltä Anna.

Martha ripusti takkinsa ja meni suoraan keittiöön. Hän istui alas. Ribby laittoi vedenkeittimen kiehumaan ja tarjoili äidilleen kupin kahvia. Martha hörppäsi sitä varoen tahrimasta huulipunaansa.

Ribby huomasi tämän vivahteen. Huulirasvan säilyminen merkitsi, että Martha oli taas lähdössä ulos. Hän kiitti Jumalaa siitä, että hän oli kuullut häntä, ja hänen pulssinsa hidastui.

"No, mitä sinä sitten sait aikaan tänään?" Martha kysyi. "Saitko läksyt valmiiksi?"

"Melkein, äiti, melkein", Ribby vastasi kumartuen eteenpäin täyttääkseen äitinsä kahvikupin.

"Mitä sinä muuten tyttöseni teit No-Go-Zonessa?" "En mitään." Martha kysyi rauhoittaen Ribbyn tärisevää kättä kaataessaan.

Ribby ei ottanut katsekontaktia äitiinsä. Muutamaa sekuntia myöhemmin virtsa roiskui hänen jalkojaan pitkin, kengille ja lattialle, ja hän alkoi itkeä.

"Hitto vieköön, Ribby. Katso nyt, mitä olet tehnyt! Pissasit koko lattialleni. Hae moppi ja siivoa se. Älä huolehdi siivoamisesta, siivoa tämä! Mitä äidin pitäisi tehdä tyttärelleen, joka valehtelee? Mitä äidin pitäisi tehdä tyttärelle, joka pissaa hänen hienolle puhtaalle lattialleen?"

Ribby moppasi kuumeisesti. Edestakainen läträäminen antoi hänelle aikaa miettiä. Virtsan kylmä tunne hänen ihollaan sai hänet vapisemaan. Kun lattia oli taas tahraton, Ribby palautti mopin takaisin paikalleen ja lähti yläkertaan vaihtamaan vaatteet.

"Ei niin nopeasti, tyttöseni", Martha sanoi, tarttui tytärtään hiuksista ja raahasi hänet tikkaille. "Emmehän voi jättää tuota auki koko yöksi, vai mitä? Tiedäthän, että siellä on karmivia matelijoita. Nyt sinä menet tuonne ylös", Martha sanoi työntäessään tytärtään ylöspäin.

Ribby heilutti käsiään. Hän pelkäsi mennä ylös. Pelkäsi pudota alas.

Kun tyttö pääsi huipulle, Martha nauroi. "Itse asiassa, kun kerran pidät tuolla ylhäällä niin paljon, sinun pitäisi jäädä sinne yöksi. Mene sisään, tyttöseni." Martha kiipesi tikkaita hänen takanaan. "Mieti sinä, mitä No-Go-Zone tarkoittaa", Martha huudahti sulkiessaan luukun. Tikkaat heilahtivat Marthan painon alla. Kun hänen korkokenkänsä koskettivat lattiaa, ne naksahtivat ja pysähtyivät sitten. Ribby itki jo. "Laitan lukon kiinni ja sammutan valot. Kuunteletko sinä?"

Ribby nyyhkytti vielä kovempaa.

"Jos mietit, siellä ylhäällä ei ole vain hämähäkkejä. Siellä on myös pieniä karvaisia rottia!"

Ribby huusi ja hakkasi ovea anoen äitiä päästämään hänet ulos. Rukoili. Vannoen, ettei enää koskaan tottelisi äitiä. Vastausta ei kuulunut.

Ulkona auton ovi pamahti. Martha ja yksi hänen miehistään ajoivat pois.

Jokin karvapeite siveli hänen jalkaansa, ja hän juoksi, kompastui ja löi päänsä. Hän kutsui äitiään uudelleen. Ei vieläkään vastausta.

Kun Martha palasi, hän sanoi: "Älä mene sinne enää. Älä koskaan."

"Kyllä, äiti", Ribby sanoi, eikä koskaan mennyt.

Muisto ullakolla loukussa olemisesta... Nöyryytys housujen kastumisesta. Kaikki syyllisyys ja häpeä tulvivat takaisin. Sama traumaattinen muisto. Pakotti Ribbyn kokemaan sen uudelleen ja uudelleen.

Äitisi on täysi mulkku.

Hän tarkoitti hyvää. Se oli opittu läksy.

Jalkani tarkoittaa hyvää, ja työnnän sen suoraan hänen takapuoleensa, jos hän yrittää jotain tuollaista enää ikinä.

Olen iloinen, että olet nyt minun puolellani.

Se, mitä Angela tiesi, ei enää yllättänyt tai järkyttänyt Ribbyä.

Äläkä ikinä unohda sitä!

KAPPALE 11

ANGELA OLI TäYSIN YMMäLLääN Ribbyn uskollisuudesta Marthalle. Ribbyn mielessä eläminen ja omakohtainen kertomus Marthan julmuudesta oli sietämätöntä.

Angela käytti sisäisen dialogin voimaa auttaakseen Ribbyä kohtaamaan menneisyyden. Hän rohkaisi Ribbyä puristamaan nyrkkinsä yhteen. Tämä keskitti hänen energiansa hetkeen. Toiminta toimi aluksi, jopa silloin, kun Ribby näki pahaa unta tai sai takauman.

Myöhemmin Angela yritti kerätä pahoja muistoja ja työntää ne takaisin. Pois. Niin kauas Ribbyn mieleen, etteivät ne olleet enää tavoitettavissa. Teoriassa se oli hyvä ajatus, todellisuudessa Angela ei pystynyt estämään niitä.

Ainoa ulospääsykeino näytti olevan ilmeinen. Viedä Ribby pois tilanteesta lopullisesti. Jonnekin kauas, jossa Martha ei voisi enää käyttää häntä hyväkseen tai vahingoittaa häntä. Angela ajatteli, että sen oli oltava puhdas ero. Hän odotti hetkeä, jolloin ajoitus olisi oikea.

Odottajille tulee hyvää.

Toisen viikon Marthan luona vietetyn viikon jälkeen Angela oli iloinen päästessään ulos juhlimaan. Hänellä oli päällään vaalea peruukki, tummat aurinkolasit ja punainen hihaton mekko. Uudessa asussaan hän tunsi itsensä voimakkaaksi, voittamattomaksi. Hän oli myös päättänyt, ettei anna minkään estää hauskanpitoa.

Kävellessään kohti yökerhoa joukko teinipoikia vihelteli ja kissahuuteli. He olivat pelkkiä murrosikäisiä, mutta poikia, joiden olisi pitänyt tietää paremmin.

Angela veti lähimmän pojan paitansa edestä kiinni. "Tule vielä lähellekään minua, kuka tahansa teistä, niin revin pallisi irti ja syötän ne sinulle aamiaiseksi. Onko selvä?"

Pojat juoksivat karkuun.

Angela nauroi, silitteli mekkonsa etuosaa ja tarkisti, ettei häneltä ollut katkennut kynttä. Hän sytytti savukkeen ja jatkoi kävelyä rantaa pitkin pubiin.

Hurja.

Vau, mitä kuuluu? Tuo oli enemmän kuin hieman yliampuvaa.

Pojista tulee miehiä. Heidän pitäisi oppia kunnioittamaan.

He juoksivat kuin olisit Bellatrix Lestrange!

Ei tässä peruukissa!

Yökerhoon saavuttuaan Ribby meni baaritiskille ja tilasi juoman. Hän siemaisi vastahakoisesti. Angela otti ohjat käsiinsä ja heitti Martinin takaisin. Hän tilasi toisen ja kiinnitti huomiota hyvin hyväkuntoiseen portsariin sisäänkäynnillä.

Odotellaan vielä hetki tai kaksi Nigelia.

Hän ei kuitenkaan muista meitä.

Kyllä hän minut muistaa.

Kaksi Martinia myöhemmin.

Mennään, täällä ei tapahdu mitään.

Kärsivällisyyttä, ystäväni, kärsivällisyyttä.

Portsari erotti portaita alas tulevat nuorukaiset matkalla sinne, missä Ribby istui.

"Mitä kuuluu?" hän kysyi yrittäen olla liian seksikäs.

"Oikein hyvin, kiitos", Ribby sanoi.

Ole hiljaa, Rib, anna minun hoitaa tämä. "Itse asiassa tämä paikka on Bores-ville tänään."

"Niin, täällä on vähän kuin Seesam-kadulla, eikö olekin?" portsari sanoi ennen kuin esitteli itsensä "Ediksi; Ed the Bouncer".

"Minä olen Angela."

"Hauska tutustua, Angela", Ed sanoi yrittäessään vilkaista naisen mekon etuosaa. "Äh, jos haluatte pitää hauskaa, viipykää täällä kahteen asti. Pääsen silloin töistä. Voimmeko mennä jonnekin ulos?"

"Öh, kiitos tarjouksesta", Ribby sanoi, "mutta meillä on...."."

"Voin tulla takaisin puoli kolmen maissa", Angela sanoi. "Missä meidän pitäisi tavata?"

Ed oli äärimmäisen tarkka siitä, mikä olisi syrjäinen paikka rannalla.

Angela toivoi, että hän oli yhtä hyvä kuin miltä näytti.

E N VOI USKOA, ETTä sovit treffit tuon pellen kanssa. Me emme todellakaan ole menossa.

Rib, älä huolehdi siitä. Rauhoitu. Ota nokoset. Kerron myöhemmin. Mene nyt, pikkuinen. Yöpaita-ilta.

Kello 14.30 Angela odotti rannalla. Hän oli pukeutunut mustaan mekkoon.

Portsari Ed tuli näkyviin, ja Angela huusi häntä. Mies kompuroi häntä kohti.

"Olet kännissä."

"Vähän, mutta en tarpeeksi." Mies työnsi hänet maahan, repi hänen mekkoaan ja kaatui hänen päälleen.

"Rauhallisesti nyt poika, rauhallisesti", Angela sanoi yrittäen saada itsensä kuriin.

"Älä viitsi, kulta. Lupasin näyttää sinulle hauskaa." Mies painoi suunsa hänen suuhunsa.

"Auts", Angela sanoi, "ei niin kovaa, kulta. En pidä siitä kovasta."

Mutta Ed ei näyttänyt välittävän. Hänen kätensä repivät ja repivät.

"Eikö äitisi opettanut sinulle mitään tapoja?" Angela sanoi, kun hän työnsi miehen takaisin sormet levällään. "Minunlaiseni naiset haluavat, että mies on kiltti; lempeä." Hän hakkasi miehen rintaa.

Mies tarttui hänen ranteisiinsa massiivisilla käsillään ja asettui hänen selälleen. "Jotkut naiset haluavat ja jotkut naiset eivät." Mies nauroi. "Tiesin sinut heti, kun näin sinut. Istuit baaritiskillä mekkosi pilvissä. Tuijotit jokaista miestä, joka tuli ovesta sisään. Halusit epätoivoisesti sitä. Ahmin sitä."

"Hetkinen", Angela sanoi ja yritti päästä irti. "Minä haluan sinua, mutta en täällä. Haluaisin sen olevan, tiedäthän, vähän romanttisempaa ensimmäiseksi kerraksi."

Ed jähmettyi.

Hän jatkoi. "Oletko koskaan nähnyt elokuvaa Täältä ikuisuuteen, jossa olivat Burt Lancaster ja Deborah Kerr? Tiedätkö sen, jossa he tekevät sitä, kun aallokko tulee?"

Hän kumartui lähemmäs. "Totta kai, se on klassikko." Hän kumartui alaspäin ja suuteli naisen kaulaa. "Vähemmän puhetta, vai mitä, kulta?"

"Tule lähemmäs vettä, niin kuin elokuvassa, tiedätkö mitä tarkoitan?" "Tule lähemmäs vettä, niin kuin elokuvassa, tiedätkö mitä tarkoitan?" Angela kuiskasi. "Vie minut sinne, haluan sinut sinne."

Ed pysähtyi. Angela työntyi pois ja nousi ylös.

Hän kurottautui käsilaukkuunsa, pudotti sen sitten ja juoksi kohti vettä. Hän vilkaisi olkansa yli. Mies katsoi häntä.

Veden äärellä hän nosti mekkonsa helmaa.

Ed repi paidan pois päältään ja juoksi hänen suuntaansa pudottaen farkut matkan varrella.

Kun Ed syöksyi häntä kohti, hänen kädessään ollut avain osui suoraan hänen silmäkuoppaansa. Mies huusi ja ulvoi sitten, kun hänen nivusensa osui Edin polveen. Hän säikähti, kun hän veti avaimen pois miehen silmästä. Kun veri valui hänen kasvoilleen, hän nyyhkytti ja pyöri ympäri pitelemällä nivusiaan. Hän iski avaimen miehen kaulan kylkeen ja osui valtimoon. Veri roiskui kuin vesi palomiehen letkusta.

Hän siirtyi muutaman askeleen päähän ruumiista ja upotti varpaansa veteen. Hän vilkaisi välillä takaisin miehen luo. Kunnes mies lakkasi liikkumasta. Hän meni takaisin ja kuunteli, oliko mies kuollut: hän oli. Lopultakin. Hän pyöritti miestä kuin perunasäkkiä syvemmälle ja syvemmälle veteen. Jokaisella työnnöllä ruumis tuntui yhä kevyemmältä.

Arkhimedes oli oikeassa.

Kun ruumis oli niin syvällä kuin hän pystyi, hän ui takaisin rantaan, keräsi vaatteensa ja pukeutui uudelleen.

Hän jätti miehen tavarat sinne, minne hän oli ne pudottanut.

Kun uuden päivän aurinko värjäsi taivaan tulenpunaiseksi, Angela palasi veteen.

Hän tutki rantaviivaa eikä nähnyt merkkejä miehestä. Hän kastoi avaimen veteen huuhdellakseen veren pois ja lähti sitten kotiin. Pitkän suihkun jälkeen hän nukkui kuin vauva.

KAPPALE 12

RIBBY AVASI SILMÄNSÄ. AURINKO, joka paistoi sisään, sai hänet säpsähtämään. Tuttu déjà vu -tunne sai hänet istumaan. Hän venytteli ja haukotteli ja ihmetteli, miksi olo oli niin kamala. Hän ei muistanut mitään istuttuaan baarissa.

Hän kiipesi sängystä ja laittoi kahvin keittämään samalla kun hän kävi suihkussa ja pukeutui. Hän huomasi mekkonsa lattialla rypistyneenä. Hän nosti sen ja hiekka putosi lattialle. Hän kohautti olkapäitään ja heitti sen pyykkikoriin.

Kun hän sekoitti sokeria kahviinsa, hän ajatteli mekkoa ja hiekkaa. Hän yritti muistella edellisiltaa, mutta mitään ei tullut mieleen.

Hän tarkisti ovensa ulkopuolelta sanomalehden. Hän vilkaisi otsikkoa nostaessaan kahviaan. Hän piilotti sanomalehden kainaloonsa ja veti lasiovet taaksepäin, ja kaaoksen äänet hyökkäsivät hänen kimppuunsa. Poliisiautoja. Ambulanssit. Paloautot. Lehdistö. Katsojien joukko. Sekasorto, eikä kaukana hänen kodistaan. Poliisi oli sulkenut suurimman osan alueesta hiekkaesteillä. Lähellä vesirajaa toinen alue oli eristetty lipuilla.

Angelalla oli melko hyvä käsitys siitä, mistä oli kyse.

Minun täytyy nähdä, mitä tapahtuu.

Ehkä se on suljettu kuvauspaikka tosi-tv-ohjelmaa varten. Tai elokuva.

Se olisi jännittävää. Menen katsomaan.

Ribby pukeutui ja lähti rannalle. Hän hiipi väkijoukkoon ja kysyi eräältä vanhemmalta naiselta, mitä tapahtui.

"Kuollut", nainen sanoi. "Löytyi kuolleena. Kilpikonnat ovat varmaan päässeet hänen kimppuunsa. Mikä näky!" Hän pyyhki otsaansa nenäliinalla.

Duuun duuun duuun duuun duuun dun dun dun dun dun dun dun BOM BOM BOM...

Leuan teema? Onko pakko? Hän sanoi, että se oli nokkakilpikonna.

"Voi hyvänen aika, miesparka."

Tein sen omalla tavallani.

Sinä, shh. Ole kiltti.

Poliisilla oli megafoni. Hän pyysi kaikkia hajaantumaan, ellei heillä ole todisteita esitettävänä.

Duuun dun duuun dun dun dun dun dun dun dun, BOM BOM...

Snapping turtle.

R IBBY PALASI VANHAAN KOTIINSA kaaoksen pelästyttämänä.

Miksi menet takaisin sinne? Jää tänne katsomaan, mitä tapahtuu.

Ei, haluan pois melusta.

Entä jos Martha ja joku hänen herroistaan on meluisampi pomppi-humppi-humppien kanssa?

Ewww. Ylitän sen sillan, kun pääsen sinne.

Hän avasi olohuoneen kaihtimet. Mikään ulkona ei liikahtanut, ei edes tuulahdus. Kello tikitti hänen takanaan synkronoidusti hänen sydämensä sykkeen kanssa. Oli hiljaista, melkein liian hiljaista. Hän sulki kaihtimet.

Hän tarttui kaukosäätimeen ja laittoi television päälle. Hän napsautti sitä, mutta ei löytänyt mitään kiinnostavaa. Hän selasi lehteä ja valitsi sitten hyllystä kirjan. Kumpikaan ei kiinnittänyt hänen huomiotaan. Hän meni keittiöön ja keitti itselleen kupin teetä.

Paluumatkalla ovikello soi. Hän avasi oven ja huomasi kohtaavansa naapurin. Rouva Engle oli varustautunut kahdella padalla.

"Hei, Ribby", rouva Engle sanoi työntyen sisään. "No, äitisi kertoi, että sinulla on jääkaapissa tilaa tälle." Rouva Engle laittoi pataruoat pöydälle, avasi jääkaapin ja kumartui vakoilemaan paikkaa.

"Olen ollut poissa koko viikonlopun. En ole ehtinyt edes vilkaista jääkaappiin."

"Siellä on paljon tilaa. Minun täytyy..." Rouva Engle ei lopettanut. Hän siirteli kaikkea ja laittoi sitten tavaransa sisään. "Tulen hakemaan ne muutaman päivän päästä, Rib. Iso-isosetäni Phil kuoli. He kaikki tulevat minun luokseni. He syövät paljon. Äitisi sanoi, että hänelle kelpaa kaikki, mitä mahtuu mukaan."

"Olen pahoillani setäsi puolesta. Olet tietysti aina tervetullut." Ribby lähti kävelemään kohti ulko-ovea toivoen, että naapuri seuraisi häntä.

"Olet rakas, Rib", rouva Engle epäröi, seisoi paikallaan. "Viihdytättekö yhä niitä rakkaita pikkulapsia sairaalassa?"

"Totta kai. Aina maanantaisin."

He siirtyivät ulko-ovelle.

"Äitisi sanoi muuten olevansa poissa tiistaihin tai keskiviikkoon asti. Hän ja Tom tai Jerry, en ole varma kumpi, lähtivät rannikolle muutamaksi päiväksi. Hänellä on astma, etkö tiedä? Hänen lääkärinsä ehdotti, että hän lähtisi pois kaupungista. Äitisi lähti mukaan seuraksi, ja hän otti Scampin mukaansa."

Ribby risti kätensä. "Äiti on pitkällä lomalla. Olisinpa vain toivonut, että olisin tiennyt, sillä olisin voinut jäädä ystäväni Angelan luokse vähän pidemmäksi aikaa."

Rouva Englen kulmakarvat nousivat ylös. "No, hänellä ei ollut ystäväsi puhelinnumeroa."

"Kiitos, että kerroit minulle." Ribby avasi oven ja seurasi rouva Engleä kuistille.

Pimeässä surisivat hyttyset ja sirkat sirkuttivat. Hänen ristissä olevat kätensä osoittautuivat huonoksi suojaksi yöilman viileyttä vastaan.

"Hyvää yötä, Ribby, ja kiitos vielä kerran."

"Hyvää yötä, rouva Engle." Ribby sulki ulko-oven ja lukitsi sen.

Hän on hullu vanha saapi.

Hän on ollut naapurimme siitä asti, kun olin pieni tyttö.

Voi, mitä tarinoita hän osasi kertoa.

Hän ei ole juoruilija, kuten muut naapurit.

Elämää lähiössä.

Niin, se on tylsää suurimman osan ajasta.

Täällä on aivan liian hiljaista ja minua janottaa. Tarkoitan, että haluan juotavaa. Oikeaa juomaa.

Äidillä on varmaan Jack Danielsia, mutta hän kaipaa sitä, jos otamme pisaran.

Tule, elä vaarallisesti.

Ribby suostui, kaatoi jiggerin ja heitti sen takaisin. Se paloi matkalla alas. Se oli hyvä poltto.

Lisää, kiitos.

Meidän on parasta vaihtaa tämä ennen kuin äiti huomaa.

Ajattele sitä... kuka maksoi sen? Me.

Niin, mutta koko pullo. Vatsani on kipeä ja pääni pyörii.

Aika mennä nukkumaan. Nuku se pois.

Matkalla yläkertaan Ribby roikkui kaiteesta kiinni pitääkseen itsensä vakaana. Huoneessaan hän heitti vaatteensa pois ja kaatui sänkyyn. Hän nousi ylös ja muisti, ettei ollut lukinnut ovea. Hän heilahti ovelle, lukitsi sen ja kaatui takaisin sänkyyn.

Parempi varoa kuin katua.

Pian Ribby nukkui syvään. Hän näki unta, että hän oli Deborah Kerr rakastelemassa Burt Lancasteria elokuvassa Täältä ikuisuuteen.

Aallot syöksyivät heidän vartaloidensa yli, kun se vei heidät merelle. He olivat syvässä syleilyssä. Sitten Lancaster katsoi häntä, mutta hän ei enää ollut Burt Lancaster. Hän oli muukalainen. Hänen silmässään oli avain. Hänen käsissään oli verta.

Ribby heräsi huutaen. Hän hyppäsi sängystä ja juoksi kylpyhuoneeseen pesemään verta käsistään. Kun hän avasi hanan, hän vilkaisi sormiaan. Verta ei ollut enää siellä. Angela näki unta.

KAPPALE 13

Ribby palasi vanhaan kotiinsa kaaoksen pelästyttämänä.

Miksi menet takaisin sinne? Jää tänne katsomaan, mitä tapahtuu.

Ei, haluan pois melusta.

Entä jos Martha ja joku hänen herroistaan on meluisampi pomppi-humppi-humppien kanssa?

Ewww. Ylitän sen sillan, kun pääsen sinne.

Hän avasi olohuoneen kaihtimet. Mikään ulkona ei liikahtanut, ei edes tuulahdus. Kello tikitti hänen takanaan synkronoidusti hänen sydämensä sykkeen kanssa. Oli hiljaista, melkein liian hiljaista. Hän sulki kaihtimet.

Hän tarttui kaukosäätimeen ja laittoi television päälle. Hän napsautti sitä, mutta ei löytänyt mitään kiinnostavaa. Hän selasi lehteä ja valitsi sitten hyllystä kirjan. Kumpikaan ei kiinnittänyt hänen huomiotaan. Hän meni keittiöön ja keitti itselleen kupin teetä.

Paluumatkalla ovikello soi. Hän avasi oven ja huomasi kohtaavansa naapurin. Rouva Engle oli varustautunut kahdella padalla.

"Hei, Ribby", rouva Engle sanoi työntyen sisään. "No, äitisi kertoi, että sinulla on jääkaapissa tilaa tälle." Rouva Engle laittoi pataruoat pöydälle, avasi jääkaapin ja kumartui vakoilemaan paikkaa.

"Olen ollut poissa koko viikonlopun. En ole ehtinyt edes vilkaista jääkaappiin."

"Siellä on paljon tilaa. Minun täytyy..." Rouva Engle ei lopettanut. Hän siirteli kaikkea ja laittoi sitten tavaransa sisään. "Tulen hakemaan ne muutaman päivän päästä, Rib. Iso-isosetäni Phil kuoli. He kaikki tulevat minun luokseni. He syövät paljon. Äitisi sanoi, että hänelle kelpaa kaikki, mitä mahtuu mukaan."

"Olen pahoillani setäsi puolesta. Olet tietysti aina tervetullut." Ribby lähti kävelemään kohti ulko-ovea toivoen, että naapuri seuraisi häntä.

"Olet rakas, Rib", rouva Engle epäröi, seisoi paikallaan. "Viihdytättekö yhä niitä rakkaita pikkulapsia sairaalassa?"

"Totta kai. Aina maanantaisin."

He siirtyivät ulko-ovelle.

"Äitisi sanoi muuten olevansa poissa tiistaihin tai keskiviikkoon asti. Hän ja Tom tai Jerry, en ole varma kumpi, lähtivät rannikolle muutamaksi päiväksi. Hänellä on astma, etkö tiedä? Hänen lääkärinsä ehdotti, että hän lähtisi pois kaupungista. Äitisi lähti mukaan seuraksi, ja hän otti Scampin mukaansa."

Ribby risti kätensä. "Äiti on pitkällä lomalla. Olisinpa vain toivonut, että olisin tiennyt, sillä olisin voinut jäädä ystäväni Angelan luokse vähän pidemmäksi aikaa."

Rouva Englen kulmakarvat nousivat ylös. "No, hänellä ei ollut ystäväsi puhelinnumeroa."

"Kiitos, että kerroit minulle." Ribby avasi oven ja seurasi rouva Engleä kuistille.

Pimeässä surisivat hyttyset ja sirkat sirkuttivat. Hänen ristissä olevat kätensä osoittautuivat huonoksi suojaksi yöilman viileyttä vastaan.

"Hyvää yötä, Ribby, ja kiitos vielä kerran."

"Hyvää yötä, rouva Engle." Ribby sulki ulko-oven ja lukitsi sen.

Hän on hullu vanha saapi.

Hän on ollut naapurimme siitä asti, kun olin pieni tyttö.

Voi, mitä tarinoita hän osasi kertoa.

Hän ei ole juoruilija, kuten muut naapurit.

Elämää lähiössä.

Niin, se on tylsää suurimman osan ajasta.

Täällä on aivan liian hiljaista ja minua janottaa. Tarkoitan, että haluan juotavaa. Oikeaa juomaa.

Äidillä on varmaan Jack Danielsia, mutta hän kaipaa sitä, jos otamme pisaran.

Tule, elä vaarallisesti.

Ribby suostui, kaatoi jiggerin ja heitti sen takaisin. Se paloi matkalla alas. Se oli hyvä poltto.

Lisää, kiitos.

Meidän on parasta vaihtaa tämä ennen kuin äiti huomaa.

Ajattele sitä... kuka maksoi sen? Me.

Niin, mutta koko pullo. Vatsani on kipeä ja pääni pyörii.

Aika mennä nukkumaan. Nuku se pois.

Matkalla yläkertaan Ribby roikkui kaiteesta kiinni pitääkseen itsensä vakaana. Huoneessaan hän heitti vaatteensa pois ja kaatui sänkyyn. Hän nousi ylös ja muisti, ettei ollut lukinnut ovea. Hän heilahti ovelle, lukitsi sen ja kaatui takaisin sänkyyn.

Parempi varoa kuin katua.

Pian Ribby nukkui syvään. Hän näki unta, että hän oli Deborah Kerr rakastelemassa Burt Lancasteria elokuvassa Täältä ikuisuuteen.

Aallot syöksyivät heidän vartaloidensa yli, kun se vei heidät merelle. He olivat syvässä syleilyssä. Sitten Lancaster katsoi häntä, mutta hän ei enää ollut Burt Lancaster. Hän oli muukalainen. Hänen silmässään oli avain. Hänen käsissään oli verta.

Ribby heräsi huutaen. Hän hyppäsi sängystä ja juoksi kylpyhuoneeseen pesemään verta käsistään. Kun hän avasi hanan, hän vilkaisi sormiaan. Verta ei ollut enää siellä. Angela näki unta.

KAPPALE 14

U NESSA RIBBY LEIJUI KORKEALLA pilven päällä. Kaikki oli mustavalkoista, paitsi hänen punainen mekkonsa. Se oli kuin hääpuku, jossa oli pitkä laahus, joka valui pilven reunojen yli.

Hän leijui asuntoonsa ja näki itsensä rakastelemassa jotakuta, ei kerran vaan kahdesti. Kun nainen oli vaipunut uneen, mies pukeutui ja poistui rakennuksesta.

Kadulla hän oli nyt Angela. Hän käveli kortteleita ja kortteleita, sitten mereen. Syvemmälle ja syvemmälle hän meni, kun vesi nousi ylös ja hänen päänsä yli.

Ribby halusi kurkottaa alas ja tarttua häneen, pelastaakseen hänet, mutta hän ei pystynyt. Hän huusi Angelaa pilvensä päältä, heittäen mekkonsa helman alas ja anoen Angelaa tarttumaan siihen. Mutta Angela ei näyttänyt kuulevan häntä.

Angela oli täysin veden alla. Vain kuplat nousivat pintaan.

Ribby syöksyi pilvensä päältä veteen.

Kun hän löysi Angelan, hän kellui kasvot alaspäin.

Ribbystä tuli Angela, Angelasta tuli Ribby, ja yhdessä he nousivat pintaan.

KAPPALE 15

Kun Ribby heräsi, radiosta kuului ääniä, jotka kuiskivat portaita ylöspäin. Hän ihmetteli, oliko hänen äitinsä palannut.

Hän pukeutui ja meni alakertaan, jossa Tizzy-täti istui kuin kuoleman lämmittämänä keittiön pöydän ääressä.

Kahvinkeitin kupli. Tizzy-täti oli jo kattanut pöydän murokulhoilla, paahtoleivällä ja hillolla.

"Huomenta", Ribby sanoi. "Nukuitko hyvin?"

Tizzy-täti nyökkäsi sanomatta sanaakaan.

Ribby olisi halunnut kysyä häneltä vierailunsa syytä, mutta päätti olla kysymättä. Hän ei halunnut, että täti alkaisi taas itkeä. Hän kertoisi, miksi oli tullut, kun olisi valmis.

Toivon, että hän jatkaisi eteenpäin. Hän ei tullut tänne asti turhaan.

Shhhh. Älä ole töykeä.

Hetken hiljaisuuden jälkeen Ribby meni kuistille hakemaan sanomalehteä. Otsikoissa luki: "Ruumiinavaus valmis - murhattu!" Hän selasi jutun Jason Edward Thompsonista Jason Edward

Thompsonin henkilöllisyydestä, joka oli löydetty kuolleena hänen asuntonsa läheltä. Hän kiinnitti huomiota kuvaan ja tunnisti miehen: se oli Ed the Bouncer. Hän oli kookas mies, ja hän ihmetteli, miten tällaista saattoi tapahtua naapurustossa, jossa hän asui. Oli surullista, että mies kuoli niin nuorena, ja vaikka hän ei tuntenut miestä, hän sääli hänen perhettään.

Ribby laittoi sanomalehden keittiön pöydälle ja kaatoi itselleen kupin kahvia. Hän käänsi huomionsa tätiinsä. "Kun olet valmis puhumaan, olen täällä sinua varten."

"Minulla ei ollut muuta paikkaa, minne mennä", Tizzy-täti sanoi. "Mieheni jätti minut toisen naisen takia. Tyttäreni vihaa minua. Hän sanoo, ettei hänen isänsä olisi lähtenyt etsimään toista, jos olisin ollut hänelle parempi vaimo. Jenny on kaksikymmentäviisi, hän ei ole koskaan ollut poissa kotoa, ja hän on siellä yksin, ehkä jopa kaduilla. Minun oli pakko tulla katsomaan, voisinko löytää hänet ja tuoda hänet kotiin. Hänen ystävänsä sanoi olevansa melko varma, että Jenny oli matkalla tännepäin. Toivoin, että hän ottaisi yhteyttä sinuun. Oletko kuullut hänestä mitään?"

Voi veljet.

"Olen pahoillani, mutta olin koko viikonlopun poissa ja äitinikin on ollut poissa. Onko hänellä meidän osoitettamme?"

"Hän on saattanut ottaa sen puhelimestani. Hänellä ei ole paljon rahaa, ei edes luottokorttia. Mieheni syyttää minua. Hän on yhtä huolissaan kuin minäkin, mutta hänellä on pikkuisen lohduttavanaan." Hänen äänensä värisi.

Kuulostaa ihan The Young and the Restlessin jaksolta.

Käyttäytykää.

"Sinun täytyy olla niin huolissasi. Olen pahoillani, mutta minun on pukeuduttava ja mentävä töihin. Jos haluat, voisimme tavata lounaalla ja jutella lisää?" Ribby kiirehti portaita ylös, kun hän jatkoi. "Olen töissä kirjastossa. Hän saattaa tulla käyttämään ilmaista wi-fiä. Monet ihmiset tekevät niin. Sinäkin voisit uskaltautua kaupunkiin ja etsiä häntä."

"Jään mieluummin tänne, mutta hänellä on kännykkänumeroni."

"Oletko ottanut yhteyttä poliisiin?"

"Soitin heille. Heillä on minun ja Gordonin numerot. Mitä muuta voin tehdä?"

"Onko sinulla tuoretta kuvaa Jennystä?" Hän veti mekkonsa päänsä yli ja lisäsi sitten: "Teen muutaman lentolehtisen, ja voimme postittaa niitä ympäri kaupunkia".

"Hyvä ajatus. Olen niin iloinen, että tulin tänne", Tizzy-täti sanoi.

Ribby ajoi harjalla hiustensa läpi. Hän kiirehti takaisin keittiöön. Tizzy-täti penkoi käsilaukkuaan, kaivoi sieltä tyttärensä valokuvan ja ojensi sen Ribbylle. Hän käski tätinsä tehdä olonsa kotoisaksi ja lähti ulos, pysähtyen hetkeksi vilkaisemaan takaisin taloon.

Täti vilkutti hänelle kuin eksyneelle lapselle avoimien kaihtimien takaa.

KAPPALE 16

R IBBY EI MENNYT TÖIHIN, koska Angela oli ilmoittautunut sairaaksi.

Angela meni asuntoon ja vaihtoi uimapuvun päälle. Kun suora auringonvalo osui parvekkeelle, hän sai muutaman säteen. Kun se väistyi, hän heitti uimapuvun päälle aurinkomekon, pakkasi laukun ja lähti kohti rantaa. Angela piti kaupungin vilskeestä, huminasta ja äänistä. Tizzy-tädin jatkuva itku ja vinkuminen teki hänet hulluksi.

Kulkiessaan koulun pihan ohi hän huomasi itkevän pikkutytön. Lapsi vilkaisi ylös ja katsoi sitten taas alaspäin, aivan kuin hän ei olisi halunnut kiinnittää huomiota itseensä.

"Mikä hätänä?" Angela kysyi.

"Ei mikään", lapsi vastasi.

Koulun kello soi, ja pikkutyttö pyyhki kyyneleensä pois ja oikaisi mekkonsa.

Angela katseli ja toivoi, että hän oli auttanut jotenkin pysähtymällä.

Lapsi kääntyi häntä kohti ja ojensi kielensä ulos.

Röyhkeä pikku rouva.

Angela osti Tuulen viemää -kirjan luettavaksi rannalla.

"Se saa minut itkemään", nainen kassan takana sanoi.

"Rhett Butler voisi syödä keksejä sängyssäni milloin vain", Angela vastasi.

Hiekka oli polttavan kuumaa, kun se puristi hänen sandaaliensa reunoja. Hän rakasti rantaa, mutta hiekan joutuminen kaikkialle ei niinkään.

Hän levitti peittonsa, makasi vatsallaan ja avasi kirjansa. Hän katseli, kun pariskunnat kävelivät käsi kädessä ja pyörtyivät toisilleen. Lokit kaartelivat hänen päänsä ympärillä ja tähtäsivät kuin hänen vaalea peruukkinsa olisi ollut maalitaulu.

Angela nukahti kuunnellen lokkien ääniä ja rantaan iskeviä aaltoja. Kun hän heräsi, kello oli melkein viisi iltapäivällä, ja hän kokosi itsensä ja tavaransa ja laittoi ne laukkuunsa. Aurinko ei antanut lämpöä. Hänen hameensa kiertyi tuulessa jalkojensa ympärille.

Tämä ei ollut hänen tavallinen esiintymisiltansa sairaalassa. Tämä oli meikkikeikka.

Ribby laati esittelylehtisen ja tulosti muutaman kopion tarkoituksenaan laittaa muutama matkan varrelle ja sairaalan ilmoitustaululle.

Miksi meidän pitää esiintyä noille kakaroille?

#1. He eivät ole kakaroita. He ovat pieniä enkeleitä, joille on jaettu huonot kortit. #2. Teen mitä tahansa saadakseni heidät hymyilemään, nähdäkseni heidät nauramassa. Vähentääkseni heidän perheidensä taakkaa. #3. Jos et pidä siitä, voit heittää sen pois.

Se on minulle kerrottu.
Juuri niin.
Toistaiseksi.

S AIRAALAESITYKSEN JÄLKEEN RIBBY LÄHTI kotiin. Hänen kotinsa edessä seisoi valkoinen Attics-R-Us -pakettiauto. Hän vilkaisi ikkunaan, huomasi kaihtimien olevan auki ja juoksi portaita ylös. Sieltä kuului veret seisauttava huuto.

Ribbyn sydän hakkasi niin voimakkaasti, että hän luuli sen puhkeavan rinnasta. Hän ryntäsi pitkin eteistä keittiöön, jossa hän löysi Tizzy-tädin lattialta hakkaamassa nyrkkejään Attics-R-Us-miehen muhkeaa muotoa vasten.

Ribby ei epäröinyt, kun Tizzy kurkotti ruokailuvälinelaatikkoon ja kaivoi sieltä esiin suuren veitsen. Hän syöksyi ja iski veitsen miehen selkään.

Mies kaatui eteenpäin ja piti kammottavaa kurlaavaa ääntä. Ribby veti veitsen ulos, ja verta virtasi.

Tizzy-täti jäänyt muhkean miehen läskin alle, antoi hänen vartalolleen tönäisyn.

Ribby auttoi hänet seisomaan, ja he seisoivat molemmat selin, kun verilammikko laajeni.

Tizzy-täti huusi.

Ribby huusi.

Kuin kaksi päätöntä kanaa he juoksivat ympäri keittiötä itkien ja kiljuen.

STOP.

Ribby totteli ja seisoi paikallaan.

Tizzy-täti jatkoi juoksentelua.

STOP. Minua huimaa, Tizzy-täti.

Hän pysähtyi. Hän katsoi ruumista ja verilammikkoa. Hän nosti mekkoaan. Lisää verta. Hän yritti pyyhkiä sitä pois.

"Minun täytyy..." Tizzy-täti meni lavuaarin luo ja oksensi siihen.

Ribby kuunteli oksennuksen ääniä ja kellon tikitystä. Hän rummutti sormiaan keittiön pöydällä.

Rauhoittui. Minä olen nyt rauhallinen.

Jessus, Ribby.

Minun piti pelastaa Tizzy-täti. Minun oli pakko. Ehkä hän ei olekaan kuollut. Ehkä minun pitäisi soittaa ambulanssi?

Ei ambulanssia. Tarkista, onko pulssia.

Ribby otti ranteestaan kiinni.

Etkö tarvitse kelloa tähän?

Angela otti ohjat käsiinsä.

Kuollut kuin kivi.

Minä tapoin jonkun, minä tapoin jonkun!

Niin teit. Yllätit minut. Nyt tarvitsemme suunnitelman.

Minun täytyy puhua tätini kanssa ensin.

Ei, me tarvitsemme suunnitelman. Tizzy-täti voi odottaa.

Tizzy-täti yritti istua, mutta sen sijaan hän huusi ja juoksi yläkertaan.

Hänet pitää kääntää ympäri.

Entä veitsi?

Hae kumihanskat lavuaarin alta. Sitten etsi jotain, johon laittaa se, kuten sanomalehti, huopa tai pyyhe. Jotain sellaista, mitä ei jää huomaamatta.

Ribby löysi hanskat ja puki ne päälle. Hän nappasi kierrätysastiasta sanomalehden, johon hän kääri veitsen, sekä huovan ja pyyhkeen liinavaatekaapista.

Nyt, takaisin ruumiin luona, hän kumartui ja tönäisi sitä. Se pomppasi takaisin. Hän teki toisen yrityksen, tällä kertaa työntäen ruumista liikkeellä ja pitäen siitä kiinni jalallaan. Hän oksensi, mutta onnistui pitämään vatsansa sisällön alhaalla. Hän käänsi hänet loppumatkan. Hänen peniksensä paiskautui, ja hänen päänsä osui pöydän jalkaan tylsällä läpilyönnillä. Hän heitti peiton miehen päälle vakuuttuneena siitä, että mies oli nyt kuollut.

Yläkerrasta Tizzy-täti huudahti: "Kuka helvetti se olikaan se paskiainen."

TIZZY-TÄTI PALASI KEITTIÖÖN. "MEIDÄN pitäisi soittaa poliisille", hän sanoi.

Ei missään nimessä.

Hän on oikeassa, meidän on soitettava poliisille.

Haluatko joutua vankilaan sen raiskaajan paskiaisen tappamisesta?

Minä selitän. Pelastin Tizzy-tädin.

Mutta miten selität, miksi hän ylipäätään oli täällä?

"Tizzy-täti... Miten hän pääsi sisään? Miksi päästit hänet sisään?" Ribby tiedusteli.

"Hän koputti oveen ja tuli heti sisään, aivan kuin häntä olisi odotettu. Ajattelin, että hän oli Marthan ystävä, joten tarjosin hänelle kupin kahvia. Heti kun käänsin hänelle selkäni, hän työnsi minut lattialle ja... ja..." hän laittoi kädet kasvoilleen ja nyyhkytti.

Ribby lohdutti häntä: "Kaikki järjestyy. Minä lupaan sen. Me selvitämme sen."

Meidän on päästävä eroon ruumiista.

Hankkiutukaa eroon siitä! Miten? Miksi?

Koska sinä tapoit hänet ja koska hänen pakettiautonsa on yhä talon edessä.

Pakettiauto. Unohdin pakettiauton.

Hänet on saatava pois täältä.

Hän on liian painava nostettavaksi. Meillä on kottikärryt.

Hyvä idea. Laitamme hänet kottikärryyn.

"Tizzy-täti", Ribby taputti hänen kättään. "Mikset keittäisi meille kupillista teetä? Menen hetkeksi ulos... Voitko keittää meille kupin teetä?"

"Aiotko jättää minut rauhaan tuon kanssa?"

"Tulen vain muutamaksi minuutiksi. Keitä teetä, niin saat ajatuksesi muualle. Hän ei voi satuttaa sinua nyt."

Ulkona Ribby avasi vajan lukituksen ja veti kottikärryt ulos. Hän työnsi sitä, pyörät kilisivät nurmikon poikki. Hän yritti nostaa sitä portaita ylös, mutta tyhjänä se oli liian vaikeaa. Hän käänsi itsensä ja sen ympäri. Hän käveli taaksepäin ja veti, kunnes se ponnahti portaat ylös kuistille. Uupuneena hän avasi etuoven ja jatkoi kottikärryn työntämistä käytävää pitkin keittiöön.

Pyydä häntä auttamaan sinua. Tarkoitan, että saisit hänet siihen.

Minä autan. Meidän on päästävä eroon hänen ruumiistaan ennen kuin aurinko nousee. "Entä hänen pakettiautonsa?"

"Mikä pakettiauto?" Tizzy-täti kysyi.

Hups. Sanoin sen oikeasti, enkö sanonutkin?

Jep.

"Hän jätti pakettiautonsa ulos", Ribby sanoi. Hän sulki etuoven takanaan.

"Hankkiudutaan eroon ruumiista ja pakettiautosta samalla kertaa", Tizzy-täti ehdotti.

Nyt hän on päässyt oikeuksiinsa.

Voi veljet.

Juuri kun he olivat valmistautumassa siirtämään ruumista kottikärryyn, heidät keskeytti koputus etuovelle.

"Kuka se voi olla?" Tizzy-täti kuiskasi.

Ribby käveli varpaillaan ovelle ja kurkisti avaimenreikään. Se oli rouva Engle, jolla oli suuret tarjottimet ruokaa kummassakin kädessä. Hän koputti varmaan kyynärpäällä. Ribby katsoi itseään; hänen vaatteissaan oli veritahroja.

"Huhuu, Ribby. Se olen minä, rouva Engle. Minulla on vain vielä pari asiaa jääkaappiinne. Toivottavasti ei haittaa."

Ribby nappasi takkinsa koukusta ja heitti sen päälleen ja avasi sitten oven. Hän tarjoutui laittamaan tarjottimet jääkaappiin. Hän yritti sulkea etuoven jalallaan.

"Kiitos, kultaseni", rouva Engel sanoi. "Ai niin, ja muuten, olen lähdössä matkalle muutamaksi päiväksi ja palaan sitten hautajaisiin. Päästän itseni sisään vara-avaimella, jos et ole täällä." Hän kumartui lähemmäs ennen kuin kuiskasi. "Kaikki tulevat tänne hautajaisten jälkeen syömään. En koskaan ymmärrä, miksi hautajaiset saavat sukulaiset niin nälkäisiksi. Kai se on luonnollinen reaktio, kun joutuu kohtaamaan rakkaansa kuolevaisuuden. Minuun se vaikuttaa aina päinvastoin."

"Toivottavasti kaikki, öö, menee hyvin sinulle ja perheellesi", Ribby sanoi yrittäen sulkea oven taas.

"Kiitos, kultaseni." Rouva Engel laskeutui portaita alas ja ulos nurmikolle.

Ribby huokaisi helpotuksesta, mutta jatkoi katselua,

Rouva Engle kääntyi ympäri: "Oletko muuten kuullut Marthasta?" Hän kysyi.

"Ei, emme ole", Ribby myönsi.

"Voi, minä ajattelin..." Rouva Engel sanoi katsoen valkoista pakettiautoa.

"Minun on parasta laittaa nämä jääkaappiin, rouva Engel", Ribby sanoi. "Ne tuoksuvat niin hyvältä, ja minulla on niin kova nälkä, että voisin syödä ne itse juuri nyt!"

"Olet tervetullut syömään tähteitä minun luokseni tapaamisen jälkeen. Olisi synti, jos ruoka loppuisi kesken." Hän kääntyi ja lähti kotiin.

"Huh!" Ribby sanoi. Hän potkaisi ulko-oven kiinni ja meni keittiöön. Tizzy-täti kyyristeli nurkassa ja väänsi käsiään kuin Lady Macbeth.

Ribby laittoi pataruoat pois, repi takin pois ja heitti sen eteiseen, sitten hoiti tätiään.

"Mitä me teemme, Ribby?" Tizzy-täti sanoi. "Meidän on saatava hänet pois täältä. Mitä me teemme? Mitä? Mitä? Mitä?"

Ribby läimäytti Tizzyä. Alkujärkytyksen jälkeen he tulivat yhteen ja halasivat.

"Minulla on suunnitelma, Tizzy-täti. Älä ole huolissasi. Mutta ensin minun on haettava muutama asia ulkovajasta. Tulen pian takaisin, lupaan sen."

Kun rouva Engle ja hänen siskonsa olivat poissa näkyvistä, Ribby lähti ulos ja jätti Tizzy-tädin lyyhistyneenä sohvalle.

Tizzy-täti tarkisti päivityksiä puhelimestaan. Se piippasi tekstiviestin mieheltään. Jenny oli hänen kanssaan. Jenny oli turvassa ja voi hyvin.

Tizzy sulki silmänsä ja antoi helpotuksen tuntea, että tytär oli turvassa. Päivä oli ollut melkoinen.

Viime päivien ylivoimaiset tunteet paisuivat hänen sisällään kuin valtava aalto. Kaikki tunteet nousivat pintaan. Kipu, helpotus, tuska, loukkaantuminen, katumus.

Tizzy yritti nousta seisomaan, mutta hänen polvensa antoivat periksi. Hän vapisi ja tärisi yrittäessään sekä piiloutua totuudelta että hyväksyä sen.

KAPPALE 17

R IBBY PALASI KEITTIÖÖN. HÄNELLÄ oli mukanaan työkaluja, kuten lapio, kirves, pressu, haalari, puutarhahanskat ja sakset. Hän arvioi tilannetta.

Mitä hittoa varten nuo kaikki ovat?

Nappasin vain satunnaisia tavaroita, joiden ajattelin voivan auttaa.

Niin teitkin.

Ribby pani kädet lanteilleen. "Laitetaan hänet nyt kottikärryyn."

"Oletko varma, että hän mahtuu?" Tizzy-täti tiedusteli.

Kyllä hän mahtuu.

Hänen on pakko mahtua, meillä ei ole varasuunnitelmaa.

"Käytetään huopaa ja vedetään hänet sen päälle", Ribby ehdotti. "Meidän ei tarvitse nostaa häntä sinänsä. Käärimme hänet peiton päälle, ja voimme säätää sitä tarpeen mukaan. Meidän on vain saatava hänet kottikärryyn, ja siitä eteenpäin se on helppoa."

"Ribby, sinä pelotat minua! Ihan kuin olisit tehnyt tämän ennenkin", Tizzy-täti sanoi. "Et ole tehnyt, ethän?"

"Luoja ei, Tizzy-täti, mutta olen lukenut kirjoja ja nähnyt elokuvia. Nyt lähdetään liikkeelle. Ota kiinni peiton toisesta päästä, ja kun lasken kolmeen, siirrämme molemmat hänet. Onko selvä?"

Kun he saivat vauhtia, hänet oli helppo kääntää peiton päälle. Nyt tuli vaikea osa.

"Ja vielä kerran. Kolmen jälkeen."

"Okei, Rib, ihan miten vain."

"1, 2, 3 - heivaa ho!" "1, 2, 3 - heivaa ho!" Ribby sanoi. Kuolleen miehen päästä kuului ontto kolahdus, kun se osui metalliastiaan.

"Vielä kerran!" Ribby käski: "1, 2, 3 - kyllä!" "1, 2, 3 - kyllä!" Ribby sanoi, kun he laskivat ruumiin kolme neljäsosaa matkasta kottikärryyn.

"Nyt minä laitan sen pystyyn", Ribby sanoi, "ja sinä pujotat jalat ja ... hänen ruumiinosansa."

"En missään nimessä laita sitä mihinkään!" "En missään nimessä laita sitä mihinkään!" Tizzy-täti sanoi. "Se voi roikkua koko matkan Kingdom's comeen asti!" "Se voi roikkua koko matkan Kingdom's comeen asti!"

Ribby nauroi itsestään huolimatta, ja pian myös Tizzy-täti sai naurukohtauksen.

Molemmat naiset olivat hysteerisiä.

Amatöörit.

Angela otti kääritystä veitsen ja vei sen yläkertaan. Hän pyyhki veren ja sormenjäljet pois ennen kuin kääri sen uudelleen. Hän piilotti veitsen Marthan sukkalaatikon perälle.

Angela palasi alakertaan, jossa hän pyyhki keittiön verisen sotkun pois.

Kun hän oli valmis, sekä Ribby että Tiz olivat riittävän rauhallisia.

Jatka vain, Rib.

"Tule, Tiz-täti. Tehdään tämä."

"Olen mukana."

Halleluja! Olemme nousseet ilmaan.

N YT MEIDÄN ON LÖYDETTÄVÄ hänen autonavaimensa. Kurkista hänen taskuihinsa, Tizzy."

"En aio!"

"Pois tieltä", Angela sanoi. Hän löysi avaimet miehen takin taskusta.

"Nyt pyöräilemme hänet takaisin pakettiautoon ja sitten..."

"Tarkoitatko, että viemme hänet ulos, tässä?" Tizzy-täti kysyi.

"Jep. Meillä ei ole vaihtoehtoja, Tiz. Meidän on tehtävä tämä, kun ulkona on pimeää. Hänet on saatava pakettiautoonsa."

"Miten me nostamme hänet siihen, Rib?", kysyi hän. Se on mahdotonta."

"Meidän on pakko. Meillä ei ole vaihtoehtoja", Ribby sanoi.

Ribby heitti pressun ruumiin päälle.

Minähän sanoin, että siitä olisi hyötyä.

Fiksut housut.

Ribbyn ja Tizzy-tädin oli ponnisteltava yhdessä, jotta ruumis saatiin pakettiautoon. Ribby avasi kuljettajan oven ja avasi pakettiauton takaosan. Hän painoi sinistä nappia aivan tavaratilan sisäpuolella, ja hydraulinen nostin urahti alaspäin. Yhdessä naiset onnistuivat ohjaamaan kottikärryt hissin päälle, ja pian ruumis oli pakettiauton takaosassa.

Ribby palasi sisälle ja vaihtoi veriset vaatteensa pois ja piilotti ne kaapin perälle muovipussiin.

Entä veitsi?

Se on kunnossa, onnistuin siinä.

Kun Ribby oli taas ulkona, hän sanoi: "Sinun on ajettava, Tizzy-täti, koska minä en osaa ajaa".

"Mutta minä en uskalla ajaa niin isossa kaupungissa! Minä en osaa! Minä en halua!"

"Kuule, meillä ei ole aikaa tähän paskanjauhantaan", Angela puuttui asiaan. "Sinä pelkäät ajaa, kun meillä on täällä iso lihava kuollut mies, josta meidän pitää päästä eroon! Puhumattakaan uteliaista naapureista! Meidän on hävitettävä hänen pakettiautonsa ja ruumiinsa, kun on pimeää."

"Ellet tietysti halua, että soitan poliisille ja kerron, että murhasimme hänet, Tizzy-täti?"

Tizzy-tädin leuka loksahti alas.

Teknisesti ottaen Rib, sinä murhasit hänet. Kunhan sanoin.

Minä tiedän. Minä tiedän.

Tizzy-täti sulje se, tai koi lentää sisään.

"Ajamme The Bluffsiin, jossa voimme hävittää ruumiin ja pakettiauton, Tizzy-täti, mutta sinun on saatava itsesi järkiinsä. Sinun on saatava meidät sinne! Mitä sanot?"

Tizzy-täti nyökkäsi.

"Hyvä on sitten, mennään!" Ribby laittoi vainajan avaimet tätinsä vapisevan käden kämmenelle.

KAPPALE 18

KAIKESTA HUOLIMATTA Tizzy-täti oli hyvä kuljettaja, vaikkakin hermostunut.

Matkalla he pysähtyivät huoltoasemalle, joka ei ollut kaukana The Bluffsista, jossa Ribby tilasi taksin hakemaan heidät tunnin kuluttua.

Kun he jatkoivat matkaa syrjäiselle alueelle, Ribby sanoi: "Laita kaukovalot päälle, Tizzy-täti." He etenivät eteenpäin, kun kuu horisontissa houkutteli heitä lähemmäs.

"Seis!" Ribby sanoi. Kun auto pysähtyi, hän ja Tizzy-täti nousivat ulos.

"Woo-ee!" Tizzy-täti huudahti. "Se on tosiaan pitkä matka alas!"

"Älkää menkö liian lähelle", Ribby sanoi, "jyrkänne on murenemassa."

He ottivat pari askelta taaksepäin juuri, kun pilvet erkanivat ja tähtien valo välkkyi. He seisoivat yhdessä, vapisten, vierekkäin tuulen piiskatessa heidän ympärillään. Tizzy-täti halasi itseään.

"Se on todella kaunis", Tizzy-täti sanoi.

"Minun on tuotava sinut tänne päivällä, niin saat sen kauneuden täydessä laajuudessaan."

"Se olisi oikein mukavaa, Ribby. Unohdin muuten kertoa, että Jenny on isänsä luona. Hän lähetti minulle tekstiviestin vähän aikaa sitten."

"Se on erinomainen uutinen."

OMG! Mikä tämä on, The Young and the Restless? Jatka vain, Rib!

Hyvä on, hyvä on. "Tizzy-täti, sinun tarvitsee vain laittaa pakettiautoon vaihde päälle, ja kun auto lähtee liikkeelle, hyppää ulos. Se putoaa jyrkänteen yli, ja snapsit syövät hänet aamiaiseksi. Heippa, läski paskiainen. Heippa, läskipaskiaisen pakettiauto. Hei hei, ongelmat. Tarinan loppu! Sitten voimme palata omaan elämäämme. Se on meidän pieni salaisuutemme."

"Jumala tietää", Tizzy-täti sanoi.

Ja minä.

"Jumala ymmärtää, koska se oli itsepuolustusta. Hän raiskasi sinut, Tizzy-täti!"

Hän alkaa hermostua, Ribby. Tee se nyt.

"Jumala tietää aina", Tizzy-täti sanoi kääntyessään ja kävellessään pois. Hän vilkaisi olkansa yli, avasi sitten pakettiauton oven ja kiipesi sisään. Hän veti oven kiinni ja moottori käynnistyi. Hän kiihdytti sitä kerran, kahdesti, kolmesti. Sitten hän suuntasi kohti jyrkänteen reunaa.

"Hyppää, Tizzy-täti!" "Hyppää, Tizzy-täti!"

Oli liian myöhäistä. Pakettiauto jatkoi matkaa. Loppu.

Ribby juoksi kohti reunaa ja ehti juuri ajoissa näkemään, kun pakettiauto törmäsi veteen.

Hän yritti huutaa, mutta mitään ei tullut ulos.

Ei mitään. Kunnes oksennus alkoi. Hän kaatui polvilleen.

Typerä nainen.

Hänen ei olisi tarvinnut tehdä sitä. Hänen ei olisi tarvinnut kuolla.

Se oli hänen päätöksensä. Hänen valintansa.

Muistan Barbie-nukkekakun, jonka hän teki syntymäpäivälahjaksi.

Kukaan ei voi viedä sitä muistoa pois. Häivytään nyt helvettiin täältä.

Se ei ollut mennyt suunnitelmien mukaan. Mutta mikään ei koskaan mene niin, ei edes elokuvissa. Luulet, että Cary Grant jää tytön takia, mutta hän ei jääkään. Luulet, että Humphrey Bogart estää Ingrid Bergmania nousemasta koneeseen, mutta hän ei tee niin. Vaikka haluaisit, niin ei tapahdu niin kuin haluaisit.

KAPPALE 19

RIBBY RIPUSTI TAKKINSA ETEISEEN ja huudahti: "Olen kotona, äiti". Hän suuntasi keittiöön, jossa Martha istui kyyristyneenä pöydän ääressä, murha-ase kädessään.

"Oletko tappanut sikoja, Rib?" hän kysyi pitelemällä veistä. Martha nousi seisomaan.

"Minä tapoin sen lihavan paskiaisen", Angela sanoi. "Minä puukotin hänet kuoliaaksi."

Martha avasi suunsa, mutta sanoja tai ääniä ei tullut ulos, joten Angela jatkoi. "Hän oli ällöttävä eläin, pelkkä sika, jonka kulli roikkui housuista."

"Minun oli pakko Ma", Ribby puuttui asiaan. "Hän raiskasi Tizzy-tädin!"

Hän ei koskaan opi. Minä hoidin tämän.

Martha asetti vasemman kätensä lantiolleen. Oikea käsi, jossa hän piti veistä, pysyi käden ulottuvilla. "Mistä ihmeestä sinä puhut? Läski paskiainen? Tizzy-täti?"

"Se tyyppi valkoisessa Attics-R-Us -pakettiautossa. Hän on se lihava paskiainen", Angela sanoi. "Ja mitä siskoosi Tizzyyn tulee, niin hän oli puolustuskyvytön kuin kissanpentu, kun mies pahoinpiteli häntä."

"Minä pelastin hänet häneltä", Ribby sanoi.

Martha kääntyi, aivan kuin hän aikoisi laskea veitsen alas. Sitten ilmeisesti muutti mielensä ja astui taaksepäin. "Ja missä he ovat nyt? Jos sinä tapoit hänet, missä hänen ruumiinsa on?"

Ribby tuijotti veistä. "Me pakkasimme hänet pakettiautoonsa ja ajoimme hänet jyrkänteeltä alas."

"Se oli täydellinen suunnitelma", Angela sanoi. "Kunnes se sinun hullu siskosi kieltäytyi nousemasta pakettiautosta ja ajoi itsekin alas." Angela käveli Marthan ympäri ja lysähti tuolille kiukkuisena.

Ribby alkoi puhua, mutta muutti mielensä, kun vedenkeitin vihelteli. Martha laski veitsen keittiön pöydälle. Hän haki jääkaapista maitoa ja kaapista kaksi mukia. Lusikat olivat jo pöydällä, rivissä kuin lelusotilaat. Kaadettaessa hän sanoi: "Katsotaan, saanko tämän sitten oikein, Rib. Siskoni tuli tänne. Carl Wheeler luuli, että olen avoinna, ja kokeili sitä Tizin kanssa. Sinä puukotit häntä ja sitten hävitit hänet. Odotatko minun uskovan tämän? Hän oli poikkeuksellisen kookas mies."

"Totta helvetissä hän oli", Angela sanoi. "Rib siis me   panimme hänet kottikärryyn. Niin saimme hänet ulos."

"Vai niin", Martha tirskahti. "Ja sitten te suunnittelitte, että pääsette eroon ruumiista, mutta Tiz teki suunnitelmallenne tyhjäksi, kun hänkin meni sinne. Ja mitä Tiz muutenkaan teki täällä? En ole kuullut hänestä sanaakaan vuosiin."

"Hänen miehensä jätti hänet toisen naisen takia, nuoremman", Angela sanoi. "Sitten hänen tyttärensä karkasi. Hän oli sekaisin."

Martha istui ja otti muutaman kulauksen teestään. "No, meidän on tehtävä jotain tälle veitselle. Se ei voi jäädä tänne talooni." Martha nosti veitsen ja katsoi Ribbyä, joka joi teetä oikealla kädellään. Hänen vasen kätensä oli kämmen alaspäin pöydällä. Martha nosti veitsen ylös ja laski sen alas, jolloin Ribbyn käsi katkesi ystävästään, ranteesta.

Teekuppi osui pöytään ja kimposi. Ribby huusi. Martha tarttui hänen oikeaan käteensä ja painoi sen kämmen alaspäin pöydälle. "Kerro minulle, mitä täällä tapahtuu ja kuka helvetti sinä olet", hän vaati. "Koska tiedän, ettet ole tyttäreni." Martha nosti veistä ylöspäin, niin että kärki melkein osui Ribbyn nenään. "Painu helvettiin tyttäreni luota, mikä ikinä oletkaan. Muuten revin hänet kappaleiksi raaja kerrallaan."

"Äiti älä. Älä ole kiltti. Älä!"

"Minä olen Ribby. Pelkkä Ribby", Angela huokaili käyttäen Ribbyn nössöintä ääntä.

Hetken hän luuli Marthan uskovan häntä. Toinen CHOP, toinen käsi katkaistiin ja Ribbystä tuli kaksihaarainen suihkulähde.

"Kuole. Me kaikki kuolemme", Angela lauloi, kun Ribby itki ja huusi tuskissaan. Angela ei tuntenut kipua, eikä hän tuntenut mitään todellista nautintoa. Kaiken, mitä hän teki, kaiken, mitä hän yritti tehdä, hyötyi aina Ribby. Ei kuitenkaan tällä kertaa. "Ribby-parka", Angela sanoi. "Miten hän nyt hoitaisi sairaita lapsia sairaalassa?" "Miten hän nyt hoitaisi sairaita lapsia sairaalassa?"

Ribby heräsi asunnossaan huutoon. Hän tarkisti oikean kätensä. Sitten vasenta. Molemmat olivat yhä tallella. Liian peloissaan noustakseen sängystä, hän piti itseään kädestä kiinni ja katseli, miten auringonvalo piirsi kuvioita kattoon.

K UN RIBBY OLI TÄYSIN hereillä, hän kävi suihkussa ja pukeutui. Hän päätti lähteä kävelylle ja puhdistaa päätään Hän oli kiitollinen siitä, että oli sunnuntai. Hän ei voinut kohdata töitä tai lapsia tänään.

Kun hän oli ulkona, paha uni siirtyi hänen mielensä taka-alalle. Hän vältti rantaa ja aaltojen kohinaa, koska se toi mieleen muistoja Tizzy-tädistä.

Ennen kuin hän lähti takaisin, hän pysähtyi kahvilaan ja tilasi cappuccinon. Se maistui niin hyvältä, että hän halusi heti toisen. Kun hän odotti uutta tilausta, Nigel kulki ohi. Hän ei ollut nähnyt häntä viikkoihin. Hän ei ollut edes varma, muistaisiko Nigel häntä.

"Hei! Nigel", Angela huusi ja koputti ikkunaa.

Nigel hymyili ja astui kahvilaan. Hän suuteli Ribbyä poskelle. Hänestä tämä oli liian tuttua.

"Mitä helvettiä sinulle on tapahtunut?" Nigel kysyi.

"Kiireistä töissä", Angela sanoi. "Ja kaipaan vähän lepoa. Haluatko tehdä jotain tänään?" "En."

Nigel katsoi jalkojaan. "Minulla on nyt tyttöystävä, joten jos menen ulos, hän tulee mukaan."

"Nigel-parka", Angela kiusoitteli, "ei ole edes naimisissa ja on jo ruoskittu!"

Nigel heitti päänsä taaksepäin ja nauroi. Hän tarttui Angelan käteen ja taputti sitä veljellisesti.

"No, mikä hänen nimensä sitten on?" Angela kysyi. "Vai onko se salaisuus?"

"Ei, herranjestas ei", Nigel sanoi ja siirtyi taaksepäin, jotta jonoon liittynyt henkilö pääsi sisään ja tilaamaan. "Hänen nimensä on Anne-Marie."

Angela muutti mielensä tilaamisesta ja lähti kohti ovea. "Sinun täytyy esitellä meidät joku päivä."

Nigel siirtyi jonossa eteenpäin.

Angela suitsutti koko kotimatkan.

KAPPALE 20

SEURAAVANA ILTANA RIBBY LÄHTI sairaalasta bussilla kotiin. Oli jo melkein pimeää, kun hän saapui. Etuovi oli auki. Sisältä pauhasi musiikki, joka oli niin kovaa, että se pärskähti katuliikenteen rinnalla. Varovasti hän eteni etuportaita ylös, kun Scampin tassut tassuttelivat häntä kohti. Se hyppäsi ylös ja tyrmäsi hänet. Martha tuli perässä ja nauroi, kun koira nuoli Ribbyn kasvoja.

"Häivy nyt, Scamp", Martha sanoi työntäessään sen takapuolta jalallaan. Hän ojensi kätensä auttaakseen Ribbyä. Jaloilleen noustuaan Ribby harjasi itsensä alas.

"Olet melkein iho ja luu", Martha sanoi. "Etkö ole syönyt?"

Ribby tarttui äitiinsä ja heitti kätensä tämän kaulan ympärille. Martha halasi takaisin ja päästi sitten irti kysyen: "Kuppi kahvia?" Martha halasi takaisin ja kysyi: "Kuppi kahvia?"

"Näytät upealta, äiti!" Ribby sanoi, kun he kävelivät yhdessä keittiöön. "Sinulla on upea rusketus."

Martha nauroi. "Meillä oli ihanaa. Asuisin siellä hetkessä, jos minulla olisi rahaa. Tom oli ihana isäntä." Hän liikkui keittiössä, laittoi vedenkeittimen kiehumaan ja valmisteli mukeja. "Mitä olet puuhannut? Ja kenen tavaroita nuo ovat huoneessani."

"Tizzy-tädin."

Martha melkein pudotti mukin. "Siskoni on täällä? Slummissa, luulisin. Missä hän sitten on? Ostoksilla?"

"Ei oikeastaan", Ribby sanoi. "Hän tuli tänne etsimään Jennyä." Ribbylle tuli outo déjà vu -tunne. Hän vapisi ja tunki molemmat kätensä taskuihinsa.

"Onpa hassua, että hän on tullut tänne asti. Meillä on varmasti paljon puhuttavaa."

"En tiedä, tuleeko hän takaisin", Ribby änkytti. "Luulen, että hänen piti ehkä lähteä kotiin. Siis yhtäkkiä."

Martha sekoitti sokeria. "Ilman matkatavaroitaan?" Hän otti kulauksen. "Oletko nähnyt häntä tänään?"

"En, olin ystäväni Angelan luona." Hän ei juonut teetä eikä edes yrittänyt juoda. Hänen kätensä olivat yhä tiukasti taskuissaan.

Martha joi teekuppinsa alas. Hän työnsi tuolinsa taaksepäin ja haukotteli suu niin leveäksi, että bussi olisi voinut mennä sen läpi. "Menen nyt nukkumaan."

"Hyvää yötä sitten, äiti", Ribby sanoi. Hän tyhjensi mukinsa ja liikkui keittiössä, kunnes kuuli Marthan huudon portaiden yläpäästä.

"Rib, muuten, löysin tämän", hän piteli veistä. "Se oli kääritty sukkalaatikkooni."

"Ehkä Tizzy-täti murhasi sillä jonkun", Angela sanoi kävellessään portaita ylös.

Martha ojensi hänelle veitsen ja päästi raikuvan naurun. "Sinulla on melkoinen mielikuvitus. Pesemme sen kunnolla aamulla. Hyvää yötä."

Angela otti veitsen Marthalta vastaan uudessa pyyhkeessä.

Miksi käytit uutta pyyhettä?

Sen minä tiedän, ja sinä saat selvittää sen.

Ribby piilotti veitsen kaapin perälle veristen vaatteidensa joukkoon.

Okei, mene sitten nukkumaan.

Älä puhu minulle, niin minä puhun.

Hyvää yötä, Ribby.

Hyvää yötä, Angela.

KAPPALE 21

R IBBY VAIPUI SYVÄÄN UNEEN. Hän näki unta, että hän oli korkealla pilvissä, jossa hän istui ja katseli muiden pilvien kulkevan ohi. Joskus pilvien päällä ratsasti ihmisiä. Hän tunnisti jonkun aina silloin tällöin. Kuuluisan henkilön, joka näytti katselevan ympärilleen nähdäkseen, tunnistiko joku hänet.

Oli hyvin outoa nähdä Cary Grant hymyilemässä ja vilkuttamassa hänelle, kun hänen pilvensä surffasi ohi.

Ribby huusi: "Herra Grant, oi herra Grant, te olette ehdoton suosikkinäyttelijäni!"

"Olette hyvin suloinen", Cary sanoi, kun hänen pilvensä jatkoi matkaansa eteenpäin.

Ribby seurasi häntä katseellaan, kunnes hän ei enää nähnyt häntä, koska suurin osa pilvistä oli vierinyt pois. Katosi.

Lukuun ottamatta yhtä valtavaa mustaa pilveä, joka ryntäsi häntä kohti...

Hän ei ollut varma, mitä tehdä, miten ponnistaa eteenpäin. Hän räpytteli käsiään, mutta se ei toiminut. Hän veti syvään henkeä ja hengitti ulos pilveen, mutta sekään ei toiminut. Tällä kertaa hän ei osannut olla pilvessä. Aiemmin se oli liikkunut, kun hän oli halunnut, mutta tällä kertaa se ei liikkunut.

Suuri musta pilvi leijui lähemmäs. Ribby istui ja halasi sitten polviaan. Sade oli tulossa, ja siksi muut pilviratsastajat olivat lähteneet etsimään suojaa. Hän tunsi olevansa hyvin yksin. Jos hän olisi vain hypännyt Cary Grantin pilveen, niin hän ei ainakaan olisi ollut aivan yksin.

BOOM! Hän putosi sivuttain pörröisen pilven syliin. Ukkonen kaikui tyhjällä taivaalla.

RÄKSY.

Salama leimahti tunkeutuvasta mustasta pilvestä Ribbyn pilveen. Hän huusi. Se oli hyvin lähellä. Hänen käsivartensa karvat nousivat pystyyn staattisesta sähköstä. Hänen ihonsa kuumeni, yhä kuumemmaksi ja kuumemmaksi.

"Lopettakaa!"

"En!" vihainen naisen ääni huusi.

Salama iski jälleen Ribbyn pilveen, tällä kertaa katkaisten sen kahtia. Hän pyörähti sivulle ja otti sikiöasennon. Hän katsoi ylös ja huomasi naisen, joka näytti hämmästyttävän paljon Tizzy-tädiltä. Hänellä oli päällään löysät, mustat vaatteet, ei varsinaisesti mekko eikä viitta, jotka piiskasivat häntä ylöspäin ja ympäriinsä.

"Olet tehnyt minulle väärin, ja saat maksaa. Et voi piileskellä ikuisesti. Tartu nyt tilaisuuteen ja hyppää!"

"Mutta, Tizzy-täti", Ribby vaikeroi, "minä pelastin henkesi!"

"Sinä riistit henkeni ja lähetit minut helvettiin! Senkin typerä, typerä tyttö! Luovuta nyt omasi ja hyppää!"

"Mutta minä, minä en halua kuolla."

"En minäkään! Nyt minut on karkotettu taivaasta. Jumalasta. Kohtaloni on leijua täällä ikuisesti."

Toinen salama repi Ribbyn pilven neljään osaan.

Pilvi hajosi sumuksi ja sitten ei enää mitään. Ribby piteli nenäänsä, aivan kuin hän olisi hyppäämässä jokeen sen sijaan, että olisi pudonnut kuolemaan. Hän huusi "Shiiiiiiiiiiiiiittt!" kuten Redford ja Newman tekivät Butch Cassidyssä ja Sundance Kidissä, kun he hyppäsivät kalliolta.

Putoamalla tyhjyyden avoimeen syleilyyn Ribby putosi sängystä ja laskeutui kolahtaen lattialle.

KAPPALE 22

M ARTHA OLI ALAKERRASSA PAUKUTTELEMASSA kattiloita ja pannuja. Ribby salakuunteli ja kuuli kaksi ääntä. Hänen äidillään oli seuraa.

Oli perjantaiaamu, ja Ribby oli pyytänyt myöhäistä töihinlähtöä. Hän halusi kuulla äidin matkasta ennen kuin hän lähti viikonlopuksi kotiinsa.

"Huomenta, äiti", Ribby sanoi kääntyessään nurkan takaa. Hän huomasi John MacGrawin lukemassa sanomalehteä.

Martha seisoi hänen takanaan ja luki hänen olkansa yli.

"Huomenta, John", Ribby sanoi kaadettuaan itselleen kupin ja asettui sitten jääkaapin viereen.

"En löydä sitä mistään. Otitko sinä sen, Ribby? Pulloni Jack Danielsia? Se oli täällä, ja se oli täynnä."

"Tizzy-täti joi sen", Angela sanoi. "Hän oli tolaltaan ja kulautti sen alas rauhoittaakseen hermojaan. Olen varma, että hän aikoi korvata sen. Haen sinulle uuden myöhemmin."

"Tarvitsin sitä muniemme tekemiseen, Rib."

"Niin, ei ole mitään parempaa kuin kaataa vähän Jack Danielsia munien joukkoon. Täydellinen lääke krapulaan", John sanoi.

"No, tänä aamuna joudumme tulemaan toimeen ilman", Martha sanoi.

"Ei sitten munia minulle, kulta", John sanoi. "Vain toinen kuppi kahvia."

Martha toi pannun pöytään. "Istu alas, tytär. Minulla ja meillä on tärkeää asiaa sinulle."

Hitsi, mistä tässä on kyse?

Ribby tutki Marthaa ja Johnia heidän vaihtaessaan katseita. Hän istuutui äitiään vastapäätä ja odotti, että he selittäisivät.

Voi sentään, he EIVÄT ole menossa naimisiin. Eivät kai? Gros.

"Teille saapuu huomenna illalla erityinen vieras tapaamaan teitä. Hänen nimensä on herra Edward Anglophone", Martha sanoi.

"Minulla on? Mutta... kuka hän on?"

"Anna minun selittää loppuun. Tiedän, että sinun täytyy lähteä pian töihin. Tämän ei pitäisi kestää kauan."

Ribby nyökkäsi ja Martha jatkoi.

"Kun olimme rantakadulla, yövyimme ihanassa pienessä B&B:ssä ja tapasimme Edwardin. Hänen ystävänsä kutsuvat häntä Teddyksi. Hänellä on siellä oma kirjasto. Tapasimme hänet ja tulimme toimeen. Hän kutsui meidät drinkille. Hän mainitsi kirjastostaan ja siitä, että hän tarvitsee uuden pääkirjastonhoitajan."

"Hän tiesi sinusta Ribby", John myönsi.

"Minusta?"

"Hän tuntee ihmisiä kirjastoissa ympäri maailmaa", Martha lisäsi. "Ja kirjastonhoitajia."

"Hän pitää sormensa pelissä, sillä hän etsii itse uutta kirjastonhoitajaa", John sanoi.

"Niin", Martha lisäsi. "Hänen kirjastonsa suljettiin. Siksi hän haluaa tavata sinut."

"Ottaakseni hänen kirjastonsa haltuunsa?"

"Mahdollisesti", John sanoi.

"Pääkirjastonhoitaja? Minäkö?" Ribby huudahti. "En ole pätevä pääkirjastonhoitajaksi. Siihen tarvitaan tutkinto!"

Meistä voisi tulla pääkirjastonhoitaja.

"No, minä tiedän vain sen, että jos joku omistaa oman kirjaston, hän voi palkata pääkirjastonhoitajaksi kenet haluaa. Se on pieni Rib, ei niin kuin Toronton kirjasto, mutta se on elämänsä tilaisuus. Hän tulee tänne kahdeksalta. Sinun pitää ostaa jotain uutta päällepantavaa. Laita itsesi hienoksi, jotta teet hyvän vaikutuksen." Martha siemaisi kahviaan. "Puhumattakaan siitä, että hän on aivan täynnä."

Nytkö hän koukuttaa meidät ulos?

Ei todellakaan.

Minusta se kuulostaa siltä.

"Kyllä, hänellä on läjäpäin rahaa. Eikä perhettä. Ei myöskään sukulaisia", John sanoi.

"En halua tavata häntä. Työni on kunnossa. Sitä paitsi en halua muuttaa kauas pois. Viihdyn täällä."

Me emme halua olla parittajia! Sinä, typerä vanha lepakko!

"Anteeksi, äiti, mutta tämä tilaisuus ei ole minua varten."

"Tytär, sinä tapaat hänet ja sillä selvä!" "Tytär, sinä tapaat hänet ja sillä selvä!"

"Tapaa hänet vain", John sanoi. "Mitä menetettävää sinulla on?"

Ribby työnsi tuolin taaksepäin. Angela kääntyi kohti portaita.

"Kun helvetti jäätyy", Angela sanoi.

Marthan tuoli rapisi lattiaa vasten.

Ribby juoksi portaat ylös ja lukitsi oven.

Angela heitti Ribbyn kaapin auki ja nappasi käärityn veitsen. Hän odotti.

Jos tuo ämmä yrittää päästä tähän huoneeseen, hän katuu sitä.

Jalka-askeleita. Stomp Stomp. Stomp Stomp. Kaksi sarjaa. Juoksee. Naurua.

Ribby pidätti hengitystään.

Minuutteja myöhemmin oli aivan selvää, mitä he aikoivat tehdä. Martha huusi: "Kyllä!", kun pääty kolahti seinää vasten.

Aivan ällöttävää.

Lähdetään pois täältä!

KAPPALE 23

K IRJASTOSSA OLI KAAOS, KUN Ribby saapui.

Rouva P. Wilkinson, pääkirjastonhoitaja, oli suunnitellut kirjojen nimmarointia kuukausia. Se oli hänen lapsensa, sillä hän oli henkilökohtainen ystävä lastenkirjailija P.K. Schmidlapin kanssa.

Kun Ribby siirtyi kohti sisäänkäyntiä, kaksi lasta huusi: "Hei, minne luulette menevänne, rouva?". Olemme olleet täällä tuntikausia. Ette voi tunkeutua sisään!"

"Olen täällä töissä", Ribby sanoi ja vilautti kirjaston henkilökunnan virkamerkkiä.

Sisään päästyään hän meni etsimään rouva Wilkinsonia.

"Ulkona on kaaos", Ribby huudahti. "Missä rouva Wilkinson on?"

"Hänen miehensä soitti. Hän on sairaalassa umpilisäkkeen puhjettua. Emme tiedä hänen salasanaansa, joten emme voi saada aikataulua hänen tietokoneeltaan. Odotimme muutamaa sataa lasta - emme tuhansia!" Monica sanoi ääni väristen: "En tiedä, mitä tehdä. P.K. on täällä vain vielä kuusikymmentä minuuttia, koska hänellä on muita sitoumuksia." Hän purskahti kyyneliin.

"Voi luoja, sinun olisi pitänyt soittaa minulle. Älä huoli, puhun P.K:n kanssa ja katson, voimmeko selvittää jotain."

"Et pääse hänen hoitajansa, tai oikeastaan hänen vaimonsa, ohi", Monica sanoi. "Tuolla - pitkä, vaalea ja täynnä itseään."

Rouva Schmidlapilla oli kallis designpuku ja 15 sentin korkokengät. Hän vilkaisi kelloaan useita kertoja, kun Ribby eteni häntä kohti.

"Anteeksi, rouva Schmidlap?"

"Jeeeeeeeeeeees."

"Voisimmeko jutella hetken? Meillä on ongelma."

"Ei meillä ole ongelmaa! SINULLA on ongelma!" Rouva Schmidlap huusi, jolloin hänen miehensä pudotti kynänsä ja lapset hyppivät.

Jännitys kasvoi Ribbyn ympärille.

"Eet on okei, rakkaani", rouva Schmidlap sanoi, tarttui Ribbyn vasempaan käteen ja veti hänet sivuun. "Te ette ole järjestäytyneitä. Mieheni allekirjoittaa vielä tunnin ajan ja sitten, zip, ve ovat poissa. Ze lapset eivät saa pettyä, mutta hän ei voi jäädä. Hänellä on muita sitoumuksia. Meillä on muita sitoumuksia", hän kuiskasi vihaisella äänellä.

Ribbyn oli löydettävä ratkaisu. Ulkona oli ainakin tuhat lasta ja sisällä vielä 50-100. Hänen oli saatava P.K. nimmaroimaan kirjat niille lapsille, jotka olivat odottaneet pisimpään. Hän voisi tehdä sen, jos hän nopeuttaisi.

"Entä ze kompromissi?" Rouva Schmidlap kysyi.

"Kyllä, hyvä ajatus."

"Meidän on mentävä tasan kello 12, ilman jos ja mutta. Me, PK, emme voi allekirjoittaa kaikkien puolesta, emme tänään. Entä jos zeeze lapset ostavat kirjan tänään, tai tilaavat sen, sanotaanko tänään? P.K. allekirjoittaa kaikki tilaukset, ja ne toimitetaan tänne viikon loppuun mennessä, sopiiko se?"

"Voimme vain yrittää. Kiitos ehdotuksesta. Katson, mitä voin tehdä."

Ribby palasi ulos. Hän veti oven kiinni takanaan.

"Hei, mitä sinä teet, rouva? Emme ole vielä nähneet PK:ta! PK:TA! P.K.! P.K.!" he huusivat ja ryntäsivät eteenpäin.

"Lopettakaa kaikki puhuminen! Olkaa hiljaa, niin minä selitän!"

Lapset hiljenivät.

"No niin, nyt on parempi!" Ribby sanoi. Hän huomasi, että poliisi oli saapunut paikalle varotoimena. "P.K:n on lähdettävä täältä tasan kello kaksitoista täyttääkseen aikaisemman sitoumuksensa."

Yleisö buuasi ja pilkkasi. Poliisi siirtyi paikalle.

"P.K. signeeraa kaikki kirjanne. Meillä on käskynne täällä. Jos tietoihimme tulee muutoksia, ilmoittakaa niistä meille kirjallisesti ennen kello viittä tänään. Voitte noutaa ne täältä ensi viikolla", Ribby ehdotti.

"Viikon päästä!? Kaikki ovat jo lukeneet kappaleensa loppuun. He kertovat meille lopun. He pilaavat sen meille."

"Voit ottaa kirjasi tänään ja lukea sen allekirjoittamatta tai jättää sen tänne P.K:n allekirjoitettavaksi, se on sinusta kiinni."

Kuului nurinaa, ja Ribby tiesi, että asia saattoi mennä miten tahansa.

Rouva Schmidlap tuli ulos auttamaan ja kuiskasi Ribbyn korvaan ehdotuksen.

Ribby välitti hänen viestinsä lapsille. "Jos jätätte kirjanne tänään signeerattavaksi, saatte ilmaisen yksinoikeuslahjan PK:lta   rajoitetun painoksen kirjanmerkin!"

Lapset hurrasivat. Ribby ja rouva Schmidlap halasivat toisiaan. Poliisit nostivat hattujaan. Tasan kello kaksitoista P.K. lähti limusiinilla.

Kun kaikki oli ohi, Ribby rentoutti hartioitaan, kun jännitys suli pois. Loppupäivä sujui luojan kiitos rauhallisesti.

Matkalla asunnolleen Ribby ajatteli vaikeasti tavoitettavaa herra Anglofonia.

Ehkä minun pitäisi vain tavata hänet?

Pääkirjastonhoitaja olisi siistiä, ja tämän päivän jälkeen ansaitset sen.

Kyllä, vastuun ottaminen tänään sai minut tuntemaan, että voisin tehdä sen. Tarkoitan, olla pääkirjastonhoitaja, ja milloin saan toisen tilaisuuden?

Hän on varmaan rikas, kun hänellä on oma kirjasto.

Niin, mutta miksi minä? Hän voisi kysyä keneltä tahansa.

En olisi uskonut sanovani tätä, mutta Martha on varmaan vastuussa hänen kiinnostuksestaan.

Puhumattakaan siitä, että hän harkitsi minua rooliin.

Joten, sovittu. Tapaamme hänet.

Selvä.

KAPPALE 24

K ELLO OLI 20.34 SEURAAVANA iltana, kun Ribby saapui kotiin. Hänellä oli yllään musta mekko ja korkokengät.

Limusiini oli pysäköity jalkakäytävälle.

Kuljettaja veti hattua. "Mukava ilta", hän sanoi.

"Niin, on tosiaan kaunis", Ribby vastasi.

"Niin olet sinäkin", kuljettaja sanoi silmää vinkaten. Tämä yllätti Ribbyn.

Angela iski silmää takaisin.

Ribby puuskahti sisälle, mutta pisti pian hymyn huulille, kun hän astui olohuoneeseen. "Hyvää iltaa", hän sanoi.

Anglophone nousi seisomaan ja kurottautui suutelemaan hänen kättään. Hän oli noin 180 senttiä pitkä ja noin kahdeksankymppinen. Hän seisoi keppi kädessään ja hänellä oli yllään kallis räätälöity, siniraitainen puku, jossa oli punainen kravatti.

"Haluaisiko joku juotavaa?" Martha kysyi.

"Haluaisin", herra Anglofon sanoi, "viedä Ribbyn ajelulle autollani. Siis jos se sopii hänelle?" Hän vilkaisi naisen suuntaan ja katsoi sitten kelloaan. "Meillä on pöytävaraus Revolving-ravintolassa yhdeksäksi."

"Pyydän anteeksi, että olen myöhässä."

Voi luoja! Hän ei luultavasti selviä edes päivällisestä! Hän on aivan ja täysin vanhus!

"Ai niin, ymmärrän kyllä, että kauneus vie aikaa", englantilainen sanoi noustessaan seisomaan ja ojentaessaan kätensä Ribbylle.

Ribby tarttui siihen.

Ribby ja Anglophone lähtivät kohti ovea.

"Älä huolehdi siitä, että saat hänet aikaisin kotiin, Teddy. Tiedämme, että huolehdit hänestä."

Voi luoja! Me emme todellakaan mene kotiin TÄTÄ.

Ribby tuijotti äitiään olkansa yli, kun he lähestyivät autoa. Sisään päästyään Anglophone sanoi: "Kuljettaja, voitte mennä määränpäähämme. Oletan, että katsoit kartalta, missä se on?"

"Kyllä, herra Anglophone, sir, GPS on valmiina." "Kyllä, herra Anglophone, sir, GPS on valmiina."

"Hyvä, hyvä. Sittenhän sinä opit", herra Anglophone sanoi. "Sulje nyt väliseinä, jotta rouva ja minä saamme olla rauhassa."

Likainen vanha paskiainen.

Limusiininkuljettajan katseet ottivat kontaktin Ribbyn silmiin taustapeilissä, kun hän painoi nappia. Lasinen väliseinä nousi heidän väliin. Punaiset samettiverhot liehuivat poikki ja tekivät takapenkistä yksityishuoneen. Herra Anglophone painoi nappia, jolloin esiin paljastui baari, jossa oli jäähdytettyä samppanjaa.

"Ribby, kultaseni, olen odottanut innolla tapaamistamme."

Ribby, joka ei tiennyt, mitä muuta sanoa, sanoi: "Kiitos, herra Anglophone."

"Voit kutsua minua Teddyksi, sillä nimeni on Edward. Kerro kuitenkin, mistä olet saanut nimesi, Ribby? Onko se lyhenne jostain? Se on aika erikoinen, mutta ihana nimi."

Ribby nauroi. "Outoa. Kukaan ei ole koskaan ennen kysynyt sitä minulta."

"Jos se on salaisuus, jota et halua jakaa, ymmärrän täysin, kultaseni."

Hän on vanha smoothie. Hurmuri. Se on myönnettävä.

"Kun olin pieni tyttö, en osannut lausua etunimeäni. Se kirjoitetaan kuin Rebecca, mutta lausutaan Reee-becca. Tiedäthän, sillä hirveän liioitellulla pitkällä 'e:llä'. Minä lausuin sen aina Rib-ecca", hän nauroi. "Äiti ei halunnut lyhentää sitä Beckyksi. Se kuulosti hänen mielestään liian tavalliselta, joten hän alkoi kutsua minua Ribbyksi. Se jäi, ja se on ollut nimeni siitä lähtien."

"No, sitten kutsun sinua Rebeccaksi, jos haluat, mutta annan sinulle mieluummin erikoisnimen."

"Nimi, josta pidän, on Angela. Haluaisitko kutsua minua Angelaksi?"

OMG! Miksi teet tämän minulle?

"Angela", Teddy sanoi, kun se vierähti hänen kieleltään. "Hyvä on sitten, Angela se on." Teddy siveli kädellään Ribbyn polvea.

Ribby päätti, että harjaus oli ollut vahinko.
Angela ei ollut niin varma.

R AVINTOLASSA KULJETTAJA AVASI OVEN ensin Teddylle ja sitten Ribbylle.

"Meillä menee ainakin kaksi tuntia", Teddy sanoi. "Lähetän sinulle tekstiviestin, kun olemme valmiita lähtemään."

"Kyllä, sir."

"Hän on helvetin typerä suurimman osan ajasta", englantilainen sanoi viitaten kuljettajaansa, "mutta lojaali kuin mikä." "Hän ei ole mikään hölmö."

KAPPALE 25

RAVINTOLASSA OLI JONO, MUTTA englanninkielisten läsnäolo avasi tien.

Herrasmiehen tavoin hän tarjosi Ribbylle kättään ja saattoi tämän kiireisen ravintolan läpi.

Se oli hänelle kuin kehon ulkopuolinen kokemus. Vieraat käänsivät päitään, tervehtivät heitä, nostivat jopa lasit maljaksi heille. Hän tunsi itsensä julkkikseksi.

Pariskunta jatkoi matkaa yksityishuoneeseen. Katto oli korkea, ja heidän pöytänsä yläpuolella riippui kimalteleva kattokruunu. Itse pöytä oli katettu kauniilla lautasilla, ruokailuvälineillä ja kimaltelevilla kristallikivillä. Samppanjapullo kylmeni telineessä.

Kun he olivat istuutuneet, Anglophone tilasi molemmille.

Ribby tunsi itsensä Bellaksi Kaunottaren ja hirviön suuressa tanssisalissa.

Hän on vanha, mutta ei mikään peto.

Shhh.

Anglophone puhui yrityksistään ja rahoistaan melko paljon.

Ribby kysyi, oliko hän koskaan ollut naimisissa.

"Olin melkein naimisissa kahdesti. Naiset eivät olleet sitä, miltä näyttivät. Kullankaivajia, tiedäthän." Hän piti tauon ja siirtyi lähemmäs Ribbyä. "Tapatin molemmat."

"Sinä mitä?" Ribby sanoi ja melkein kaatoi samppanjalasinsa.

"Pieni vitsi, nähdäkseni kuuntelitko", Teddy sanoi. Hän nauroi ja taputti hänen kämmenselkäänsä. "Nykyään ei moni tykkää kaltaisestani vanhasta hörhöstä!"

Ribby otti toisen kulauksen samppanjaa. Häntä alkoi jo huimata.

"Hyvä on sitten. Etsitään se laiska, kelvoton kuljettajani."

"Minua alkaa väsyttää", Ribby sanoi. "Voisitko viedä minut kotiin?"

"Totta kai minua haittaa, Ribby, siis rakas Angela. Ilta on vielä nuori, emmekä ole vielä keskustelleet kirjastoni roolista."

"Olen nauttinut tästä illasta, mutta en usko, että olen pätevä ottamaan tehtävää vastaan. Olen imarreltu, mutta..."

"Pötyä! Se ei ole teidän päätettävissänne! Minulla on hyvä tunne sinusta, ja se riittää."

Kun he olivat palanneet limusiiniin, Ribby pyysi Teddyä selittämään viimeisimmän lausuntonsa.

"Minulla on rahaa. Rahan avulla on helppo saada silmät kaikkialle. Minä tiedän sinusta. Esimerkiksi siitä, miten autat äitiäsi asuntolainan kanssa ja miten myös vuokraat ranta-asuntoa."

Ribby haukkoi henkeään.

Hän jatkoi: "Kuinka epäitsekkäästi viihdytät sairaita lapsiparkoja ja kuinka yksin estit ryntäyksen PK:n kirjan signeeraustilaisuudessa. Hänen vaimonsa, rouva Schmidlap ei pidä monista ihmisistä, mutta hän piti sinusta. Jos voit työskennellä hänen kanssaan, voit tehdä mitä tahansa. Työ on sinun, jos haluat sen."

Ribbyn pää pyöri, kun Teddy painoi sisäpuhelimen nappia ja käski kuljettajaa palaamaan kotiinsa.

Hän seurasi meitä itse tai palkkasi jonkun tekemään sen.

"Minun täytyy vielä miettiä asiaa."

"Olkoon sitten niin. Sinulla on seitsemän päivää aikaa päättää. Tässä on käyntikorttini; voit tavoittaa minut milloin tahansa päivällä tai yöllä." Tauon jälkeen hän sanoi: "Hetkinen! Tulisitko itse katsomaan kirjastoa? Nyt on paras hetki. Voisimme ajaa yhdessä takaisin juuri nyt!"

"Enpä tiedä."

Hän tarjosi sinulle pääkirjastonhoitajan paikkaa. Se on sinun. Tiedän, että hän vaikuttaa nyt karmivalta, mutta hän kertoo meille suoraan. Hän ei salaa mitään tai valehtele. Se on jotain. Hän on lippumme ulos. Voimme tarkkailla häntä, nähdä millainen hän todella on sitoutumatta. Tule Ribby, ota riski. Sitä paitsi, kuski on tosi söpö. Katso noita vaaleita kiharoita, jotka pursuavat hänen lakinsa alta.

Puhumattakaan hänen sinisistä silmistään.

Tiedän. Tiedän. Tiedän, tiedän. Sitä paitsi, se voisi olla hauskaa!

"Olisimme perillä aikaisin aamulla. Voitte asua samassa B&B:ssä, jossa Martha ja John lomailivat. Kaikki on valmiina saapumistanne varten. Se auttaa sinua päättämään."

"Mutta minulla ei ole muita vaatteita kuin nämä, jotka minulla on nyt päällä."

"Ah, älä siitä huolehdi."

Ribby avasi suunsa.

Hän ennakoi naisen seuraavan vastaväitteen. "Soitan äidillesi ja selitän."

Ribby ei ollut enää varma mistään. Hän kävi mielessään edestakaisin. Pitäisikö minun vai eikö pitäisi?

"Se olisi minulle ilo", Angela sanoi ja otti Teddyn käden omaansa.

Sinulta kesti liian kauan päättää.

Ribby, joka oli ollut hajamielinen kuljettajan katsellessa häntä katsastuspeilistä, säpsähti.

Teddy määräsi kuljettajan viemään heidät kotiin.

Ribby teeskenteli nukkuvansa paluumatkalla.

Angela toivoi, että Teddy nukkuisi päiväunet, jotta hän voisi mennä ylös ja istua autonkuljettajan kanssa.

Teddy otti esiin kannettavan tietokoneensa ja alkoi kirjoittaa.

Liian innokas klikkailu saa pääni sekaisin.

Olemme varmasti pian perillä.

Sekuntia myöhemmin: Olemmeko jo perillä?

KAPPALE 26

HE SAAPUIVAT PORT DOVERIIN aamuyön tunteina.

Kuljettaja avasi Teddylle oven. "Vie neiti Angela rouva Pomfreren luo. Älä tule takaisin ennen kuin hänet on esitelty."

"Kyllä, herra Anglofoni." "Kyllä, herra Anglofoni."

"Pyydä rouva Pomfrerea huolehtimaan, että neiti Angela on hereillä ja valmis aamiaiselle neljän tunnin kuluttua. Kerro hänelle, että tulet pian hakemaan neiti Ribbyn."

"Kyllä, sir", kuljettaja vastasi, nousi takaisin autoon ja ajoi pois.

Ribby, joka oli torkahtanut, avasi nyt silmänsä. Hän katsoi ulos ikkunasta yrittäen nähdä, millainen oli englantilaisen talo, mutta oli liian pimeää.

Muutamaa hetkeä myöhemmin he saapuivat B&B:lle. Rouva Pomfrere ryntäsi ulos tervehtimään heitä. Kuljettaja esitteli hänet, kertoi sitten hienovaraisesti aamiaisesta Anglophonen kartanossa ja lähti.

"Olen uskomattoman iloinen tavatessani teidät, neiti Angela. Herra Anglophone kertoi minulle niin paljon teistä."

Ribby ei voinut olla huomaamatta rouva Pomfreren pukeutumista. Vaikka oli äärimmäisen aikainen aamu, hänellä oli yllään iltapuku. "Kiitos, rouva Pomfrere. Jos teillä on kiire jonnekin, älkää antako minun viivyttää teitä. Osoittakaa minulle huoneeni suuntaan, niin pärjään varmasti."

"Selvitä? Selvitä? Miksi olen pukeutunut näin tervehtiäkseni teitä. Seuratkaa nyt minua, niin laitamme teidät asettumaan paikoillenne!" He menivät sisälle, jossa hän liikkui kuin pyörremyrsky pitkin käytävää ja portaita ylös kohti Ribbyn huonetta.

"Olet vielä suloisempi kuin kuvittelin. Teddy on varmasti ihastunut sinuun, ja ymmärrän miksi. Voi voi, nuo sinun jalkasi jatkuvat ikuisesti, eikö niin?" Rouva Pomfrere sanoi liian tuttuun sävyyn.

"Öh, no", Ribby änkytti.

"Tämä on sinun huoneesi", rouva Pomfrere avasi oven.

Kaikenlaiset ja -väriset ruusut täyttivät huoneen. Se tuoksui taivaalliselta. Vaatekaapin ovi seisoi auki, täynnä designvaatteita.

"Toivottavasti koot ovat oikein. Teddy arvioi. Löydät kaiken tarvitsemasi. Jos tarvitset jotain muuta, olen palveluksessasi vuorokauden ympäri."

"Tarkoitatko, että kaikki tämä on minua varten?"

"Kyllä, kyllä, vaatteet ja paljon muuta. Olet onnekas tyttö. Kun sinulla on herra Englantilainen puolellasi. Hän voi tehdä mitä tahansa. Hän on kuin taikuri."

"Öh, kyllä olen", Ribby sanoi, jota seurasi heikko "Kiitos", kun rouva Pomfrere sulki oven takanaan.

Vau! Hän on aikamoinen kaveri.

Hän teki tämän minun vuokseni.

Siksi hän kai naputteli läppäriään koko matkan ajan.

Ribby nauroi yhtäkkiä. Hän tunsi olevansa kuin lapsi karkkikaupassa. Nyt kun hän oli saanut toisen tuulahduksen, hän juoksi huoneen toiselta puolelta toiselle ja löysi rihkamaa ja lahjoja joka nurkasta. Kylpyhuoneessa oli kylpyamme, joka oli täynnä kuplia ja odotti hänen saapumistaan.

Hän asetti kyynärpäänsä kuplien alle ja rikkoi sitten veden pinnan. Hänen kurkustaan karkasi ihastunut voihkaisu. Lämpötila oli täydellinen. Hän riisui vaatteensa ja laskeutui altaaseen. Kuplat kihelmöivät hänen ihollaan. Hän asettui makuulle, hengitti syvään ja sulki silmänsä. Hän avasi ne uudelleen varmistaakseen, ettei nähnyt unta. Hän tunsi olevansa kuin Prinsessa Ruusunen, joka oli herännyt ja huomannut olevansa paratiisissa!

Voisin pitää tästä.

Niin minäkin!

Rentoutuneena ja mukavassa yöpuvussaan hän käpertyi peiton alle ja vaipui uneen.

"**O**LETTEKO HEREILLÄ, NEITI ANGELA?" Rouva Pomfrere kysyi suljetusta ovesta. Antamatta Ribbylle aikaa vastata, henkilö koputti uudelleen.

Toinen ääni, kuiskaava. Teddyn.

Ribby peitti itsensä odottaen heidän ryntäävän sisään.

"No, hae avain ja herätä hänet!" Teddy vaati. "Meillä on paikkoja, joihin mennä ja asioita, joita nähdä."

Päästäkää minut sisään! Päästäkää minut sisään! Likainen vanha paskiainen.

"Sinun olisi pitänyt herättää hänet, kun meikkaaja saapui", Teddy huudahti.

Meikkaaja. Mielenkiintoista...

"Yritin kyllä, herra englantilainen, mutta hän nukkui niin sikeästi, etten halunnut häiritä häntä."

"Tulen viidessä minuutissa, Teddy."

"Odotan sinua kotonani. Kuljettajani tuo sinut luokseni, kun olet valmis. Älä anna minun odottaa."

Hienoa. Vapaa-aikaa kuljettajan kanssa.

Meillä on viisi minuuttia aikaa valmistautua.

Hän kävi nopeasti suihkussa, tutki lipaston ja löysi joukon silkkisiä alusvaatteita.

Vanhalla mäntillä on hyvä maku.

Ja hänen silmänsä ovat myös melko hyvät. Nämä koot ovat kohdallaan!

Hän saisi sydänkohtauksen, jos kävelisimme ulos pelkät silkkivaatteet päällä. Lyön vetoa, että kuskin silmät poksahtaisivat ulos hänen päästään.

Älä ole inhottava. Ribby napitteli silkkipuseronsa ja veti hameensa kiinni.

Sitten tuli toinen, jämäkämpi koputus. "Anteeksi, tulin meikkaamaan madamea."

Hän ajattelee kaikkea.

Pienikokoinen nainen, noin Marthan ikäinen, viimeisteli Ribbyn meikin hetkessä.

"Minä olen Angela!" Ribby sanoi hymyillessään peilikuvalleen.

"Totta kai olet", nainen vastasi välinpitämättömästi.

Ei, et todellakaan ole.

Oletko mustasukkainen?

"Kiitos. Antaisin teille tippiä, mutta minulla ei ole rahaa mukanani."

"Voi, teidän ei tarvitse antaa tippiä, herra englantilaismies hoitaa sen."

Ribbyn vatsa murisi, kun hän astui piikkikorkoisiin kenkiinsä.

Matkalla limusiinille hän käveli kuin juoppo. Kuski hymyili, kun hän melkein kaatui. Jos hän piti hänestä, hän ei näyttänyt sitä. Hän avasi tytölle oven puhumatta.

Ajo talolle oli varsin miellyttävä. Rouva Pomferen B&B sijaitsi pienen kylän keskellä. Kun auto kiemurteli maaseututietä pitkin, Ribby näki vilauksen Erie-järvestä.

"Venesatama ja majakka ovat tuolla", kuljettaja selitti. "Talvella siellä järjestetään suosittu jääkarhuputous."

"Ai, muistan nähneeni siitä jotain uutisissa. Koska he sukeltavat hyväntekeväisyyteen, ihailen sitä rohkeutta, jota sen täytyy vaatia." Hän vapisi.

"Ystäväni osallistui viime vuonna, hän melkein jäädytti", hän piti tauon, "hänen, öö, taklauksensa pois."

Ribby nauroi.

Hänen mielestään olet liian hienotunteinen sanoaksesi pallit edessäsi.

No, minä olen hänen pomonsa vieraana.

"Olemme pian perillä, autonkuljettaja sanoi.

He ajoivat muutaman kyläpaikan läpi, jotka olivat niin pieniä, että niitä ei huomannut, mutta jotka katosivat silmänräpäyksessä.

"Olemme perillä", kuljettaja sanoi.

Ribby istui suorassa. Nyt kun hän oli saapunut päärakennukseen, hän halusi ottaa kaiken haltuunsa.

Angela hyräili Dallas-televisio-ohjelman tunnusmusiikkia.

Englantilaisen kotiin johtava ajotie oli ylipitkä. Puut reunustivat bulevardia, jotka taipuivat tuulen tahdon mukaan. Angela vapisi.

Hän ojensi niskaansa yrittäen nähdä talon. Kun hän sen sai, hän hengitti sisään ja pidätti henkeään. Se ei ollut kaunis talo. Kapeine ikkunoineen ja tummine tiilirakennuksineen se tuntui kylmältä, vieraanvaraiselta. Täydellinen vastakohta toiselle talolle, jossa hän oli yöpynyt.

Se on suorastaan Bronte-henkinen.

Katso, ruusupensaita.

Toivottavasti sisällä on mukavaa.

Olen varma, että on.

Kuljettaja pysäytti auton ja tuli avaamaan oven. Ribby vapisi, kun hän kompuroi asfaltilla.

Ennen kuin hän ehti koputtaa ulko-oveen, mies avasi sen. Hän oli pitkä, hoikka, jäntevä ja pukeutunut päästä varpaisiin mustaan. Hänellä oli ilme, jollainen hänellä on sitruunan imemisen jälkeen.

"Hei", Ribby sanoi.

Korkealla äänellä hän sanoi: "Madame, herra Anglophone odottaa teitä. Olette antanut hänen odottaa liian kauan!"

"Olen pahoillani."

Älä pyydä anteeksi, hän on apulainen. Työntäkää ohi kuin omistaisitte paikan. Olet Theodore Anglophonen vieras. Ansaitset olla täällä.

Juuri niin hän teki.

Silminnäkijä ei ollut tyytyväinen, mutta hän oli ammattilainen. Hän ilmoitti Ribbyn saapumisesta.

Teddy nousi välittömästi seisomaan ja sanoi kättään heilauttamalla: "Tervetuloa kotiini."

Ribby tutki tarkasti huoneen, jossa Teddy seisoi. Vaikka hän ei ollut pitkä mies, tässä ympäristössä hän vaikutti pitkältä. Jopa huoneen toisella puolella oleva haarniskatakki oli häntä lyhyempi.

Ritarit olivat paljon pienempiä kuin kuvittelin.

Ribby hymyili. "Kiitos, Teddy. Mikä ihmeellinen huone!"

Jackpot!

"Kultaseni", Teddy sanoi, "Näytät siinä aivan kuvankauniilta. Itse asiassa minun on maalattava muotokuvasi sellaisena kuin olet nyt."

Teddy näyttää unohtaneen, että hän oli suuttunut meille.

Ribby punastui. "Paljon kiitoksia kaikesta."

"Ilo on minun puolellani, rakas Angela. Tule nyt tänne ja istu minua vastapäätä, niin voin katsella sinua, kun aamun valo tulee takanasi." Teddy napsautti sormiaan, ja hänen palvelijansa veti tuolin Ribbylle. "Toivottavasti kaikki sujui hyvin B&B:ssä?"

"Kyllä, se on ihanaa, herra Teddy." "Kyllä, se on ihanaa, herra... Teddy."

"En ollut varma, mitä haluatte aamiaiseksi, joten pyysin kokkiäni valmistamaan kahta kaikkea." Hän napsautti taas sormiaan, ja ruokaparaati alkoi.

"Voi sentään!" hän sanoi. Pekonin, vaahterasiirapin, mustikkamuffinssien ja makkaroiden tuoksut kantautuivat hänen sieraimiinsa.

Puhutaanpa smorgasbordista! Ruokaa riittäisi armeijalle!

Palvelija käski alaisiaan palvelemaan ensin herra Anglofonia.

Anglophone taputti käsiään.

Henkilökunta meni suoraan palvelemaan Ribbyä.

Anglophone taputti taas käsiään. "Tibbles, meidän on saatava mimosaa!" "Tibbles, meidän on saatava mimosaa!"

Välittömästi tarjoilija leikkasi kaksi appelsiinia puoliksi ja puristi mehun ulos. Toinen tarjoilija avasi pullon samppanjaa. Ensimmäinen tarjoilija yhdisti nämä kaksi juomaa. Ribby seurasi tarkasti, kun tarjoilija kaatoi kummankin aineen erittäin tarkasti.

Hän ojensi täyden lasin Teddylle testattavaksi. Teddy nyökkäsi, että se oli tyydyttävä. Hän täytti toisen lasin ja ojensi sen Ribbylle. He kohottivat maljan miellyttävälle oleskelulle ja nauttivat ruokaa.

"Toivottavasti et pahastu, mutta maksoin äitisi asuntolainan pois."

Ribby hämmästyi.

Teddy viittasi pyytää lisää kahvia, ja sitä kaadettiin. Sekoittaessaan hän lisäsi: "Ostin myös rakennuksen, jossa asuntosi on."

Ribby haukkoi henkeään. Hän pyyhki lautasliinalla suunsa kulmia.

Odottamaton käänne.

"Tietenkään sinun ei tarvitse enää maksaa vuokraa. Säästä rahat, jos et muuta tänne. Matkusta. Näe maailmaa!"

Sano jotain, mitä tahansa.

"Niin, ja maksoin myös luottokorttisi pois." Hän siemaisi mimosaansa.

"Kiitos. Oikein paljon. Oikein ystävällistä sinulta."

Ribby tunsi olonsa epämukavaksi Teddyn ilmoitusten jälkeen, ja se näkyi.

"Kerrohan, Angela, mikä on sydämesi toive?"

"Sydämeni toive?" Ribby sanoi punastuen. "En tiedä."

"Sinun täytyy tietää, mitä haluat. Kaltaisesi fiksun tytön. Jotain, joka on aina ollut liian kaukana käsistäsi, ja silti sydämesi on halunnut sitä. Ajattele sitä. Kysyn sinulta uudelleen aikanaan."

Ribby kuunteli, kun Teddy kertoi matkoistaan ympäri maailmaa.

"Voisimme istua tässä ja jutella pidempäänkin, mutta haluan kovasti näyttää sinulle kirjaston."

"Ai niin. En malta odottaa, että pääsen näkemään sen", Ribby sanoi. Mimosa oli mennyt suoraan hänen päähänsä. "Mutta haluaisin haukata vähän raitista ilmaa. En ole tottunut samppanjaan näin aikaisin. Onko kävelymatka liian pitkä?"

Teddy nauroi. "Ei ole kaltaisellesi nuorelle spriille, ei ole, mutta sinulla on nuo sopimattomat kengät jalassa." Hän napsautti sormiaan. Nainen astui sisään. "Tuokaa vieraalleni sopivat kengät." Nainen kumarsi, poistui huoneesta ja palasi hetkeä myöhemmin juoksulenkkiparin kanssa. "Vaihda nämä. Otan korkokenkäsi mukaani autoon." Sitten palvelijalleen: "Tibbles, piirrä vieraallemme kartta."

"Mieti matkalla, mitä sydämesi kaipaa. Muista, että haluan sinun nimeävän sen."

Ilma oli raikas ja puhdas. Se puhdisti hänen päänsä.

Hän on niin kiltti, lempeä ja antelias.

Hän ei ehkä ole sitä, mitä tai kuka hän teeskentelee olevansa. Pidetään varamme ylhäällä, kunnes tiedämme, mitä hän haluaa. Muistakaa, että mikään ei ole ilmaista.

Ribby jatkoi kävelemistä, hänen mielensä keskittyi vastauksen löytämiseen miehen kysymykseen.

Pidä hänet arvailujen varassa. Älä paljasta korttejamme vielä.

Hän kiersi kulman, näki limusiinin ja sitten kirjaston.

Stephen avasi oven Teddylle, joka astui ulos Ribbyn kengät kädessä. Hän istuutui limusiiniin ja vaihtoi kengät jättäen kengät auton takaosaan.

"Tässä se on, kultaseni", Teddy sanoi. Oven yläpuolella olevassa kyltissä luki: E. P. Anglophone: Yksityinen kirjasto. Kyltin alla oli laatta: Head Librarian: tyhjä tila.

Olen yllättynyt, ettei meidän nimemme ole jo tuolla ylhäällä. Hän vaikuttaa melko itsevarmalta.

Käyttäytykää.

"Tulkaa mukaan", hän sanoi.

Suuret puukaaret toivottivat hänet tervetulleeksi sisälle. Englantilainen tarttui hänen käteensä.

Ribbyn sydän hyppäsi. Kirjasto oli pyöreä. Pyöreät hyllyt. Kirjoja, kirjoja ja lisää kirjoja niin kauas kuin silmä näki. Tuhansia ja taas tuhansia. Ja tikapuut valmiina viemään sinut ylimmälle hyllylle. Katon korkeuteen, jossa oli lasimaalauksia parinkymmenen metrin korkeuteen. Kun hän katsoi ylös ja kääntyi ympäri, häntä alkoi huimata.

Teddy ohjasi hänet tuolille, johon hän kaatui huokaisten.

"Tyydytkö?"

"Voi sentään, kyllä!" Ribby sanoi yrittäen valjastaa hänen tunteitaan. "Se on kuin unesta."

Se on mukavaa, Ribby, mutta jokin ei tunnu oikealta.

"Kerro nyt. Mikä on sydämesi toive?"

"Tämä se on!"

Mikä pikku hölmö!

"Älä huoli", Teddy sanoi. "Se voi olla sinun, ja se tulee olemaan sinun. Jos sinä..."

Tähän Teddy pysähtyi, kun kuljettaja kiinnitti hänen huomionsa. "Hetkinen vain, Angela. Ole kuin kotonasi."

Ribby nousi seisomaan ja horjahti. Hän kiipesi yhdet tikkaat, tuli alas ja kiipesi toiselle. Kaikki hänen mieleensä tulevat kirjailijat olivat täällä. Kun hän huomasi, että kuljettaja oli palannut ja seisoi hänen alapuolellaan, hän oikaisi hameensa.

"Voi, säikäytit minut."

En minä! Tule tänne.

"Olen syvästi pahoillani, mutta herra Anglophone on kutsuttu pois. Hän pyysi minua saattamaan teidät takaisin kartanoon, kun olette valmis."

"Minä, minä olin..." Ribby sanoi astuen alas kiinnittämättä täyttä huomiota. Hän astui väärin ja kaatui.

Kuljettaja, jonka nimeä hän ei edes tiennyt, sai hänet kiinni.

Ribby punastui kirkkaanpunaiseksi. Heidän katseensa kohtasivat toisensa. Mies laski tytön alas ja käveli pois.

"Kiitos."

Mies ei vastannut.

Hän luulee, että tein sen tahallani. Että pidän hänestä.

Angela kikatti.

Hän seurasi miestä ovesta sisään ja parkkipaikalle ja päätti sitten olla ottamatta autoa.

"Kävelen mieluummin", hän sanoi.

"Oletko varma?" Mies vilkaisi Angela kenkiä.

Nainen nosti leukaansa ja lähti vastaamatta kävelemään.

"Kuten rouva haluaa."

Sinun olisi pitänyt pyytää häneltä juoksulenkkejä.

Minä tiedän! Minä tiedän!

Takaisin talolla kipeät ja rakkuloituneet jalat, Ribby huomasi kuljettajan istuvan ulkona.

Hän kallisteli hattuaan naisen suuntaan, peitti sitten silmänsä ja meni takaisin nukkumaan.

Luoja, miten söpö se onkaan.

Hän on niin söpö. Teddy antaisi hänelle potkut, jos mainitsisin, ettei hän antanut minulle muita kenkiäni.

Älkää uskaltako!

Ribby riisui lopulta kenkänsä ja käveli loppumatkan sukkasillaan.

Tibblesin katse, kun hän astui taloon kengät kädessään, oli jossain virnistyksen ja virnistyksen välissä.

Paskat hänestä!

"Anteeksi, neiti", Tibbles sanoi. "Herra Anglophone on pidätetty. Hän haluaisi teidän palaavan B&B:hen. Kehotan kuljettajaa viemään teidät."

En voi kävellä sinne asti.

Ei, niele ylpeytesi ja hyppää autoon.

Koko matkan rouva Pomfreren luo vallitsi kiusallinen hiljaisuus, jota kumpikaan matkustajista ei halunnut rikkoa.

Käyttäydyt kuin hemmoteltu kakara!

En välitä.

Auto lähti liikkeelle, ja Ribby horjahti sisälle.

KAPPALE 26

RIBBY PAISKASI OVEN PERÄSSÄÄN palattuaan sviittiinsä. Hän heitti kenkänsä huoneen toiselle puolelle ja heittäytyi sitten sängylle tukahduttaen nyyhkytyksensä tyynyyn.

Hän on niin unelmoiva!

Hän tiesi, että tarvitsin kenkäni, eikä silti antanut niitä minulle.

Et pyytänyt niitä.

Silti hän työskentelee Teddylle. Olen Teddyn vieras. Hänen pitäisi yrittää tehdä minut onnelliseksi.

Sinä ylireagoit. Pese kasvosi, se helpottaa oloasi ja unohda koko juttu.

Ongelma on, etten voi. Tunnen itseni hölmöksi. Minä putoan hänen syliinsä kuin Jane Eyre.

Ketä kiinnostaa? Jos hän ajatteli niin, hän oli varmaan imarreltu. Katkelma. Kirjastossa.

Se on kaunis, se on kaikkea. Mutta miksi Teddy haluaa minut, epäpätevän henkilön johtamaan kirjastoaan?

Siksi sanoin, ettei kannata avata kaikkia korttejaan. Nyt hän tietää, että se paikka on sydämen toiveesi.

Hän leikkii keijukummisetää, ja hän on saanut meidät tisseistä kiinni.

Sydämeni sanoo, että hän on oikeassa. Että hänellä ei ole taka-ajatuksia. Mutta pääni, voi pääni.

Ribby tarttui käsilaukkuunsa ja veti savukeaskin esiin. Hän sujautti yhden huuliensa väliin. Jopa sytyttämättä sitä, tuoksu rauhoitti häntä. Pitäen tupakkaa huulillaan hän vaipui uneen.

"Meidän on puhuttava", Teddy kuiskasi oven läpi.

Ribby istui ylös savuke yhä huulillaan roikkuen. Hän laittoi sen takaisin pakettiin. Puhuessaan suljetun oven läpi hän sanoi: "Anteeksi, taisin nukahtaa."

"Valmistaudu. Minun täytyy viedä sinut kotiin nyt. Pakkaa tavarasi, niin tavataan alakerrassa autossa."

Hän kuunteli, kun mies käveli pois, ja lyyhistyi sitten lattialle taistellen nyyhkytystä vastaan.

Englantilainen antaa ja englantilainen ottaa.

Mutta miksi? Mitä minä tein? Johtuuko tämä Stephenistä?

Älä ole naurettava.

Ei sillä ole väliä. Kaikki on parhain päin. Vaihda hänen vaatteensa. Kävele ulos täältä pää pystyssä.

Mutta kirjasto. Sydämeni toive. Nyt kun olen kertonut hänelle, hän ei halua minua sittenkään.

Ribby vaihtoi vaatteet, joissa oli saapunut.

Se on hänen menetyksensä, Rib. Muista, pää pystyssä. Ja kaikki, mitä ansaitsemme, on meidän. Ei vuokraa, ei asuntolainaa, ei luottokorttia. Olemme periaatteessa velattomia! Kuvittele, miten hauskaa meillä voi olla!

Lähtiessään hän antoi rouva Pomfrerelle suukon poskelle.

"Emme koskaan hyvästele vieraitamme. Toivottavasti näemme teidät vielä."

"Kiitos."

Kuljettaja seisoi oven vieressä odottamassa Ribbyä. Autoon päästyään hän kiinnitti turvavyönsä. Hän käänsi päätään ja katsoi ulos ikkunasta, otti vastaan kaiken sen, mitä hän ei enää koskaan näkisi, ja peitteli pettymystään.

"Angela, tämä on puhtaasti työasia. Sillä ei ole mitään tekemistä sinun tai järjestelymme kanssa."

"Tarkoitatko, että haluat yhä minut?" Ribby kysyi tärisevällä äänellä ja hänen sydämensä meinasi hypätä ulos rinnastaan.

"Totta kai, haluan sinut uudeksi kirjastonhoitajakseni", hän sanoi ja siveli kädellään hänen reittään.

Perverssi. Hän leikkii kanssasi. Läpsäise hänen kätensä pois.

Ribby punastui. Se oli vahinko. Ei se ollut mitään.

Vanhan pervon poski. Minähän sanoin sinulle. Anna hänelle tuumaakaan...

"Kuljettaja, olkaa hyvä ja nostakaa suojatie. Rouva ja minä haluaisimme olla rauhassa."

Ribby kohotti katseensa ja kiinnitti kuljettajan katseen taustapeiliin. Risti kätensä ympärilleen.

Englantilainen avasi vesipullon ja ojensi sen Ribbylle vaatien häntä riisumaan kätensä. Hän otti sen ja siemaisi.

"Ribby, tarkoitan Angelaa, jos kirjasto on sydämesi toive, niin se on sinun. Se, mitä minulla on, on sinun."

Hän istui pystyasennossa kuuntelemassa, mutta Anglophone vaikeni. Hän otti vielä muutaman kulauksen vettä ja odotti.

Odottaako hän, että sanoisin jotain?

Hän pelaa peliä. Pysy hiljaa. Me paljastamme korttimme, anna hänen tehdä samoin. Sillä välin, pysy rauhallisena. Nauti näkymistä.

Täällä on tosiaan kaunista, mutta sydämeni hakkaa.

Rauhoitu. Hengitä syvään. Sisään. Ulos. Sisään. Ulos.

Hänen hengitysharjoituksensa keskeytyivät.

"Mitä annat minulle vastineeksi sydämesi toiveesta?"

No niin. Anna minun hoitaa tämä.

"Minulla ei ole mitään annettavaa sinulle, Teddy. Vain itseni."

Oikeasti Rib, ole kiltti ja pidä turpasi kiinni!

"Vain itsesi? Etkö tunne olevasi arvokas?"

Ribby yritti puhua, mutta sanat jäivät kurkkuun.

Hän haluaa enemmän Rib; hän haluaa seksiä.

Ribby punastui punapunaiseksi.

"Voi voi, voi", Teddy sanoi ja taputti hänen kämmenselkäänsä. "Näytät hyvin huolestuneelta, eikä minun ollut tarkoitus huolestuttaa sinua. Olen vanha mies. Olen elänyt ilman rakkautta, ilman kosketusta, hirvittävän kauan. En voinut koskaan odottaa, että rakastaisit jotakuta kaltaistani. Vaikka se olisikin sydämesi mieleen."

"Minä", Ribby sanoi.

"Shhh, anna minun puhua loppuun. Minä toivon, että saisin sinut elämääni. Seuraksi. Ystävyyttä. Jos rakastuisit minuun - jos voisit rakastaa minua, se olisi sydämeni toive. Ehkä jonain päivänä sinä täytät sen."

Vau, se oli melkoinen yllätys. Käänteistä psykologiaa? Ole varovainen.

Autossa oli nyt hiljaista ja kaksi erittäin epämukavaa matkustajaa. Ribby otti vielä muutaman kulauksen vettä, ja Anglophone tarkisti puhelimensa.

"Menetkö kanssani naimisiin?" hän pamautti.

OMG, tuo toinen kaaripallo oli niin kaukaa haettu, että olen sanaton, Rib.

Minä myös, tarkoitan, mitä minun olisi pitänyt sanoa. Haluan kirjaston, mutta en rakasta häntä.

Olemme nuoria ja elinvoimaisia. Hän on jo niin pitkällä, että on melkein toisella puolella. Odota, nyt...

Et kai ajattele sitä, mitä luulen sinun ajattelevan?

Keino päämäärän saavuttamiseksi. Hän haluaa, että olet hänen ystävänsä, että hoidat hänen kirjastoaan. Hän ei pyydä seksiä, vaan seuraa ja rakkautta. Eikö niin? Jos sinä täytät hänen sydämen toiveensa ja hän täyttää sinun, niin mitä pahaa siinä on?

Miksi sitten kosia avioliittoa? Jopa minä tiedän, että se ei olisi laillinen avioliitto, ellei sitä täytettäisi. Pelkkä ajatus minusta ja hänestä...

Tiedän, tiedän.

TEDDY KESKITTYI PUHELIMEENSA.

Ribby ja Angela keskustelivat käsillä olevista asioista.

Hän rummutti taas sormiaan. Niin ärsyttävää! Nyt hän napsauttaa kynäänsä - napsautus, napsautus, napsautus, napsautus.

Hän odottaa vastausta.

En tiedä, miten voin hyväksyä sen. Anna minulle yksi syy, miksi minun pitäisi suostua. Miten voin suostua?

Helposti. Yksi sana: kirjasto. Vielä kaksi sanaa: Pääkirjastonhoitaja.

Minkä pääkirjastonhoitaja? Minulla ei ole henkilökuntaa, ei työtovereita eikä tällä hetkellä asiakkaita.

Mutta sinä olet kirjojen pomo.

Sinä et auta.

Minä yritän!

Tiedän, mutta hänelle suhteemme on pelkkä liikesopimus. Olisimme mies ja vaimo, mutta vain nimellisesti. Haluan miehen, jota voin rakastaa ja joka rakastaa minua vastavuoroisesti. Tämä on tyytymistä.

Sovittelua? Kutsutko sinä tätä asettautumiseksi? Olet 35-vuotias ja 36 on nurkan takana. Sinulla ei ole näkymiä, ei tulevaisuutta. Tämä antaa sinulle tulevaisuuden. Teddy voi avata maailman sinulle ja meille. Rakkaus ei ole kaikki, mitä se on olevinaan. Jos et suostu, kadut sitä koko loppuelämäsi.

Ribby vilkaisi Teddyn suuntaan.

Sano jotain. Mitä tahansa.

"Tarvitsen vain aikaa miettiä asiaa, Teddy."

Teddy tuijotti kaukaisuuteen.

Pian, mutta ei tarpeeksi pian, kuljettaja pysähtyi jalkakäytävälle Marthan talon eteen.

T AKAPENKIN PIMEYDESSä RIBBY PURISTI ja purki nyrkkejään. Nopea liike, avautuminen ja sulkeutuminen saivat hänet tekemään päätöksen. "Teddy, olen varma, että voimme päästä sopivaan järjestelyyn."

Teddy heitti kätensä hänen ympärilleen ja säteili hymyä. "Voi kiitos, että teet minusta maailman onnellisimman ukon."

Hyvin tehty, Rib! Bravo! Työskentele hänen kanssaan. Selvittäkää se. Muista, että me hallitsemme täällä.

Ribbyn ääni värisi, mutta hän onnistui hymyilemään hieman irrottautuessaan Ribbyn syleilystä. "Sinun täytyy antaa minulle muutama päivä aikaa hoitaa asiat kuntoon."

"Voin odottaa sinua, Angela, mutta älä anna minun odottaa liian kauan. Sinun vuoksesi olen jo odottanut koko elämäni", Teddy sanoi suudellessaan hänen kättään.

Voi luoja, hän on ihastunut!

He vaihtoivat suukkoja poskelle.

Kuljettaja avasi Ribbyn oven, ja Teddy piti sitä, kun nainen astui jalkakäytävälle.

"Soitan sinulle vuorokauden kuluttua", Teddy sanoi.

Ribby nyökkäsi. Hänen takanaan kuistilla Martha huusi: "Oletko se sinä, Ribby? Ai, hei Teddy." Hän vilkutti.

Teddy vilkutti takaisin, kun kuljettaja sulki oven ja palasi auton eteen. He lähtivät liikkeelle.

"Kyllä äiti, minä tässä."

"Tulit takaisin nopeammin kuin luulinkaan. Tule sisälle ja kerro minulle kaikki."

Ribby kompastui kuistin portaita ylös.

KAPPALE 27

Ribby tervehti Scampia taputtamalla häntä päähän, ja kolmikko meni keittiöön.

"Ribby, istu alas. Minulla on sinulle miljoona kysymystä. Miten se meni?" Martha höpötti, eikä antanut Ribbyn päästä sanallakaan ääneen. "Kuppi kahvia, kyllä, keitän sinulle kupin kahvia ja sitten... Voi että, näytät aivan uupuneelta."

"Äiti, kyllä minä olen väsynyt. Tämä on pitkä ajomatka. Herra Anglophone Teddy on mielenkiintoinen."

"Luulin, että te kaksi tulisitte toimeen keskenänne. Kysyikö hän?"

Tiesikö hän, että Teddy aikoi kosia? Tiesikö hän? Mitä?

"Tiesitkö, että hän aikoi kysyä?"

Onko tämä osa jotain pääsuunnitelmaa? Tämä on syvästi huolestuttavaa.

"Hän rakastaa kirjastoa, eikä antaisi kenenkään johtaa sitä."

Hän tarkoittaa kirjastoa. Minun PAHANI.

"Ei tietenkään. Hän on hyvin antelias tarjotessaan minulle tämän mahdollisuuden."

"Herra Anglophone varmisti - ennen kuin hän edes tapasi sinut - että sinä olet se oikea."

Mitä tuo muka tarkoittaa? Olemmeko palanneet Master Plan -konseptiin?

Ribby hillitsi raivonsa. "Sinä tiesit?"

Mommy Dearest vajoaa taas matalammalle kuin matalammalle.

"Rib, älä nyt hermostu. Hän tarkoitti hyvää. Hän halusi olla varma. Kun hänellä on niin paljon rahaa, hänen on oltava uskomattoman varovainen."

Ribby istui hiljaa ja sekoitti kahvikuppiaan.

Martha nousi seisomaan ja ryhtyi siivoamaan. Hän vilkaisi Ribbyä. "Olet uupunut, haluatko, että lasken sinulle kylvyn?"

Kylvyn sinulle? Hyvä on, ota naamari pois. Kuka tämä nainen on?

"Se olisi ihanaa."

Myöhemmin kylvyssä Ribby nukahti ja näki unta.

Hän leijui alastomana vaaleanpunaisen kuplan sisällä Englannin kirjastossa.

Anglophone tuli näkyviin. Hän patsasteli ympäriinsä punaposkisena ja nyrkkejä puristellen autonkuljettajansa varjostaessa häntä.

Anglophone sanoi: "Haluan, että nuo uudet kirjat korvaavat vanhat kirjat välittömästi. Laittakaa ne silmien korkeudelle, niin että tyttöni löytää ne."

"Tämä ei kuulu toimenkuvaani", kuljettaja vastasi ja käänsi sitten selkänsä.

Anglophone tarttui häntä käsivarresta, veti alas ja läimäytti poskelle. Vaikka läpsäisy oli kova, kuljettaja oli varautunut siihen, eikä hän edes säpsähtänyt.

"Työsi on sitä, mitä minä sanon, poika!"

"Herra Anglophone, teen tietenkin mitä ikinä haluatte minun tekevän, vain ja ainoastaan hänen tähtensä. Olen teidän, ja voitte tehdä kanssani, mitä haluatte", kuljettaja sanoi.

Anglophone päästi irti hänen käsivarrestaan. Kuljettaja suoristi selkänsä.

Mikä ote Anglophonella oli häneen?

Tämä on unta. Me näemme unta. Herää, Ribby! Herää, Ribby!

Tämä on mielenkiintoista. Yritä zoomata kirjoihin, jotka hän haluaa meidän näkevän.

Yritän, mutta... hitto...

"Olen avokätinen sinulle Stephen, ja avokätinen hänelle. En pyydä sinulta paljon. Olen vanha mies. Olen työnantajasi. Älä ole vastaisuudessa röyhkeä."

"Pyydän anteeksi", Stephen sanoi ja kumartui hattu kädessä lattialle asti. "Voin vakuuttaa, ettei se tule toistumaan. Luulen, että tämä vie minulta suurimman osan päivästä."

"Hyvä on. Aloita sitten kirjojen uudelleen täyttäminen. Ilmoita Tibblesille, kun olet saanut tehtävän valmiiksi."

"Mitä minun pitäisi tehdä vanhoille kirjoille?" Stephen kysyi.

"Takana on tyhjiä laatikoita. Säilytä ne toistaiseksi", Teddy sanoi. "Ne eivät merkitse mitään. Voimme antaa ne tulevaisuudessa pois. Laita ne nyt pois tieltä."

Teddy poistui.

Stephen jatkoi työtään. Hän vilkaisi olkansa yli, missä Ribby istui alasti mielikuvituskuplassaan.

"Stephen", hän kuiskasi.

Tämä on outoa unta.

Teddy on todella kova hänelle.

Kyllä, hän odottaa täydellisyyttä.

Mitä hän sitten tekee minun kanssani?

"Herää, Ribby!"

Ribbyn kupla puhkesi, kun Martha tuli huoneeseen.

"Olen koputtanut jo ikuisuuden."

"Anteeksi äiti, nukahdin."

"Hyvä. Se tarkoittaa, että olet rentoutumassa. Tässä on jotain siemailtavaa."

Ribby piilotti suurimman osan itsestään kuplien alle.

"Ei ole niin, ettenkö olisi nähnyt sitä kaikkea ennenkin, tytär." Martha nauroi.

Ribby vapisi ja kurottautui sitten samppanjalasiin. Martha istuutui ammeen reunalle.

"Sinulle", Martha sanoi, kun he napsauttivat lasejaan.

Tämä on tosi outoa. Tämä nainen ei voi olla äitisi. Hän voivottelee sinua kuin tietäisi, että vanha mies kosi ja aikoo muuttaa yhteen teidän kahden kanssa.

Saippuavesiä valui Ribbyn käsivartta pitkin lasin varteen. "Äiti, miten sinä tapasit herra Englantilaisen?"
"Äiti, miten sinä tapasit herra Englantilaisen?"

"Kerroinhan minä jo tämän sinulle?" "Enkö kertonutkin?"

"Enpä usko. Jos kerroit, en muista."

"No, olimme illallisella, ja Anglophone tuli sisään", Martha muisteli. "Hän oli hyvin riehakas ja vaativa henkilökunnan kanssa ja vaikutti olevan jotenkin tärkeä. Olimme uteliaita, kuka voisi aiheuttaa tällaisen kohtauksen. Kun näin hänet ensimmäisen kerran, hän näytti tutulta. Luulimme, että hän oli poliittinen henkilö tai että olimme nähneet hänet televisiossa. Hän vaikutti kiihtyneeltä ja haukkui limusiinikuskiaan, joka ajoi hänen perässään. Kaikki tuijottivat häntä."

"Huomasiko hän?" Ribby kysyi. "Tarkoitan, että kaikki ravintolassa tuijottivat?"

"Hän ei aluksi välittänyt muista asiakkaista lainkaan. Kun hän tajusi aiheuttavansa kohtauksen, hän pyysi anteeksi meiltä, ei työntekijältään. Sitten hän tarjosi kaikille samppanjaa."

Hän kuulostaa kiusaajalta.

Aivan. "Siinäkö kaikki?" Ribby sanoi.

"Ei, ei, tyttöseni. Sen jälkeen pyysimme häntä liittymään seuraamme, ja hän suostui. Hän hoiti, ja me söimme ja söimme. Se oli ihana ilta. Hän kutsui meidät rouva Pomfreren luokse vieraakseen. Siksi pidensimme lomaamme, koska se ei maksanut meille mitään."

"Mutta miten minä sitten tulin mukaan keskusteluun?"

"Illallisella, en ole varma, mistä puhuimme, mutta kerroin hänelle sinusta. Tehtävästäsi kirjastossa ja vapaaehtoistyöstäsi lasten kanssa sairaalassa. Teddy oli hyvin kiinnostunut. Hän halusi tavata sinut. Hän mainitsi kirjastonsa. Sanoi, että se oli suljettu, kunnes hän löysi oikean henkilön johtamaan sitä. Hän kysyi sinusta."

Kerro meille lisää kyttääjä Teddystä.

"Hän on hyvin kainosteleva, koska tiesi minusta jo ennestään."

"Tietäminen ei ole sama asia kuin tutustuminen, tytär."

"Niin, mutta kuulostaa siltä, että hän on jo päättänyt."

"Enpä tiedä siitä."

"Hän, Teddy, pyysi minua johtamaan kirjastoäitiään, mutta siihen liittyi muitakin ehtoja. Komplikaatioita."

"Millaisia komplikaatioita?"

"Kuten se, että minun on lopetettava työni. Muuttaa jonnekin uuteen paikkaan. Minun on jätettävä lapset."

"Joku muu ottaa vastuun. Sinun täytyy olla kerrankin elämässäsi itsekäs."

Ribby rentoutui hieman ja otti toisen kulauksen samppanjaa.

"Sen perusteella, mitä olen nähnyt herra Anglofonesta, hän oli hyvin antelias. Ei mikään penninvenyttäjä."

Tietääköhän hän asuntolainasta?

Ei ole minun asiani kertoa hänelle.

"Totta." Ribby vapisi. "Minun täytyy miettiä enemmän tätä äitiä ja päästä pois täältä, ennen kuin kehoni muuttuu luumuksi."

Martha nousi ja otti Ribbyn samppanjalasin. "Tytär, et varmaan enää koskaan saa tällaista tilaisuutta. Tiedän, etten ole aina ollut paras äiti. Tiedän, että teet oikean päätöksen."

"Kiitos", Ribby sanoi. Kun ovi oli sulkeutunut, hän nousi ammeesta, kuivasi itsensä ja puki yöpaidan päälleen.

Se oli ehdottomasti ja täysin "tukehduta minut lusikalla" -äidin ja tyttären aikaa.

Äiti yritti kovasti olla kannustava.

Niin hän tosiaan yritti. Näin dollarin merkit hänen silmissään. Mutta vaihdetaan puheenaihetta. Puhutaan siitä oudosta unesta.

Kyllä, unessani hänen nimensä oli Stephen.

Olen aina ajatellut, että hän muistutti minua Stephen Moyerista True Bloodista.

En ole nähnyt sitä sarjaa, mutta tiedän, ketä tarkoitat.

Se oli kuitenkin outoa, että Anglophone korvaa kirjoja uusilla. En ymmärrä sitä.

Ulos vanha ja sisään uusi. Se on kaksitahoista. Uusia kirjoja ja uusi kirjastonhoitaja. Minusta siinä on järkeä.

Se tuntui enemmänkin aavistukselta.

Ribby nauroi. En ole tarpeeksi fiksu aavistaakseni mitään.

Mutta minä olen.

Olet niin hauska.

KAPPALE 28

R IBBY SAAPUI TÖIHIN KIIREISEN aamun jälkeen, sillä hän nukkui yöunet, ja eteni rakennukseen.

Heti perään näkyi banderolli, jossa luki: "ONNITTELUT RIBBY!" kiinnitti hänen huomionsa.

Ro-ro. Näyttää siltä, että joku on päästänyt kissan ulos pussista.

Kuka? Äiti? Minä... minä... minä.....

Huutojen ja suosionosoitusten vyöry.

Voi ei, minun on päästävä pois täältä!

Ei, ei sinun tarvitse. Nyt on liian myöhäistä. He näkevät sinut. Hymyile!

Ribby hymyili, kun hänen työtoverinsa kerääntyivät ympärilleen.

"Hienoa, Ribby!"

"Tiesimme, että pystyt siihen!"

"Olemme valtavan ylpeitä sinusta! Pääkirjastonhoitaja! Vau!"

Ilmoitustaululla oli seuraava viesti:

"Onnittelut omalle Ribby Balustradeillemme!

Pääkirjastonhoitaja, E. P. Anglophonen yksityiskirjasto.

Allekirjoitus, rouva P. Wilkinson, pääkirjastonhoitaja."

Ribby hieroi silmiään epäuskoisena. Kun hän avasi ne uudelleen, hän mutisi henkeään pidätellen. Miten hän saattoi mennä ja ilmoittaa tämän kysymättä ensin häneltä? Hän kurotti nyrkkinsä yhteen, kun kuumuus nousi hänen poskilleen. Hän ei enää hallinnut elämäänsä ja kohtaloaan. Hän meni tiskin taakse ja laski päänsä pöydälle.

Lopeta jo, Rib. Pilaat heidän ilonsa. He ovat niin ylpeitä sinusta, ja tämä on viimeinen päiväsi täällä. Ota se rennosti. Pidä pääsi ylhäällä.

Mutta hän lupasi! Hän sanoi, että voin ottaa aikaa. Nyt tämä on viimeinen päiväni. MINUN VIIMEINEN PÄIVÄNI!

Se, mikä on tehty, on tehty. Voit kertoa hänelle siitä myöhemmin. Nauti nyt tästä hetkestä. Ole inspiraatio.

Rouva Wilkinson käveli pöydän luo. "Ensinnäkin haluan kiittää teitä siitä, että tuurasitte minua, kun olin sairaalassa. Toiseksi, olen niin ylpeä sinusta, Ribby! Kun herra Anglophone soitti minulle, tarkoitan siis Theodore Anglophonea, olin niin ylpeä sinusta. Minä itkin. Minä todella itkin. Olet aina ollut minulle kuin tytär."

"Kiitos, rouva Wilkinson."

"Tarkoitan, niin voimakas mies. Hän valitsi sinut ikäisenäsi pääkirjastonhoitajaksi. Sinä olet menossa vielä pitkälle."

"Oletteko kuullut herra Anglofonista ennenkin?"

"En tunne häntä henkilökohtaisesti, mutta tiedän hänestä. Sitä paitsi hänen kirjastonsa arkkitehtuuri oli useissa lehdissä. Samoin hänen kotinsa."

"Niin, kirjasto on aika kaunis, samoin hänen kotinsa, mutta en tiennyt lehdistä." "Niin, kirjasto on aika kaunis, samoin hänen kotinsa, mutta en tiennyt lehdistä."

"Pidämme lounaan teidän kunniaksenne. Täydelliset tarjoilut, kiitos herra Anglofonin, joka vaati, että kaikki kulut katetaan."

"Niinkö?" "Niinkö?" Ribby sanoi.

Tuo ovela vanha kerjäläinen.

"Sillä välin", hän jatkoi, "nauttikaa viimeisestä päivästäsi."

"Kiitos, rouva Wilkinson."

Ribby vilkaisi työkavereidensa suuntaan, jotka olivat palanneet tehtäviinsä. Uteliaana hän kirjautui tietokoneelle ja googlasi Theodore Anglophonea.

Eniten haettu kohde oli paikallislehden lehtiartikkeli. Otsikko kuului: "Epäilyttävä kuolema paikallisessa kirjastossa."

Mitä ihmettä?

Ribby luki eteenpäin.

Kuoliko pääkirjastonhoitaja?

Siksi hän sulki sen. Kuulostaa siltä, että nainen oli hullu.

Teddy löysi hänen ruumiinsa. Se oli varmasti kamalaa hänelle.

Ei, katso tätä. Tässä lukee, että hän soitti poliisille, mutta toimittajat tulivat ensin.

Toimittajat tulivat aina ensin. Heillä on kuvia naisesta. Hän näyttää hullulta. Missä hänen vaatteensa ovat? Ja hän näyttää sylkevän toimittajien päälle.

Monet haluaisivat sylkeä toimittajien päälle.

Samaa mieltä, mutta katsokaa hänen silmiään. Hän näyttää epätoivoiselta. Pelokkaalta.

Hysteeriseltä. Teddy sulki kirjaston sen jälkeen ja vannoi, ettei avaa sitä enää koskaan.

Kunnes nyt. Minun on päästävä raittiiseen ilmaan ennen lounaan alkua. Hän lähestyi rouva Wilkinsonia ja pyysi lupaa lähteä.

"No, tuskin voin erottaa sinua nyt, vai voinko?" Rouva Wilkinson karjui. "Onhan tämä viimeinen päiväsi!"

"Niin, oi totta", Ribby sanoi. Lisää suosittelijoita hurrasi, kun hän käveli ohi. Ulos päästyään hän veti laukustaan savukkeen ja sytytti sen.

Ehkä olimme hieman hätäisiä.

Hieman!

✱✱✱

Ribby palasi kirjastoon ajoissa lounaalle. Noutopöydän ruokatarjonta oli enemmän kuin riittävä kaikille. Kaikki söivät, seurustelivat ja juttelivat.

Rouva Wilkinson alkoi laulaa: "Sillä hän on iloinen kaveri". Ribbyn posket kuumenivat. Rouva Wilkinson piti lyhyen puheen ja antoi Ribbylle lahjan.

"Avaa se! Avaa se!" hänen kollegansa lauloivat.

Hän repi paketin auki. Se oli kännykkä.

"Lisäsimme jo kaikki yhteystietomme, jotta voimme pitää yhteyttä", rouva Wilkinson sanoi.

Ihan kuin me haluaisimme pitää yhteyttä tähän porukkaan!

"Kiitos paljon", Ribby sanoi.

"Puhe! Puhe!" he huusivat.

Ribby ei ollut tottunut julkiseen puhumiseen, ja hän mutisi muutaman sekavan lauseen.

Alan olla ymmälläni.

Hän sanoi kaipaavansa heitä kaikkia.

Sinä teit sen, Rib. Nyt häivytään täältä.

He taputtivat. Rouva Wilkinson kiinnitti kaikkien huomion kurkkuaan raottamalla. "Annan Ribbylle loppupäivän vapaaksi! Kiitos, Ribby, vuosien erinomaisesta palvelusta Toronton kirjastossa. Pidäthän yhteyttä."

Henkilökunta muodosti kulkueen.

Kuin häissä.

Tai hautajaiset.

Ulkona limusiini odotti reunakivellä.

Ribby puristi nyrkkejään.

Hengitä syvään.

Kuljettaja nousi ulos.

Stephen.

Hän heilautti hattuaan ja avasi sitten takaoven. Sisällä odotti Teddy valtava virne kasvoillaan. Hän taputti penkkiä rohkaisten Ribbyä astumaan sisään.

Tule sisään ja rauhoitu ensin, ennen kuin sanot mitään.

Aivan. Hän puristi nyrkkejään. Istui alas ja kiinnitti turvavyönsä. Hän veti syvään henkeä. "Hei, Teddy."

"Sulje ovi, Stephen!" Teddy haukkui.

Stephen. Hänen nimensä on todella Stephen.

Vähän hämärän rajamailla, eikö olekin?

"Eteenpäin", englantilainen käski. Sulku nousi ja kuljettaja ajoi eteenpäin.

"Toivottavasti sinulla on ollut mukava päivä, Angela."

"Se on ollut aika outo", Ribby sanoi. "Olihan tämä viimeinen päiväni." Hän veti syvään henkeä. "En tiennyt, että aioit ilmoittaa rouva Wilkinsonille järjestelystämme. Halusin irtisanoutua. Se oli minulle tärkeä asia." Hänen poskensa punoittivat, ja hänen äänensä värisi, kun hän yritti säilyttää malttinsa.

"Miksi sinun pitäisi tehdä se, minkä minä voin tehdä puolestasi?" Teddy kuiskasi. Hän asetti kätensä hänen jalalleen.

Tällä kertaa hänen aikeistaan ei ollut epäilystäkään. Hän jätti sen siihen. Hän ei ottanut sitä pois.

"Tiedän, etteivät nämä ihmiset kirjastossa ole aina olleet hyviä sinulle. Tiedän, että he ovat käyttäneet sinua hyväkseen, eivätkä he ole arvostaneet sinua. Haluan, että jätät heidät. Haluan heidän tietävän, että olet parempi kuin he. Sinä voitat ja he häviävät."

Mitä ihmettä? Tiesimme, että hän tarkkaili meitä, mutta tämä on... äärimmäistä...

Totta. Mitähän muuta hän tietää?

Ribby veti syvään henkeä.

"Tiedän sinusta monia, monia asioita. Maailmasta", Teddy tunnusti. "Nyyhkyileviä hölmöjä on tusina. He eivät sovi nuolemaan saappaitasi. Jos joku on satuttanut sinua, osoita minulle, niin minä hoidan hänet."

Ja palkkamurhaaja! Rib, tämä on menossa täysin hulluun suuntaan.

Ribby oli kaivanut kyntensä ovenkahvaan. Hän vapautti sen. "Ei, ei, sellaista ei ole. Minä elän varsin yksinkertaista elämää. Teen töitä, käyn sairaalassa, tulen kotiin, eikä minulla ole juuri minkäänlaista sosiaalista elämää."

Pysy rauhallisena. Pysykää rauhallisina.

"Kyllä sinä tulet." Hän nosti kätensä avokämmenellä, aivan kuin aikoisi antaa tytölle vitosen. Nainen seurasi kättä, kun se nousi ja kun mies laski sen taas rinnalleen. "Kun olemme yhdessä, maailma kumartaa sinulle, ja kaikki rakastavat sinua ja haluavat miellyttää sinua."

Kuningattaren tai prinsessan kuvaus.

Hän katsoi Ribbyn silmiin. Hänen vatsansa vavahti. Hän suuteli häntä.

Ah hitsi, Rib... wtf?

"Olen pahoillani", Ribby sanoi inhoten hänen tekoaan. Se on sinun syytäsi. Näin itseni kuningattarena tai prinsessana.

Niin minäkin, mutta olimme lukittuna norsunluutorniin.

"Se oli ihana ele", Teddy sanoi. "Ja vielä parempi, koska sinulla oli halu tehdä se itse ja noudatit sitä. Kyllä, näen, että meistä tulee onnellisia yhdessä. Tule nyt kanssani takaisin. Tule kotiimme. Aloitetaan yhteinen elämämme tänään."

"Odota, Teddy, odota. Minun on vielä laitettava joitakin asioita kuntoon."

"Mennään illalla syömään yhdessä. Juhlitaan!"

"Olen uupunut, Teddy, ja haluan viettää aikaa sairaalan lasten kanssa. Minun on hyvästeltävä ja hoidettava joitakin asioita kuntoon."

Teddy käänsi katseensa hetkeksi pois, kun hän pysähtyi.

Hän tietää.

Ehkä, mutta suutelin häntä.

Niinpäs teitkin. Miksi? - En tiedä.

En rehellisesti sanottuna tiedä.

Outoa.

"Kyllä, näen, että se on jotain, mitä sinun täytyy tehdä. Mutta minä tunnen vetoa sinuun. Haluan olla lähelläsi. Haluan, että olemme yhdessä. Anna minun viedä sinut kotiin, Angela", Teddy pyysi.

"Itse asiassa arvostan tarjousta, mutta menen mieluummin bussilla."

Hän kosketti miehen kämmenselkää.

"Mihin haluat, että jätämme sinut kyydistä?"

"Täällä, tämä käy hyvin."

Stephen pysäytti auton. Ennen kuin hän ehti nousta ulos ja avata oven, Ribby avasi sen ja astui ulos.

"Kunnes tapaamme taas", Teddy sanoi puhaltaen suukon hänen suuntaansa ja katkaisematta katsekontaktia.

Ribby huomasi nappaavansa sen ja laittavansa sormet omille huulilleen.

Blech, Rib. Menet aivan liian pitkälle.

Ihan kuin olisin ollut riivattu tai jotain.

Se oli Oscar-palkittu esitys. Tarkoitan, että olen sanonut ja tehnyt asioita, mutta sinä, Ribby, otat kruunun.

Haista paska!

KAPPALE 29

RIBBY SAAPUI KOTIIN JA kuuli äitinsä nyyhkyttävän.

"Mikä hätänä, äiti?"

"Se on Tizzy-tätisi. Hän on kuollut."

"En voi uskoa sitä."

Hyvin näytelty, Ribby.

"Niin, en voinut itsekään uskoa sitä, mutta hänen ruumiinsa löytyi. Hän oli Attics-R-Usin pakettiautossa yhden miehen kanssa."

"Ai."

"Hän oli outo mies", Martha sanoi.

Voit sanoa sen uudestaan.

"Se on kauheaa. Tizzy-tätiparka."

"Palasin juuri tunnistamasta hänen ruumistaan. He soittavat nyt hänen miehelleen ja tyttärelleen. Heidän ei pitäisi nähdä häntä, ei, jos he pääsevät pois. Heidän pitäisi muistaa hänet, millainen hän oli. Ei sellaisena kuin minä hänet näin. Täysin turvonnut ja...." Hän meni baaritiskille ja kaatoi itselleen jigin viskiä puhtaana. Hän joi sen alas.

"Miten, miten se tapahtui?"

Ribby, tämä on jälleen yksi Oscar-palkittu esitys. Rauhallisesti. Pidä äänesi tasaisena.

"He luulevat, että nainen ajoi jyrkänteeltä hänen pakettiautollaan puukotettuaan häntä, koska hänellä oli puukotushaava selässään. Oikeuslääkärit soittivat minulle, että hänet oli raiskattu."

"Raiskattu? Voi hyvänen aika, miten kauheaa."

"Hetkinen. Muistatko sen veitsen, jonka löysin taannoin? Missä se veitsi on? Se voisi olla murha-ase. Mitä me teimme sillä?" hän sanoi Ribbyä ravistellen. Sitten hän pysähtyi ja kalpeni kalpeammaksi kuin kalpea. "Ja herra Anglophone... Voi, tämä skandaali voi pilata kaiken teiltä!"

"Mitä tekemistä hänellä on sen kanssa?"

"Tarkoitan, minun suhteeni. Minun herrasmiesvierailijoistani. Jos se tulee julki, se pilaa mahdollisuutenne."

Ribby läimäytti Marthaa kovaa.

Taas. Vielä kerran.

"Sinun täytyy ryhdistäytyä, äiti. Mikään tästä ei liity mitenkään sinuun, ei meihin, eikä herra Anglofoni välitä mistään. Sitä paitsi skandaalit eivät ole hänelle vieraita."

"Tiedät siis?" Martha kysyi.

"Kyllä, tiedän entisestä kirjastonhoitajasta, joka kuoli Anglophonen kirjastossa. Se kaikki kuulostaa hyvin oudolta."

"Miehet", Martha sanoi. "Miehet voivat kertoa, ja heidän vaimonsa voivat kertoa, ja kaikki tietävät, että äitisi on huora."

"Voi, äiti, lopeta höpöttely. Teet pääni sekaisin."

"Lupaa minulle jotain, Ribby. Lupaa, että soitat Teddylle ja kerrot, että haluat liittyä hänen seuraansa nyt. Häivy täältä ja kaupungista. Ennen kuin skandaali iskee."

"Mutta äiti, Anglophonen kartano ei ole kaukana kaupungista. Teddy saisi selville. Jätin hänet juuri. Minulla on asioita hoidettavana. En ole vielä valmis lähtemään."

"Noooooooooooo!" Martha huusi. "Sinun on lähdettävä tästä talosta NYT!" Martha juoksi portaita ylös ja alkoi heittää Ribbyn tavaroita matkalaukkuun.

Ribby seurasi perässä.

Hän on menettämässä järkensä, Rib.

Ymmärrän. Hän on hajoamassa.

Martha jatkoi pakkaamista taittelemalla ja pyörittelemällä hänen käsintehtyjä vaatteitaan. Hän mutisi itsekseen: "Pelastan sinut. Vain sinä olet tärkeä."

Ribby, joka ei tiennyt mitä muuta tehdä, huusi: "SEIS!"

Martha seisoi paikallaan kuin peura ajovaloissa.

Ribby selitti. "Herra Anglophone on antanut minulle vaatekaapin, joka on täynnä upeita uusia vaatteita." Hän tarttui laukkuun, jonka oli ottanut mukaansa sairaalasuorituksiin, ja heitti sen olkapäänsä yli.

Et tule tarvitsemaan tuota!

Ehkä tarvitsen ja ehkä en, mutta en jätä sitä tänne.

"Vai niin, Martha sanoi purkaessaan laukkunsa. "Soita hänelle takaisin. Hän ei voi olla kaukana. Tytär, jos koskaan rakastit minua. Jos koskaan voisit antaa minulle anteeksi ja tehdä tämän itsellesi, niin tee se nyt!"

Minusta sinun pitäisi, Rib.

Olen samaa mieltä. Kun minä olen poissa, hän ryhdistäytyy.

En tiedä, missä kunnossa hän on.

Hänen on pakko.

Ribby soitti Teddylle.

"Totta kai, en ole kaukana. Tulen hakemaan sinut."

Martha ja Ribby halasivat.

Kun limusiini ajoi pois, Martha katseli tytärtään, kunnes ei enää nähnyt häntä. Hän sulki etuoven ja lankesi polvilleen. Hän pysyi siinä sekunnin tai kaksi selkä ovea vasten.

Marthan elämä vilahti hänen silmiensä edessä, kaikki hyvä, mitä hän oli tehnyt, ja kaikki huono. Huonoja asioita oli enemmän kuin hyviä. Vain Ribby kuului jälkimmäiseen joukkoon. Hän muisti siskonsa, kun he olivat olleet läheisiä vuosia sitten. Siskon, jonka kanssa hän oli riidellyt tyhjästä. Sisko, jota hän ei enää koskaan näkisi.

Hänen ajatuksensa vaelsivat takaisin löytämäänsä veitseen. Kuinka salamyhkäisesti hänen tyttärensä oli kertonut siitä ja kuinka hän oli jopa vitsaillut siitä, että Tizzy tappaisi jonkun sillä. Outoa. Puhumattakaan siitä, miten epämääräisesti tytär oli kertonut siskonsa paluusta. Kaikki oli aika outoa. Jokin oli pielessä. Hän ihmetteli, missä veitsi oli nyt. Hänen tyttärensä oli sekaantunut asiaan, siitä ei ollut epäilystäkään.

Hän kuvitteli, mitä olisi voinut tapahtua. Carl Wheeler olisi saattanut ilmestyä paikalle. Oliko Tizzy avannut kaihtimet? Jos ne olisi avattu vahingossa, Carl olisi kävellyt sisään kuin kutsuvieras. Ja sitten hän puuskahti. Hän istuutui miettimään, mitä olisi voinut tapahtua. Miten hänen tyttärensä olisi voinut kävellä sisään... mitä hän olisi voinut nähdä...

Hän juoksi portaat ylös Ribbyn huoneeseen. Hänen tyttärensä oli piilottanut tavaroita kaappiinsa pienestä pitäen. Martha löysi veitsen pyyhkeeseen käärittynä. Eikä vain veitsen, vaan myös tyttären veriset vaatteet.

Hän vei veitsen ulos ja hautasi sen vajan lattian alle veristen vaatteiden kanssa.

Hän meni takaisin sisälle ja kaatoi itselleen toisen viskin. Tällä kertaa suuren. Puhelin soi, mutta hän ei vastannut siihen. Hän vain istui siinä siemaillen ja siemaillen, kunnes se soi itsestään

KAPPALE 30

Matka Teddyn talolle sujui rauhallisesti. Hän huomasi ääreisnäköpiirissään, että Teddy oli nukahtanut. Koska hän ei itse pystynyt nukkumaan, hän päätti soittaa Marthalle.

Puhelin soi useita kertoja, mutta kukaan ei vastannut. "Vastaa, äiti, vastaa. Tiedän, että olet siellä."

"Mitä?" Teddy sanoi herättyään säikähtäen.

"Anteeksi, että herätin sinut, Teddy. Yritän soittaa äidille."

"Ai, miten Martha sitten voi?"

"Ei vastaa", Ribby sanoi ja laittoi puhelimen takaisin käsilaukkuunsa.

"Ei se mitään", Teddy sanoi ja taputti Ribbyä reiteen. "Voit soittaa hänelle aamulla. Voitko kertoa minulle, Angela, mitä ajattelit?"

"Milloin?" Ribby kysyi.

"Ennen kuin nukahdin", Teddy huomautti. "Näytit olevan jonnekin syvälle ajatuksiisi eksyksissäsi."

Ribby alkoi sanoa jotain, mutta Teddy keskeytti "Angela, en halua arvostella sinua, mutta kun olemme yhdessä, toivon, että ajattelisit vain minua. Meitä."

Nyt hän haluaa hallita ajatuksiasi.

En usko, että hän tarkoittaa sitä.

"Äiti joutui kasvattamaan minut yksin pienestä pitäen."

"Tiedän sen, Angela. Martha kertoi minulle. Hän sanoi, että hän oli usein huono äiti. Silti sinä olet huolissasi hänestä. Kuinka omituista." Hän otti naisen käden käteensä.

Ota viulut esiin.

Hän nukahti jälleen, pitäen naisen kättä.

Lisää päiväuniaikaa on hyvä!

KAPPALE 31

SEURAAVANA AAMUNA MARTHAN TALON ulkopuolella oli häiriö. Torvet soivat. Renkaat kilisivät. Kamerat vilkkuivat. Kovia ääniä.

Martha nosti kaihtimen kulmaa. Se oli sekasorto. Yksi nainen kantoi kylttiä, jossa luki: "Häivy naapurustostamme, senkin huora!"

"Tuolla hän on!" joku huusi, kun kamerat napsuivat ja välähtivät.

"Hän on kotona!"

Martha meni keittiöön ja keitti kupin. Kun hän siemaili, Scamp istui niin lähelle, että hän saattoi silittää sitä.

Hän soitti John MacGrawille ja jätti viestin. "Minä tässä. Älä tule tänään käymään. Pidä matalaa profiilia seuraavat pari viikkoa. Toimittajat, paskiaiset, ryömivät kaikkialle. En halua, että sinut sotketaan asiaan. Soita minulle kun voit..." Viestiaika päättyi piippaukseen. Martha laittoi puhelimen takaisin paikalleen toivoen, että hän kuulisi viestin ennen vaimoaan.

Hän istuutui alas ja selaili televisiokanavia, kunnes oveen koputettiin.

"Martha, minä tässä, Sophia."

Avaimenreiästä hän näki naapurinsa, rouva Englen.

"Pysykää kauempana, senkin korppikotkat!" "Pysykää kauempana, te korppikotkat!" Sophia huusi nyrkit ilmassa. "Tämä nainen on oman kotinsa yksityisyydessä. SHOO! Senkin alhaiset ihmiset! Menkää jahtaamaan ambulanssia tai jotain!"

Martha avasi oven. Eräs toimittaja huusi: "Miksi Attics-R-Us-tyyppi oli täällä niin usein? Hänen ajanvarauskirjansa löydettiin, ja hän kävi luonanne viikoittain."

"Ei kommenttia", Martha sanoi sulkiessaan oven naapurinsa takana.

Rouva Engle livahti sisään. "Huh! Tarvitsen kupin teetä, Martha, ystäväni."

"Ansaitset sellaisen. Tein juuri itselleni sellaisen. Ja kiitos Sophia."

"Ei se ollut mitään. Kuulin siskoparastasi. Noiden kyykäärmeiden pitäisi jättää sinut suremaan sen sijaan, että luovat meteliä asioista ja hölynpölystä."

"Taitaa olla hiljainen uutispäivä", Martha sanoi kaataessaan kahvia ja tarjotessaan Sophialle sokeria ja maitoa.

Sophia vilkutti molempia pois. "Missä Ribby on?"

"Hän on lähtenyt. Luojan kiitos. Hänellä on uusi työpaikka, muualla kuin kaupungissa."

"Hyvä Ribbylle. Sillä välin jokin muu tapahtuma kääntää varmasti heidän huomionsa pois sinusta.

Nuo korppikotkat voisivat oppia pari asiaa käytöstavoista!"

"Niin voisivat", Martha sanoi.

Sophia soitti hätänumeroon.

Martha hymyili, kun Sophia alkoi puhua.

"Niin, onko se poliisi?" Hän piti tauon. "No, teidän kaikkien on parasta tulla tänne, tai minun on otettava laki omiin käsiini. Mhmmmm. Toimittajia kaikkialla. Tallaavat ruusujani. Häiritsevät rauhaa. En tiedä, miten he uskaltavat. Sophia Engle, 44 Midas Lane. Olen ansassa naapurissa, Midas Lane 42, okei. Selvä. Selvä. Selvä. Kiitos, sir. Nähdään sitten. Ylistäkää Herraa!"

Martha ja Sophia odottivat poliisin saapumista.

Se ei tuntunut niin pahalta nyt, kun hänellä oli joku mukanaan.

KAPPALE 32

OLI KESKIYÖ, KUN LIMUSIINI pysähtyi englantilaisen kartanon eteen. Ei ollut täysin pimeää, ja ikkunoista kuului kevyt kynttilän kaltainen hehku.

Talo avasi sylinsä, ja Ribby astui sisälle, ja häntä seurasi Stephen laukkuaan raahaten.

Teddy pysähtyi oviaukolle, jossa hänen palvelijansa seisoi.

Palvelija avusti isäntäänsä riisumalla tämän takin.

Kun hän vilkaisi Ribbyä, hänen selkärankaansa juoksi vilu. Mies hymyili, vieraanvarainen hymy. Hymy, joka muistutti yhä jotakuta, joka oli imenyt sitruunaa.

Sen täytyi olla hänen tavallinen tilansa.

Hänen nyrpeät huulensa vaihtuivat hammasmaiseen hymyyn, kun Anglophone kohtasi hänet.

"Tämä on uusi kotisi, Angela. Tervetuloa!" Teddy sanoi säteilevästi. "Stephen, pudota laukku, niin voit mennä. Auto kaipaa siivousta, sekä sisältä että ulkoa."

"Kyllä, sir", Stephen sanoi.

Stephen kumarsi ensin Teddylle ja sitten Ribbylle ja lähti.

"Tässä on palvelijani Tibbles. Tapasit hänet toissapäivänä. Hän on vastuussa talon hoitamisesta. Tibbles, neiti Angela. Toivottavasti kaikki on kunnossa?"

"Kyllä, herra, kaikki on valmiina nuoren naisenne saapumista varten", hän otti Ribbyn laukun ja käveli pois.

Ribby oli epävarma siitä, mitä tehdä, ja katsoi Teddyä neuvoa kysyen.

"Päivä on ollut pitkä, ja haluan vetäytyä, kultaseni", Teddy sanoi ja suuteli hänen kättään. "TIBBLES!", hän huusi. "Pyydän, viekää neiti Angela huoneeseensa."

Tibbles odotti portaiden yläpäässä Ribbyn laukun kanssa.

Ribby kiipesi portaita Tibblesiä kohti: "Etkö sinä tule ylös?"

Teddy jäi portaiden alapäähän kuin Rhett Butler katselemaan Scarlett O'Haraa.

"Asuntoni on alakerrassa. Hyvää yötä, enkelini. Nuku hyvin."

Kun englantilainen oli poissa kuuloetäisyydeltä, Tibbles puuskahti. "Seuraa minua", hän sanoi ja johdatti tyttöä käytävää pitkin. Muutaman oven päässä hän paiskasi oven auki ja heilautti Ribbyn sisään. Hän seurasi häntä sisään ja odotti ohjeita.

Ribby katseli uutta majapaikkaansa. Hänen uuden kotinsa. Kukat täyttivät jokaisen vapaan tilan. Ruusuja. Satoja. Kaikki huoneessa oli vaaleanpunaista, kaunista ja kaunista.

"Uskon, että tämä tyydyttää", Tibbles sanoi. Hän pudotti laukun lattialle.

"Kyllä, voi voi, kyllä." Hän kääntyi ja kaatoi nuppumaljakon, joka hajosi lattialle. Hän pudottautui polvilleen ja alkoi kerätä palasia, samalla pyytäen anteeksi.

"Minä avaan sen", Tibbles sanoi työntäen hänet syrjään ja vetäen takkinsa sisältä esiin pienen luudan ja pölylavan. "Jos ei ole mitään muuta, neiti Angela, voinko vetäytyä illaksi?"

"Voi kyllä, kiitos ja, kiitos paljon. Kaikesta."

Tibbles kumarsi ja melkein hymyili.

Ehkä hänellä on kaasua.

Ribby nauroi.

Tibbles sulki oven mennessään ulos.

Kun hän oli lähtenyt, Ribby avasi oven, jonka hän toivoi johtavan kylpyhuoneeseen. Se oli vaatehuone. Hän avasi toisen oven; se oli puuterihuone, mutta ei vessaa. Missä sitten oli kylpyhuone?

"Tibbles?" Ribby huusi, mutta Ribby oli jo lähtenyt. Minun täytyy kai odottaa aamuun.

Eikö täällä ole kelloa tai jotain, jota voi soittaa kutsuakseen hänet takaisin?

En näe sellaista.

Kun olet kartanon kuningatar, sinulle asennetaan sellainen.

Kyllä, se on tärkeyslistani kärjessä.

Ribby tärisi yöpaitaansa. Hän laittoi sähköpeiton päälle ja yritti kovasti olla tuntematta itseään prinsessaksi, jonka piti käydä pissalla.

R IBBY HERÄSI KESKELLÄ YÖTÄ kipuihin kyljellään. Hänen oli noustava ylös ja mentävä vessaan, ja mitä pikemmin, sen parempi. Hän astui sängyn vieressä olevalle karhuntaljalle, vapisi ja etsi viittansa. Hän löysi yhden, joka oli kiinnitetty koukkuun kaapissa. Se sopi. Teddy tunsi taas naisten koot.

Hän ajattelee kaikkea.

Niin, paitsi että hän kertoo, missä vessa on!

Kakkakasvoisen Tibblesin olisi pitänyt tehdä se.

Ribby avasi oven ja kurkisti käytävää pitkin vessaan. Jokainen askel oli tuskallista.

Tuo mies pitäisi erottaa.

Ei, se on minun vikani. Minun olisi pitänyt kysyä.

Ribby käveli käytävän päähän. Hän alkoi avata ovia. Ovi numero yksi oli vierashuone. Ovi numero kaksi oli pojan huone, jossa oli kaikki siniset vaatteet.

Mitä...?

Ehkä hänellä on poika? Ja jättänyt huoneensa sellaiseksi kuin se oli muuttaessaan pois?

Kyllä, jotkut vanhemmat tekevät pyhäkköjä lapsilleen.

Oven numero kolme kohdalla Ribby kietoi sormensa kahvan ympärille.

"Voinko auttaa?"

Ribby kääntyi, ja näki Tibblesin, käsi lantiollaan, yllään yöpaita, lippis ja kynttilä kädessään. Hän näytti Charles Dickensin romaanin hahmolta.

"Anteeksi, että häiritsen, mutta minun on mentävä vessaan. En tiedä, missä se on."

Tibbles punastui. "Seuratkaa minua." Hän johdatti tytön takaisin käytävää pitkin, oman oven ohi ja kaksi ovea oikealle, kylpyhuoneeseen. "Tuleeko tänä iltana vielä jotain muuta, neiti?"

"Ei, ei, Tibbles. Kiitos paljon", Ribby sanoi, kun hän ryntäsi sisälle ja lähti kohti vessaa. Pissaaminen ei ollut koskaan ennen tuntunut näin hyvältä, ja hän huomasi, että huoneen akustiikka oli hyvin äänekäs. Hänellä oli halu sanoa jotain nähdäkseen, kaikuisiko se takaisin, mutta hän päätti olla sanomatta sitä.

Angela ei kuitenkaan voinut vastustaa ja alkoi laulaa Madonnan kappaleen "Like A Virgin" kertosäettä. Tämä akustiikka on mahtava!

Saatuaan pesunsa valmiiksi hän katseli ympärilleen kylpyhuoneessa.

Vau, pyyhkeitä, joihin oli kirjailtu "Angela".

Miten hän saattoi järjestää sen?

Palvelija varmaan ompelee.

Hän vaikuttaa hyvin...

Jäykältä? Tunkkainen?

Kyllä, ja kyllä.

Anglophone ajattelee varmasti kaikkea, tarkoitan, pelottavan paljon.

Kyllä, hän on ajattelevainen.

En tarkoittanut sitä. Ei se mitään.

Ribby palasi huoneeseensa ja nukkui taas.

Angela alkoi kyllästyä Ribbyn näkemyksiin kaikesta. Hän kaipasi jännitystä; hän kaipasi klubikeikkoja ja kaikkea siihen liittyvää.

Angela ihmetteli Stepheniä. Oliko hän sinkku? Tykkäsikö hän pitää hauskaa?

Hän ei kuitenkaan halunnut pilata keikkaa ukon kanssa.

Kun ajoitus on oikea, kaikki on minun!

Pahaenteinen nauru!

KAPPALE 33

SEURAAVANA AAMUNA RIBBY AVASI silmänsä, kun joku koputti hänen ovelleen. Ennen kuin hän ehti vastata - tämä tuntui déjà vu - henkilö koputti uudelleen.

"Tulen kohta ulos", hän sanoi heittäessään peiton takaisin, venytteli ja haukotteli.

"Mestari Anglophone odottaa läsnäoloanne, neiti. Hän ei pidä siitä, että häntä pitää odottaa. Pyydän, pitäkää kiirettä."

"Teen parhaani", Ribby sanoi, sitten nainen lähti pois. Ribby kävi suihkussa, sitoi hiuksensa ja korjasi kasvonsa nipistelemällä poskiaan. Hän palasi huoneeseensa ja nappasi vaatekaapista ensimmäisen vaatteen, jonka sai käsiinsä. Se oli mokkanahkainen housupuku, joka sopi hänelle täydellisesti. Hän meni alakertaan.

"Huomenta, Teddy", Ribby sanoi, kun Tibbles johdatti hänet ruokasaliin.

"Vihdoinkin!" naishuoltaja mutisi henkeään pidätellen.

Tibbles tuijotti naista silmät melkein pullahtaen ulos päästään, sitten englantilaista. Kun hän oli varma, ettei Anglophone ollut kuullut häntä, nainen poistui.

"Niin, no, Angela, istu alas ja nauti ensimmäinen monista aamiaisista, jotka jaamme tässä talossa pariskuntana. Nukuitko hyvin? Käsittääkseni Tibbles avusti sinua kahdelta yöllä?" Teddy taputti käsiään. Henkilökunta alkoi tarjoilla.

"Kyllä", Ribby sanoi punastuen.   Hän vilkaisi Tibblesiä. Tämä katsoi kenkiään.

"Tibblesiä   on   nuhdeltu   velvollisuuksiensa laiminlyönnistä. Se ei tule toistumaan."

"Pyydän anteeksi, neiti Angela", Tibbles sanoi ja kumarsi matalasti Teddylle ja sitten Angelalle.

"Se ei ollut hänen vikansa. Minun olisi pitänyt kysyä."

"Vakuutan, että se on aina apulaisen vika. Kun olet työnantaja, sinun ei pitäisi koskaan tarvita kysyä."

Ribby   keskittyi   ruokaansa.   Tarjoilija   tuli hänen luokseen ja tarjoutui kaatamaan kermaa kaurapuuroon. Ribby kiitti häntä. "Emme ole tainneet tavata?" Ribby sanoi tarjoilijalle, joka astui taaksepäin ja peitti kasvonsa. Ribby katsoi Teddyn suuntaan. Hänen ylähuulensa tärisi. Hän tajusi tehneensä kömmähdyksen.

"Rouva Haberdash, saanko esitellä teille neiti Angelan", Teddy sanoi sarkastiseen sävyyn. "Jättäkää meidät nyt syömään aamiaista rauhassa. En halua, että te kaikki teeskentelette täällä. Se on pahaksi ruoansulatukselle!"

"Herra?" Tibbles kysyi.

"Kyllä, tarkoitan myös teitä. Ilmoitan, jos tarvitsemme jotain."

"Kyllä, herra englantilainen, sir." "Kyllä, herra englantilainen."

Täällä on kaikki niin muodollista, että minua karmii.

Niin. He vaikuttavat pelokkailta.

Teddy johtaa tiukkaa laivaa.

Tibbles on pelottavampi.

Anglophone maksaa heille varmaan hyvin.

Ribby katsoi ylös ja huomasi, että Teddy oli puhunut.

"...Älkää pelätkö tehdä ehdotuksia tulevaisuutta varten, jotta voitte tehdä kirjastosta omanne."

"Teddy, ennen kuin sanot mitään muuta, haluan kiittää sinua."

Teddy säteili ja pullisteli rintaansa.

"Sinä, enkelini, olet kaikkea ja enemmänkin. Haluan antaa sinulle sen, mikä on minun. Annan sinulle kaiken, mitä vain toivot. Sinun tarvitsee vain pyytää."

Ribby nousi seisomaan ja suuteli Teddyä päälaelle. Hän halasi häntä. Hän kehotti tyttöä istumaan hänen polvelleen. He suutelivat. Katsoivat toisiaan silmiin.

Menkää huoneeseen! Tarkoitan, että palvelijat voivat tulla takaisin minä hetkenä hyvänsä!

Teddy nousi seisomaan ja laski kätensä Ribbyn poskille. Mies tuijotti Ribbyä silmiin ja Ribby Ribbyä silmiin. Hän johdatti tytön kädestä pitäen pois.

Täällä oksentaa.

Käytävää pitkin, sisääntuloväylän sydämeen, portaita ylös.

Herää, Rib! On liian aikaista innostua.

Ei vastausta.

Ribby, kuunteletko minua? Hän on hypnotisoinut sinut, tai hän hallitsee sinua. Ribby! Ribby, kuuntele minua. Tule takaisin luokseni!

Angela yritti ottaa ohjat käsiinsä. Katsoa poispäin. Hänen ei tarvinnut tehdä muuta kuin rikkoa side, mutta hän ei pystynyt siihen.

Hän huusi Ribbyn nimeä yhä uudelleen ja uudelleen ja uudelleen.

Hän ei vieläkään vastannut.

KAPPALE 34

OTSIKOT HUUSIVAT: "HUORATALO KESKELLÄMME". Martha tarttui ovella olleeseen sanomalehteen ja heitti sen suoraan roskiin.

Hän kaivoi sen uudelleen esiin ja luki artikkelin vastoin parempaa tietoaan. 'Martha Balustrade, 62, piti bordellia lähellä keskustaa. (Kuva sivulla 3).'

Martha käänsi kuvan puoleen. Hän puuskahti. He olivat käyttäneet hänen hääkuvaansa. Hän tunsi itsensä petetyksi. Kyynel valui pitkin hänen poskeaan, kun hän repi paperin pieniksi palasiksi.

Martha tunsi joka sentin onton tilan, aivan kuin hänen kotinsa ei olisi enää hänen kotinsa. Hän oli ottanut puhelimen pois luurista eikä suostunut laittamaan televisiota päälle peläten, mitä hänestä sanottiin. Hän toivoi, ettei olisi koskaan kiivennyt sängystä, mutta hänen oli mentävä ullakolle.

Hän kiipesi tikkaita pitkin. Kaukana nurkassa, peittojen, hämähäkinseittien ja sekalaisten tarvikkeiden alle hautautuneena oli riippulukolla lukittu lipasto, jossa oli yksityisiä asiakirjoja.

Martha alkoi ottaa papereita lipastosta yksi kerrallaan ja pysähtyi aina välillä lukemaan. Siinä se oli. Hän avasi kirjan ja taittoi sen sisällä olevan asiakirjan auki: Ribbyn syntymätodistus. Hän sulki kirjan ja käänsi sitä. Muutaman sekunnin ajan hän katseli kääntöpuolella olevaa kuvaa. Hän taittoi asiakirjan uudelleen, laittoi sen takaisin kirjan sisään ja lisäsi sen "poisheitettävien" pinoon.

Kun yö laskeutui, Martha kiipesi alas kantaen niin paljon kuin pystyi. Hän nousi uudelleen ylös ja täytti kätensä varoen pitämästä kahta erillistä kasaa. Useiden portaiden ylös- ja alasajojen jälkeen hänellä oli kaikki asiakirjat mukanaan. Hän aikoi lukea "pitää"-pinon perusteellisemmin viskin tai kahden kanssa. Toinen kasa tuhottaisiin.

Hän asetti "hävitettävän" kasan sohvalle takan viereen ja "säilytettävän" kasan toiseen päähän.

Hylätyn pinon päällä oli kirja, jossa oli Ribbyn syntymätodistus. Hän vilkaisi sitä lyhyesti. Tyhjää kohtaa, jossa Ribbyn isän nimen olisi pitänyt olla.

Martha siirtyi takan luo ja sytytti hirret. Hän heitti Ribbyn syntymätodistuksen sisään ja avasi sitten savupiipun. Tuuli vihelsi heti alaspäin ja sai sohvalla olevat paperit tärisemään ja värisemään. Hän nosti kirjan ja heitti sen takkaan. Hän katsoi, kuinka se syttyi tuleen, ja heitti sitten loput "poisheitetyistä".

Kun kaikki oli sammunut, Martha katseli nousevaa aurinkoa, joka nousi kukkuloiden yli. Vihreä nurmikko erottui auringonnousun purppuranpunaisesta väristä. Hänen katseensa vaelsi oven eteen heitettyyn pieneen varjoon. Hän ei nähnyt ketään ja ihmetteli, mikä se oli.

Hän meni ovelle ja kurkisti kurkistusaukosta. Hän oli varma, että se oli pullollinen jotain. Maitoa? Ei, maitomies ei ollut käynyt tällä alueella vuosikymmeneen tai kauemmin. Lopulta hänen uteliaisuutensa voitti hänet ja hän avasi oven. Se oli pullo kuohuviiniä, ja siinä oli lappu, jossa luki: "Malja sinulle, kaikki rakkauteni.

Sen täytyi olla Johnilta. Hänen oli täytynyt piipahtaa, kun hän oli ullakolla. Hän nosti luurin kiittääkseen häntä, mutta hän sai vain vastaajan. Tällä kertaa hän löi luurin korvaan jättämättä viestiä.

Martha kaatoi lasin ja otti samalla muutaman unilääkkeen. Hän jatkoi viinin ja pillereiden nauttimista, kunnes molemmat pullot olivat tyhjiä. Sitten hän palasi takaisin Jack Danielsiin ja juotti sen loppuun.

Hän vaipui uneen.

Kipinä takassa liittyi 'pitää' -pinon reunaan. Pian kasa oli tulessa. Sitten sohva.

Martha nukkui eteenpäin.

Rouva Engel soitti palokunnan.

Martha oli pitänyt kasat erillään. Lopulta molemmat päätyivät samaan paikkaan.

KAPPALE 35

Teddy johdatti Angelan käytävää pitkin.

Ribby, mitä sinä teet? On liian aikaista. Nukutko sinä? Herää! Herää, herää!

Teddy pysähtyi kävelemään ja paiskasi oven auki.

Tuota en odottanut.

Enkä minä!

Vihdoinkin, olet herännyt! Olin todella huolissani.

Olin jo peloissani. Miksi? Mitä tapahtui? Mitä minulta jäi huomaamatta?

Etkö kuullut, kun kutsuin sinua?

En, mutta kuulin meren.

Hänen on täytynyt tehdä sinulle jotain.

Enpä usko.

Hän kompuroi eteenpäin odottaen näkevänsä ylellisen budoaarin, mutta se, mitä hänen edessään oli, ei ollut mitään sellaista. Hän oli luonut kotiinsa kirjaston tarkan kopion.

"Se on sinulle, Teddy sanoi suudellessaan Ribbyn kättä. Hän seisoi ja katseli, kun Ribby otti kaiken vastaan. "Tämä on sinun pyhäkkösi, sinun erityinen paikkasi, Angela, eikä kenelläkään muulla ole avainta kuin sinulla. Tule tänne hiljentämään ajatuksesi. Pakenemaan maailmaa. Minulta, jos haluat. Tule tänne kirjoittamaan, maalaamaan, mitä ikinä sydämesi haluaa. Tule tänne usein. Tutustu jokaiseen kirjaan, lue kaikki, sillä minä olen jo lukenut ne kaikki, ja meillä on paljon keskusteltavaa. Eräänä päivänä matkustamme ja näemme kaikki paikat, joista olet lukenut näistä kirjoista. Haluan näyttää sinulle kaiken."

Ribby ryntäsi hänen luokseen ja suuteli häntä. Kukaan ei ollut koskaan aikaisemmin ollut ollut hänelle niin huomaavainen, niin ihana.

Hidasta vähän, Ribby. Hidasta!

Hän otti tytön kasvot käsiinsä ja suuteli häntä intohimoisesti.

Ribbyn polvet notkahtivat.

Tibbles selvitti kurkkunsa. "Anteeksi, herra."

Luojan kiitos Tibblesistä! Ribby on poistunut rakennuksesta. Lopeta jo, Rib.

"Mitä nyt?" Teddy sanoi polkien jalallaan.

"Erittäin tärkeä asia, sir." Tibblesin ääni värisi. Hän piti katseensa laskeutuneena lattiaan.

"Ei nyt, Tibbles. Pidä se hattusi alla, ukko, tulen pian ulos", Teddy sanoi ja hyväili Ribbyn selkää.

"Mutta sir..."

"Hyvä on sitten", Teddy huusi pudottaessaan kätensä sivuilleen ja jättäessään Ribbyn yksin seisomaan.

Ribbystä tuntui kuumalta, turvalliselta ja onnelliselta, kun hän katseli oman kirjastonsa kirjoja.

Hän nipisti itseään tarkistaakseen, ettei hän nähnyt unta.

En tajua. Miksi täällä on tarkka kopio toisesta kirjastosta?

Se on hyvin huomaavaista, eikö olekin?

Luulen, että hän haluaa sinut tänne, ei sinne.

En voi olla kirjastonhoitaja täällä. Täällä ei ole asiakkaita. Hän vapisi.

Niin, siinä ei ole mitään järkeä.

Toisessa kirjastossa oli hyvä tunne. Täällä tuntuu olevan kylmä.

Seinällä on termostaatti, ehkä täällä on viileämpää, koska osa kirjoista on hauraita, ehkä jopa vanhoja? Katso tuota hyllyä. Siteet näyttävät aidoilta. Hetkinen, tajusin juuri... Onko tämä se unen kirjasto?

Odottamaton koputus oveen sai hänet hätkähtämään. Hän nousi ylös ja avasi oven, josta löytyi Tibbles, jolla oli vakava ilme kasvoillaan.

"Isäntäni joutui lähtemään talosta kiireellisissä liikeasioissa. Hän palaa vasta huomenna. Olemme käytettävissänne." Hän kumartui matalasti.

"Olen toistaiseksi kunnossa, kiitos, Tibbles." Hän sulki oven ja palasi lukemaan.

KAPPALE 36

"MILLOIN NÄIT HÄNET VIIMEKSI?" Englantilainen haukkui, kun Stephen ajoi pois kartanosta.

"Perjantaina. Olin siellä perjantaina. Hän oli järkyttynyt, mutta en olisi ikinä uskonut, että hän tekisi näin!" Stephen sanoi ja kaivoi sormensa rattiin.

"Hän on typerä nainen", Anglophone sanoi, kun hänen nyrkkinsä iskeytyi käsinojalle.

Viimeinen asia, jonka Stephen halusi, oli puhua hänelle ollenkaan. Mutta hänellä ei ollut muuta vaihtoehtoa, koska "Teddy" maksoi sen sairaalan laskut, jossa hänen äitinsä oli. Stephenin äiti oli muuttunut ikuisesti eräänä päivänä Englannin kirjastossa. Hän oli melkein kuollut. Nyt hän oli vain kuori siitä äidistä, jonka Stephen oli kerran tuntenut.

Ajaessaan Stephen muisti äitinsä kertoneen, miten hänen ja Teddyn tulevaisuus kietoutui yhteen. Vaikka hän oli tullut Anglophonen kotiin vauvana, Stepheniä ei koskaan kohdeltu kuin perhettä. Toki hänellä oli hieno huone, jossa kaikki oli sinistä, mutta poika tarvitsi enemmän.

Stephen oli ollut yksinäinen lapsi. Lapsi, joka kaipasi isähahmoa. Englantilainen sulkeutui poikapuoleltaan. Itse asiassa hän poistui huoneesta aina, kun Stephen astui sisään. Stephen tunsi olevansa piikki miehen lihassa eikä mitään muuta.

Hän pyyhki kyyneltä poskeltaan ajaessaan yhä lähemmäs psykiatrista sairaalaa. Sairaanhoitaja Beemer kertoi, että hänen äitinsä oli niellyt pilleripullon. Kun hän kysyi, mistä äiti oli saanut niitä, he eivät olleet varmoja. Sillä ei ollut väliä. Tärkeintä oli, että hänen äitinsä oli tajuton. Hänen vatsansa pumppasi. Hänen tulevaisuutensa oli epävarmempi kuin koskaan. Jäisikö hän eloon vai kuolisi?

"Typerä nainen", Englantilainen mutisi. "Tyhmä, tyhmä nainen."

K UN STEPHEN AVASI OVEN englantilaiselle, hän juoksi eteenpäin. Hän halusi löytää äitinsä; hänen oli löydettävä hänet välittömästi. Hän kuuli, kuinka Old Lead-foot porskutteli hänen takanaan. Hän ei koskaan voinut ymmärtää, miten hänen äitinsä oli voinut rakastua häneen. Mutta nyt ei ollut sen aika.

Stephen lähestyi hoitajaa. "Äitini? Missä hän on? Miten hän voi?"

"Hän on poissa vaarasta, mutta se oli lähellä, herra Franklin. Huone 208. Käytävää pitkin vasemmalle." Hoitaja vapautti summerin.

Stephen meni sisään. Hän oli päättänyt puhua äitinsä kanssa kahden kesken. Hän lähti spurttiin.

Anglofoni oli hänen kannoillaan.

Hänen äitinsä makasi tajuttomana, sänkyliinojen ympäröimänä. Hänen rinnastaan ja käsivarsistaan lähti letkuja ja johtoja, jotka johtivat useisiin koneisiin.

Stephen suuteli äitiä otsalle, istuutui ja otti hänen velttoa kättään omaansa. Koneet surisivat ja piippasivat.

"Hän näyttää hyvältä, kun ottaa huomioon", englantilainen sanoi Stephenin vasemman olkapään takaa.

"Nouse nyt ylös ja anna vanhalle miehelle tuoli. Ja tuo minulle kuppi kahvia", hän lisäsi ja heitti Stephenille muutaman setelin. "Ja kukkia äidillesi, kauniita kukkia maljakossa."

Stephen teki kuten käskettiin.

Se, että mies oli ollut päivittäin englantilaisen seurassa niin monta vuotta, sai hänet oppimaan pitämään kielensä kurissa.

"Rosemary, kuuletko minua?" Teddy kuiskasi sängyllä olevalle naiselle. "Rosemary, Teddy tässä."

Nainen ei muuttunut eikä liikkunut. Teddy muisti päivän, jolloin he tapasivat ensimmäisen kerran. Nainen oli ollut niin elinvoimainen, niin elossa. Vain muutama viikko sitten hän oli juhlinut syntymäpäiväänsä. Teddy oli lähettänyt hänelle narsisseja, Teddyn suosikkeja.

Onneksi Rosemary sanoi, ettei muistanut juuri mitään onnettomuuden ajalta. Uutinen hänen kuolemastaan levisi nettiin. Median sekasorron aikana Anglophone pyysi ystäväänsä, kuolinsyyntutkijaa, lähettämään auton viemään Rosemaryn pois. Pois tähän paikkaan, jossa hän pystyi parantumaan ajan myötä.

"Hän ei ole nyt oikeasti elossa, näin", Teddy mutisi itsekseen, kun askeleet lähestyivät. Stephen oli palaamassa. Teddy ei ollut vielä edes puhunut vaimolleen. Sillä kyllä, koska hän ei ollut kuollut Teddy oli yhä naimisissa. Puolet kaikesta hänen omistuksestaan kuului tajuttomalle naiselle ja hänen perilliselleen.

"Miten hän voi?" Stephen polvistui äitinsä sängyn viereen ja otti tämän käden jälleen kerran käteensä.

"Hän hengittää, mutta ei vapaaehtoisesti. On aika puhua siitä, että annamme hänen mennä rauhassa."

"Mutta ette voi. Hän on minun äitini, enkä anna sinun antaa."

"Puhu hiljempaa. Senkin röyhkeä typerys!" Teddy huusi.

Rosemary avasi silmänsä. Hän avasi suunsa.

"Hän yrittää puhua!" Kyyneleet valuivat pitkin Stephenin poskia. "Äiti, olen täällä, Stephen tässä. Sinun poikasi Stephen. Jos kuulet minua, purista kättäni."

Hän odotti pidättäen hengitystään, mutta äiti ei puristanut hänen kättään.

Sen sijaan hän puristi Teddyn kättä.

KAPPALE 37

KOTONA RIBBY TUNSI ITSENSÄ yksinäiseksi. Hän halusi käydä kirjastossa, mutta hänellä ei ollut avainta. Hän harkitsi kysyvänsä Tibblesiltä, oliko hänellä jossakin kopiota, mutta päätti olla tekemättä sitä.

Ribby tarttui eteisessä olevaan puhelimeen ja aikoi soittaa Marthalle.

Tibbles ilmestyi tyhjästä. "Voinko auttaa, neiti?"

"Kyllä. Haluaisin soittaa äidilleni, ja olen näköjään hukannut kännykkäni." "Kyllä."

"Puheluita ei saa soittaa kotiutumisajan aikana, neiti."

"Mutta miksi?"

Pidetäänkö meitä vankina?

"Noudatan isäntäni ohjeita. Jos ei ole muuta..."

"No, jotain muuta on. Haluaisin avaimen kirjastoon, jotta voin mennä katsomaan sitä uudelleen."

"Teillä ei ole avainta, neiti. Voitte mennä kävelylle tai käyttää talon tiloja, kuten omaa henkilökohtaista kirjastoanne. Kylpylä on rentouttava, jos haluatte, että näytän teille, missä se on."

"Ei kiitos. Odotan, että Teddy, öh, herra englantilainen palaa."

"Olin tulossa tapaamaan teitä herra Anglofonin takia. Häntä on pidätetty toinen päivä. Minulla on ohjeet varmistaa, että tunnette olonne kotoisaksi. Ilmoittakaa, jos on vielä jotain muuta, neiti."

"Siinä tapauksessa lähden kävelylle. Kuinka kaukana on lähin kylä?"

Tibbles astui lähemmäs Ribbyä, kumartui sisään ja kuiskasi. "Se on liian kaukana käveltäväksi, neiti, ja pelkäänpä, että auto ja kuljettaja ovat herra Anglophonen kanssa. Tutkikaa puutarha-aluetta, ilmoittakaa meille, milloin haluatte ruokailla." Hän käveli pois.

"Kiitos", Ribby mutisi. Hän kääntyi ja taisteli halua vastaan potkaista jotain. Sen sijaan hän käveli ulos ovesta.

Minulla on ikävä äitiä.

Meidän on muutenkin parempi ilman sitä noitaa! Katsokaa, missä asumme, ja jos pelaamme korttimme oikein, voimme tehdä täällä jotain. Vaikka Teddy on vähän outo, hän pitää sinusta kovasti. Sinun täytyy vain leikkiä mukana, kunnes saamme selville, mitä hän pelaa.

Mitä tarkoitat hänen pelillään? Hän haluaa minut kumppanikseen. Hän on erittäin suloinen. Voisin rakastua häneen. Jos lopettaisit vihjailut. Miksi olet niin epäluuloinen?

Se on vaisto. Kuin hän olisi tehnyt tällaista ennenkin.

Hän on niin suloinen ja hellä.

Hän välittää sinusta. Silti, sen jälkeen mitä tapahtui ennen kuin hän näytti sinulle kirjaston kopion, kun olit poissa sieltä? Ole varuillasi. Kesytä hänet. Pane hänet hidastelemaan. Pidä hänet odottamassa. Arvailua.

Hänen kosketuksensa on varsin lempeä.

Kun Ribby oli tutkinut jonkin aikaa, hän katsoi eteensä, eikä siellä ollut muuta kuin vettä. Hänen takanaan oli Teddyn talo. Sitten ei mitään kilometreihin ja kilometreihin.

Hän oli miettinyt ideoita, joita hän haluaisi tuoda kirjastoon. Kuten lastenkerhon. Paikka, jonne lapset voisivat mennä lauantaiaamuisin. Kuuntelemaan tarinoita, pelaamaan pelejä... Se olisi turvallinen paikka, jossa vanhemmat voisivat pitää tauon. Kyllä, se oli hänen paras ideansa! Hän halusi myös puhua Teddyn kanssa esitysten jatkamisesta paikallisessa sairaalassa. Hän kaipasi kaikkia lapsiaan ja ihmetteli, miten he voivat. Hänen elämänsä oli muuttunut niin paljon, ja hän tunsi olevansa hieman hukkua siihen.

Se on vasta alkua, Ribby ajatteli, kun aaltojen sumu suuteli hänen kasvojaan.

Auto pysähtyi bulevardille ja kiihdytti suoraan hänen ohitseen.

Kukahan se mahtaa olla?

Se oli nainen.

Hän oli nainen. Hän käy Tibblesin luona, kun hänen pomonsa on poissa. Mielenkiintoista.

Se ei ehkä ole mitään, mutta toisaalta... Jos hän suunnittelee jotain, Teddy haluaisi tietää siitä.

Olisi hauska ottaa selvää.

Mennään!

KAPPALE 38

HELVETTI OLI PÄÄSSYT VALLOILLEEN. Kun Stephenin äiti oli puristanut Teddyn kättä, Teddy oli puristanut takaisin. Hän luuli tekevänsä sen hienovaraisesti, kunnes potilas sanoi: "Teddy, lopeta, jumalauta, sinä satutat minua!" Hän oli tehnyt sen hienovaraisesti, kunnes potilas sanoi: "Teddy, lopeta, jumalauta, sinä satutat minua!".

"Äiti, voi äiti, sinä olet hereillä. Minun on parasta kutsua joku tänne." Hän painoi nappia sisäpuhelimessa. "Hoitaja, hoitaja, tulkaa huoneeseen 208! Olkaa kiltti!" Stephen pyyhki kyyneleet pois ja suuteli äitiään molemmille poskille.

"Lopeta kuolaaminen, poika", Stephenin äiti sanoi ja katsoi häntä silmiin. "En tiedä, kuka sinä olet. Teddy, käske hänen mennä pois, jotta voimme olla kahdestaan. Vie hänet pois täältä!"

Naisen kieltävä vastaus leikkasi miehen läpi. "Mutta äiti, se olen minä, Stephen, sinun poikasi." Hän kosketti hänen kättään, pudotti siihen jotain. "Annoit minulle tämän Pyhän Kristuksen medaljongin. Näetkö? Siinä on nimesi, äiti. Lue se."

Hän katsoi korua ja luki ääneen: "Stephenille rakkaudella äidiltä. Hmmfff. No, en muista sinua. Vie hänet pois täältä, Teddy!"

Stephen lähti taistellen takaisin halun hakata nyrkkejään sairaalan seiniä vasten.

KAPPALE 39

R IBBY RYNTÄSI PORTAITA YLÖS.

Hän avasi ovet. Naisen suuri takapuoli, jolla oli pitkä, auringonkukkakuvioinen hame, tuli näkyviin. Vaate siveli lattiaa, kun hän käveli Tibblesin takana. Iso luppahattu ja pitkähihainen, jadekeltainen pusero, jossa oli hulmuavat hihansuut, täydensivät hänen asuaan. Vaikka hän oli Tibblesin takana, hän näytti johtavan keskustelua.

Lähdetään pois täältä. Hän näyttää tylsemmältä kuin Tibbles.

Ei, Teddy käski minun tehdä oloni kotoisaksi. Joten esittäytyminen, puhumattakaan uusien tulokkaiden tarkistamisesta ja tervehtimisestä, olisi paikallaan.

Se on Tibblesin tehtävä.

Ribby päätti keskeyttää; herättääkseen heidän huomionsa hän huusi: "Hei!".

Molemmat kääntyivät hänen suuntaansa, Tibbles ristiin katsoen ja nainen suu auki, koska hän oli kesken lauseen.

Ribby kiirehti sinne, missä he seisoivat tuijottaen. Hän ojensi kätensä uudelle vieraalle ja sanoi: "Nimeni on Angela. Entä sinä olet?"

Nainen sulki suunsa ja katsoi Tibblesin suuntaan.

"Ah, neiti Angela. Olette palannut", Tibbles sanoi. "Toivottavasti nautitte kävelystä?" Hän ei odottanut vastausta eikä yrittänyt esitellä kahta naista. "Lounas tarjoillaan kirjastossa. Minulla on tiukka määräys herra Anglofonelta huolehtia hänen vieraistaan. Nauttikaa lounaastanne. Jos tarvitsette jotain muuta, ilmoittakaa meille."

Tibbles, käsi naisen selässä, johdatti tämän käytävää pitkin toimistoonsa. Ovi napsahti kiinni.

Hmpft! Hän on niin pomottava kaikkitietävä.

Miksi me muutenkaan haluaisimme viettää aikaa hänen kanssaan? Hän näytti siltä, että hän voisi muuttaa kenet tahansa kiveksi! Tai tylsistyttää kuoliaaksi.

Olet varmaan oikeassa.

Katsotaan, mitä lounaaksi on tarjolla.

Hän lähti kirjastoon. Hän nosti hopeisen kannen ja löysi hummerileivän, joka oli täynnä majoneesia. Samppanjapullo oli jäähtynyt.

Ribby ahmi ruokaansa ja tutki kirjoja syödessään. Yksi teos kiinnitti hänen huomionsa. "Noituutta läpi pimeän keskiajan." Ribby tarttui siihen.

Tunsitko sinä tuon?

Kyllä tuntui. Se hengitti. Ribby käänsi sivuja. Se on täynnä mustaa magiaa. Loitsuja ja loitsuja. Sivut ovat hyvin hauraita. Suurin osa kuvista on käsin piirrettyjä.

Luulen, että paperi on tehty ihosta.

Ei kai ihmisen ihosta?

En voi sanoa kyllä varmasti kyllä, mutta se on mahdollista. Sivujen muste saattaa olla verta.

Ihmisen verta? Ewwww.

Minusta sinun pitäisi laittaa se takaisin.

Olen nähnyt paljon vanhoja kirjoja, mutta en yhtään tällaista. Se saa käteni vapisemaan. Sitä paitsi, se on vain kirja. Mitä pahaa siinä voisi olla?

Se saa minut pelkäämään.

KAPPALE 40

"**O**LEN TÄÄLLÄ SINUA VARTEN, rakas Rose", Teddy kuiskasi pitäen häntä kädestä kiinni.

"Lopeta paskanjauhanta", Rosemary sanoi. "Poikani on poissa kuuloetäisyydellä."

Teddy nauroi. "Ah, kiva saada sinut takaisin. Ole hyvä ja jatka."

"Tärkeimmät asiat ensin, Teddy", Rosemary sanoi. Hän kumartui lähemmäs miestä. "Haluan pois täältä, tänään, huomenna - pian. Noudatin toiveitasi poikamme vuoksi. Annoin heidän huumata ja nukuttaa minut, tehdä kaiken muun paitsi lobotomian, jotta poikani olisi turvassa ja voi hyvin, ja nyt on tullut aika. Stephen on nyt mies, ja hänen on saatava tietää, kuka hänen isänsä on ja miksi emme ole koskaan kertoneet hänelle."

"Rose, sopimuksemme on, että poikamme saa viisikymmentä prosenttia kaikesta. Yhdellä ehdolla. Ehtona on, ettei hän saa koskaan tietää, että olen hänen biologinen isänsä", Teddy sanoi. Hänen äänensä päättyi karheaan, melkein kuin haukkumiseen. "Sovitte kirjastossa sattuneen välikohtauksen jälkeen, että lähdette pois. Annoit minun jatkaa elämääni rauhassa, kunhan poikasi, meidän poikamme, olisi turvassa. Minä olen pitänyt oman osuuteni sopimuksesta, ja sinä... sinulla ei ole muuta vaihtoehtoa kuin pitää omasi. Muuten tarjoukseni perutaan. Se on testamentissani. Jos hän saa tietää, hän ei saa mitään. EI MITÄÄN!"

Huoneen ulkopuolella kulkeva hoitaja sanoi. "Shhhhhhhhh."

"Voi, anteeksi", Teddy sanoi.

Rosemary kuiskasi: "Minä suostuin, mutta en voi elää täällä, tässä sairaalassa... tässä vankilassa. Minua vahditaan vuorokauden ympäri - kuin häkkieläintä. Haluan, että poikamme saa sen, minkä hän ansaitsee, mutta se tappaa minut joka kerta, kun sanon hänelle, etten tiedä, kuka hän on. Äidille tekee kipeää nähdä lapsensa kärsivän."

Englantilainen ojensi hänelle nenäliinansa.

Hän jatkoi: "Se on ainoa tapa, jolla voin puhua sinulle kahden kesken. Jatka tätä juonittelua ja olen kyllästynyt siihen. Haluan oman elämän. Muuten haudatkaa minut tässä ja nyt, ettei hänen tarvitse enää tulla luokseni. En kestä sitä! En kestä enää elää näin." Rosemary nosti kätensä peittääkseen kasvonsa.

"Sen takia siis nielaisit ne pillerit, jotta pääsisit eroon maailmasta itsestäsi! Harmi, ettet onnistunut. Harmi."

"Niin, se on harmi. Olisin ollut onnellinen, jos en olisi nähnyt sinua enää koskaan."

Englantilainen nousi seisomaan. "Minä lähden nyt ja jätän sinut rauhaan." Hän käänsi selkänsä entiselle vaimolleen ja rakastajalleen ja siirtyi kohti ovea.

"Jos lähdet nyt, kerron hänelle. Minä kerron hänelle."

"Ja saat hänet menettämään kaiken?" Hän käveli takaisin naisen sängyn viereen. "Sinä et kerro hänelle. Olet uhrannut jo liikaa." Hän epäröi ja napautti luista sormeaan leukaansa. "Pyydän hoitajaa viemään sinut kävelylle joka päivä, jotta saat raitista ilmaa, jos se auttaa. Ja kirjoja. Voin lähettää sinulle kirjoja. Tee lista. Minun kirjastoni on sinun kirjastosi."

"Kiitos, Teddy. Kiitos, Teddy. Kyllä, lähetä minulle uusimmat romaanit. Lehtiä. Juoruja. Jopa sanomalehtiä. Täällä ei saa katsoa uutisia... En edes tiedä, mikä vuosi nyt on."

"Nyt on vuosi 2016. Pidämme sinut täällä ketjussamme, mutta löysäämme kaulusta. Huolehdi siitä, ettet aiheuta uutta kohtausta itsemurhayrityksellä. Minä pidän oman osuuteni sopimuksesta, jos sinä pidät omasi. Toistaiseksi, hyvää yötä, Rose. En palaa takaisin. Järjestän sinulle kaiken tarvitsemasi, jos lähetät Tibblesille kirjeen, johon on merkitty luottamuksellinen."

"Kiitos, Teddy. Kiitos", Rosemary lausui. Heiluvat ovet röyhtäisivät Teddyn poistumisen ja hetkeä myöhemmin Stephenin paluun.

"Oletko kunnossa, äiti?" Stephen kysyi siirtyen hänen sänkyään kohti.

"Voin hieman paremmin. Anteeksi, että säikäytin sinut niin kuin säikäytin. Tietenkin tunnen sinut. Sinä olet Stephen, poikani."

"Jos et tuntisi minua, koskaan enää, minä..."

"Hiljaa nyt. Se oli huumeiden aiheuttama retkahdus. Olen yhä toipumassa."

"Niin. Näetkö asiat eri tavalla päivänvalossa?"

"Näen, Stephen, ja aion yrittää kovemmin parantua, jotta pääsen pois täältä. Aion aloittaa taas lukemisen. Ehkä jopa kirjoittamaan uudelleen. Jonain päivänä he päästävät minut pois täältä. Voit näyttää minulle elämäsi."

"Jotta voisit parantua, äiti, sinun on puhuttava siitä, mitä tapahtui. Kaikki ne vuodet sitten. Kirjastossa."

"Stephen. Stephen. Stephen. Stephen", Rosemary jatkoi hänen nimensä toistamista yhä uudelleen. Stephen ravisti häntä, mutta hän oli poissa.

S TEPHENIN OLI VAIKEA KESKITTYÄ myöhemmin.

Hänen mielessään toistui, kun hänen äitinsä toisteli hänen nimeään. Stephen. Stephen. Stephen. Hän kuuli äidin sanovan sen nyt aina. Joka ilta. Joka päivä.

Nainen kutsui hänen nimeään eikä koskaan tiennyt, että hän yritti vastata.

KAPPALE 41

R IBBY ISTUI RISTISSÄ KIRJASTON lattialla. Toinen kirja kiinnitti hänen huomionsa: Kaikki, mitä olet aina halunnut tietää mustasta magiasta (mutta et uskaltanut kysyä). Hän nauroi otsikolle ja takakannen siluettimiehelle.

Mikä ääliö.

Mitähän Anglophone tekee näillä oudoilla kirjoilla?

Hän sanoi, että tämä on minun kirjastoni.

Niin, sekin on outoa. Miksi hän laittaisi ne sinun kirjastoosi.

Täällä on paljon kirjoja, hän ei voinut tietää, mitkä niistä erottuisivat ja saisivat minut haluamaan katsoa sisään.

Sinua viehättivät nuo kaksi heti. Melkein kuin ne olisivat syttyneet.

Teet tästä liikaa numeroa. Kuuntele:

Sinustakin voi tulla heksauksen asiantuntija. Sinun tarvitsee vain olla sinnikäs. Valitse ensin kohde, johon haluat laittaa Hexin. Huomaa: kiroukset ovat negatiivisia asioita. Älä aseta kirousta jollekulle, jota rakastat (paitsi jos kyseessä on viha-rakkaussuhde tai jos saat potkua siitä, että näet jonkun läheisesi kärsivän tuskasta).

Kun olet valinnut kohteesi, aloita hänen henkilökohtaisten esineidensä kerääminen. Hiuksia kammasta tai harjasta tai tyynystä. Kynnet. Varpaankynnet. (Huom: poisheitetyt, kiitos!) Sormukset. Kellot. Älä ole liian ilmeinen. Muista piilottaa ne turvalliseen paikkaan.

Erityishuomautus: Harjoittele peilin edessä, miten vastaat, kun he kysyvät: "Oletko nähnyt kelloani?". Varsinkin jos et ole erityisen hyvä valehtelija. Pidä vastaus aina valmiina. Alibi. Valmistaudu herjaamaan.

Ribby yritti kaataa toisen lasillisen samppanjaa: pullo oli tyhjä.

Hän työnsi etusormensa sivulle, johon hän oli lopettanut. Talossa oli hiljaista, melkein liian hiljaista hänen mielestään. Hän hiipi portaat ylös kuin tuhma lapsi ja kiipesi sänkyyn täysissä vaatteissa.

Olipa kevyt.

"Herää, Ribby. Se on Stephen. Herää."

Ribby peitti itsensä odottaen löytävänsä Stephenin, mutta hän ei ollut siellä.

Se oli unta. Sääli.

Hänen päänsä hakkasi. Hiki valui hänen otsaltaan kirjan kannelle. Hän kantoi sitä horjuen käytävää pitkin kylpyhuoneeseen. Tahra oli jo kiinnittynyt. Hän pyyhki sen kasvoliinalla.

Hän otti esiin föönin ja kohdistui kosteaan kohtaan. Hän palasi huoneeseensa ja laittoi kirjan yöpöydän päälle kuivumaan.

Nyt kun hänellä ei ollut enää mitään, mihin keskittyä, pahoinvointi nousi ja sai hänet huojumaan puolelta toiselle. Hän veti syvään henkeä ja yritti torjua tarvetta oksentaa, mutta se ei onnistunut. Hän juoksi käytävää pitkin ja ehti juuri ja juuri ajoissa. Hän tunsi olonsa hieman paremmaksi huuhdeltuaan suunsa ja harjattuaan hampaansa.

Koska hänen päänsä hakkasi yhä, hän palasi huoneeseensa. Hän kiipesi takaisin sänkyyn ja veti peiton päänsä päälle.

KAPPALE 42

KOSKA HÄN EI VOINUT nukkua motellin sviitissä, Angelalla oli pakkomielle Angelasta. Hänellä oli paljon tekemistä, ja aika kului. Ensin hänen oli ilmoitettava Angela maailmalle uudeksi kirjastonhoitajakseen ja tulevaksi vaimokseen. Angela oli jo hänen lumoissaan, helppo pakottaa, ja hänen tarpeensa kasvoi päivittäin.

Vuosien ajan hän oli etsinyt sopivaa kumppania: maan enkeliä. Hänen Angelansa sopi siihen. Hänen epäitsekkyytensä sairaalan lasten kanssa, hänen naiiviutensa miehiä kohtaan... Puhumattakaan siitä, että hän oli epäilemättä kolmekymmentäviisivuotias neitsyt. Käytännössä ennenkuulumatonta tänä päivänä. Täydellinen ehdokas tutkimaan uutta kirjaa varten. Ja silti, kun he olivat menneet naimisiin, kun... hän mietti, olisiko hänestä tullut samanlainen kuin kaikki muutkin.

Hän napsautti television päälle ja vietti loppuillan katsellen Supernaturalin uusintoja.

KAPPALE 43

SEURAAVANA AAMUNA STEPHENIN PIIPPARI soi. Herra Anglophone kutsui häntä. Stephen ei välittänyt yhdestä piippauksesta, mutta sitten tuli kaksi pitkää piippausta ja lopulta kolme muuta piippausta. Hän tiesi kokemuksesta, että oli huono idea antaa englantilaisen odottaa.

"Beeeeeeeeeeeeeeeeeeeeeeeeeeeep." Herra Anglophone oli menettämässä kärsivällisyytensä.

Stephen huokaili. Hänellä ei ollut varaa menettää työtään kaiken muun ohella.

"Ai, hyvä on", Stephen huusi sulkiessaan motellin oven takanaan. Hän kiersi kulman ja huomasi Anglophonen odottavan häntä limusiinin vieressä.

"Sir, anteeksi, että jouduitte odottamaan, sir", Stephen sanoi.

"Pidä kiirettä, en pystynyt nukkumaan tässä kirotussa motellissa, ja haluan päästä kotiin nukkumaan omassa sängyssäni. Tule nyt. Emme voi enää tehdä mitään äitisi hyväksi."

Stephen avasi oven englantilaiselle. Hän odotti, että tämä kiinnitti turvavyönsä, ja palasi sitten takaisin kuljettajan istuimelle. Hän käynnisti auton ja ajoi pois. Hän vilkaisi Anglophonea taustapeilistä. "Soitin hetki sitten sairaalaan, äiti näyttää paranevan. He sanoivat, että hän nukkui hyvin ja söi aamiaista."

"Hän on parhaassa hoidossa", Teddy sanoi.

"Kiitos siitä   "

"Eipä kestä, Stephen."

KAPPALE 44

KULUI VIIKKOJA, JOTKA MUUTTUIVAT pian kuukausiksi.

Anglophone oli poissa suurimman osan ajasta. Kun hän ja Ribby olivat yhdessä, hän pyysi asioita, joiden hän uskoi tekevän hänen olemassaolostaan tyydyttävämpää.

"Haluaisin oppia ajamaan autoa", hän kysyi päivällisen aikana.

Englantilainen taputteli suunsa kulmaa lautasliinalla. "Mutta sinulla on jo kuljettaja käytössäsi."

"Hän on suurimman osan ajasta poissa kanssasi", tyttö murjotti.

Älä kysy häneltä, kerro hänelle. Sano, että meillä on tylsää. Sanotaan, että...

"Anna minun miettiä asiaa", hän vastaisi. Hän ei koskaan tehnyt niin.

Päivisin Ribby vietti suurimman osan ajastaan kirjastossa. Hän siirsi tavaroita, järjesteli niitä uudelleen. Mutta se oli hiljainen ja yksinäinen paikka. Jokin siellä olossa sai hänet tuntemaan itsensä vielä yksinäisemmäksi. Siellä oli liian hiljaista, ja hän kaipasi Toronton suihkulähteen rauhoittavia ääniä.

Ribby ei puhunut enää mitään ajo-opiskelusta. Seuraavalla kerralla, kun Ribby palasi, hänellä oli muita toiveita mielessään.

"Haluaisin tilata joitain tavaroita kirjastoon. Tarkoitan pääkirjastoa", hän kysyi.

"Mitä ikinä sydämesi toivoo", englantilainen vastasi.

"Ostan tietokoneen, kannettavan tietokoneen...".

"Ei tarvitse. Voit käyttää Tibblesin toimiston tietokonetta." Hän otti kulauksen kahvistaan. "TIBBLES!" Hänen palvelijansa saapui. "Anna neiti Angelan käyttää toimistosi tietokonetta milloin tahansa, kun hän haluaa tilata tavaroita kirjastoihin."

"Kyllä, sir", Tibbles vastasi. Hän vilkaisi Ribbyä, kumarsi ja lähti.

Seuraavana päivänä Ribby pyysi saada käyttää tietokonetta, ja hänet ohjattiin Tibblesin toimistoon. Mies seisoi koko ajan hänen takanaan, ja hänen oli vaikea keskittyä saati sitten tilata mitään. Lopulta hän luopui ajatuksesta.

Toisella kerralla illallisella: "Haluaisin varata auton, joka veisi minut Simcoen sairaalaan, jotta voisin käydä sairaiden lasten luona." Tibbby sanoi, että hän ei ole vielä valmis.

"Se on niin pieni sairaala, ei mitään sellaista, mihin olet tottunut. Sitä paitsi sinulla on kirjasto, ja vastuusi lisääntyy, kun valmistaudumme avajaisiin", englantilainen vastasi.

En halunnut mennä sinne kuitenkaan.

Surullinen, kun hän oli poissa, ja surullinen, kun hän palasi. Hänen uusi elämänsä ei ollutkaan ihan sitä, mitä se oli.

KAPPALE 45

TIBBLES ODOTTI TÄLLÄ KERTAA ulkona, kun Anglophone palasi.

Stephenin lähdettyä Anglophone yritti vetäytyä täysin vaatteet päällä.

"Olen täynnä pavuja, Tibbles."

"Niin oletkin, mutta miksi?"

"Voi, asiat ovat paranemaan päin. Kerron myöhemmin lisää."

Tibbles vaati isäntänsä vaatteiden riisumista. Hän korvasi ne englantilaisen suosikkipunaisella satiinipyjamalla.

Kun hänen isäntänsä oli asettunut peiton alle, Tibbles laittoi soittorasian toimintaan. Laitteesta kajahti kuorossa Tuutulaulu ja Hyvää yötä.

Viiden tuulen pitäisi riittää, hän ajatteli.

Tibbles otti Englannin vaatteet ja poistui huoneesta. Hän katsoi kelloaan. Hänen isäntänsä pyynnöstä uusi tyttö aloitti muutaman tunnin kuluttua. Hän palasi huoneeseensa.

KAPPALE 46

R IBBY HAUKOTTELI JA VENYTTELI. Hänen yläpuolellaan katossa kävelivät aavemaiset hahmot loputtomia ympyröitä. Hän katseli niitä uteliaana.

Tunnet olosi täällä kotoisaksi, rennoksi, mutta sinun on oltava varuillasi. Ole varovainen, sillä Teddy ei ole mikään hurmaava prinssi. Hän on enemmänkin hurmaava isoisä.

Tuo on epäkohteliasta ja olet vainoharhainen.

Ribby nuuhki kainaloitaan ja lähti sitten suihkuun. Pukeutuneena ja hiuksiaan föönaamassa Ribby ajatteli taas Marthaa.

Miten voit ikävöidä sitä vanhaa pussia?

Oli miten oli, hän on silti äitini.

Olet liian luottavainen! Ja joskus olet tunteellinen hölmö.

Minusta tuntuu, että minun pitäisi soittaa hänelle. Hän oli varma, että asiat menisivät päin helvettiä.

Hän tietää, missä olet. Jos hän tarvitsee sinua, hän soittaa.

Ribby palasi huoneeseen ja katsoi ulos ikkunasta. Hän huomasi Stephenin limusiinin vieressä.

Koputus ovella keskeytti hänen ajatuksensa. "Kuka siellä on?"

"Haluatteko syödä aamiaista huoneessanne tänä aamuna, neiti?"

"Onko herra Anglophone yhä poissa?"

"Hän palasi, mutta hän on huonovointinen. Koska ruokailette yksin, haluaisitteko syödä puutarhassa?"

Ribby avasi oven ja löysi sieltä nuoren tytön, jolla oli ystävälliset kasvot. "Se on ihana ajatus. Sinähän olet uusi täällä? Mikä sinun nimesi on?"

"Niin olen. Olen A-Abbey, neiti. Minun nimeni on Abbey."

"No, Abbey, hauska tutustua", Ribby piti tauon kuullessaan jonkun lähestyvän. Se oli Tibbles.

"Voinko olla avuksi?"

"Ei kiitos. Abbeylla on kaikki hallinnassa."

Tibbles vilkaisi Abbeyn suuntaan, ja tyttö vapisi. Sitten hän poistui kumartaen ja katosi kulman taakse.

"Tämä on ensimmäinen päiväni. Kiitos, neiti."

"Minkä vuoksi?" Ribby kysyi hymyillen. "Koska olemme molemmat melko uusia täällä   voimme oppia yhdessä", hän kutsui tytön huoneeseensa.

"Minä laitan kaiken valmiiksi, neiti. Viidentoista minuutin kuluttua?" Abbey kumartui. Hänen silmänsä hymyilivät, kun Ribby puhui jälleen.

"Kyllä, tulen pian", Ribby sanoi ja sulki oven takanaan. Hän kutsui Abbeyn istumaan ja liittyi seuraansa.

Hän on apulainen, Rib, älä ole naurettava.

"Mutta, neiti, en voi", tyttö sanoi silmät liikkuen puolelta toiselle kuin hän odottaisi Tibblesin ilmestyvän milloin tahansa.

"Ei vaikka se olisi käsky?" "Ei vaikka se olisi käsky?" Ribby sanoi silmää vinkaten.

Yritätkö saada tälle tytölle potkut?

"Neiti, se olisi väärin. Tibbles on esimieheni", tyttö kuiskasi.

"Ymmärrän kyllä. Se, mitä Tibbles ei tiedä, ei vahingoita häntä, eikö niin? Tuokaa huomenna aamiainen huoneeseeni, jos herra Anglophone ei ole syömässä."

"Mielelläni", Abbey sanoi helpottuneena.

Et pyydä apulaista syömään kanssasi. Typerä hölmö. Minäkään en voi sietää Tibblesiä, mutta hän on Anglophonen oikea käsi.

En minä välitä.

Sanon vain, että Teddy-kulta ei tule pitämään siitä.

Ylitän sen sillan, kun pääsen sinne.

KAPPALE 47

Muutaman tunnin unen jälkeen englantilainen kutsui Tibblesin luokseen.

"Juhlat! Tänä iltana. Täällä. Tänään. Pitopalvelu. Tässä on vieraslista. Kerro heille, että heidän on osallistuttava... Tarkoitan kaikkia, jotka ovat ketä tahansa. Lähettäkää tai toimittakaa kutsut heti. Kuljettajani on palveluksessanne. Soita näille kymmenelle vieraalle. Heidän on osallistuttava. Ymmärrättekö?"

"Kyllä, niin tehdään. Olet siis päättänyt, että hän on se oikea?"

"Olen odottanut oikeaa ajankohtaa, ja tänään on se ilta. Tunnen sen luissani. On aika kertoa kaikille ja kaikille kirjaston uudelleenavaamisesta. Esittelemme samalla uuden pääkirjastonhoitajamme, morsiameni."

"Entä neiti Angela, kerronko hänelle suunnitelmistanne?"

"Hän on tietoinen aikomuksestani ilmoittaa uudesta asemastaan ja kihlauksestamme."

Tibbles pörrötti tyynyä ja asetti sen takaisin Anglofonin pään taakse.

"Haluan yllättää hänet kaikella. Käske muotiryhmän olla täällä kello 17.00 ---ei aikaisemmin eikä myöhemmin. Juhlat alkavat tasan kello 20.00. Myöhästyjiä ei päästetä sisään. Varmista, että he ymmärtävät, että PROMPT tarkoittaa PROMPT", Teddy sanoi. "Toistaiseksi olen aivan liian kiihdyksissä, mutta minun on levättävä. Jättäkää minut kello kolmeen asti. Valmistakaa tuolloin neiti Angelalle ja minulle iltapäivätee puutarhaan."

"Kyllä, sir", Tibbles sanoi kumartaen. "Haluatteko, että vedän soittorasian, jotta voitte nukahtaa uudelleen?"

"Totta kai, totta kai, Tibbles. Kiitos. Kolmen kierroksen pitäisi riittää; onhan kyseessä vain päiväunet."

Kierrettyään soittorasiaa Tibbles kumartui ulos huoneesta. Hän mutisi itsekseen tarkistaessaan portaiden kaiteelta pölyä matkalla alas portaita.

Siellä ei ollut yhtään.

Tibbles istui eteisessä ja kävi läpi juhlien yksityiskohtia. Hän oli jo järjestänyt pitopalvelun. Kaikki alkoi olla valmista

Vähän myöhemmin englantilainen yritti nukkua. Hänen yksityislinjansa soi. Hän odotti, että vastaaja käynnistyisi. Kun se ei vastannut, hän nousi sängystä vastatakseen.

"Hei, Teddy", Martha sanoi. "Tiedän, että sanoit, että minun pitäisi soittaa sinulle tällä linjalla vain hätätilanteessa."

"Minä kuuntelen."

"Tarvitsen apuasi."

"Miten niin?" Teddy kysyi.

"Olen vankilassa, minua syytetään siskoni ja hänen raiskaajansa murhasta. Vannon, etten tehnyt sitä. Minä vannon."

"Ymmärrän, mutta en tiedä, miten voin auttaa sinua. Tarvitsetko minua palkkaamaan asianajajan?" Englantilainen käveli. Hänen päiväuniensa keskeytyminen sai hänet vihaiseksi.

"Soitan sinulle, koska joudun tästä käräjille. Tunnustan syyllisyyteni, ja asianajajani sanoo, että ei kestä kauan, ennen kuin tuomari antaa minulle tuomion."

"Miten ahdinkosi voi liittyä minuun? Olen kiireinen mies."

"Kolmekymmentäneljä vuotta sitten otit kiinni nuoren tytön. Hän oli läpimärkä. Hän oli jäänyt tielle myöhään yöllä."

"Ei, minulla ei ole tapana ottaa matkustajia kyytiin limusiinillani."

"Sinä ajoit. Ai, et sinä muista. Mutta minä muistan. Se olin minä. Sinä otit minut kyytiin ja yhdessä me... Sinä olet Ribbyn isä."

Anglophone kaatui epäuskoisena takaisin sängylle. Hän raateli aivojaan yrittäen muistaa. Se oli temppu. Hän tiesi, että se oli temppu. "Millaista autoa minä ajoin?"

"Se oli Mercedes Benz. Harmaa."

Se oli totta.

"Sinä yönä pelastit henkeni useammalla kuin yhdellä tavalla. Sinun täytyy uskoa minua. Minun on tiedettävä, että huolehdit hänestä. Hän on tyttäresi. Teetkö sen puolestani? Lupaatko, ettet koskaan kerro hänelle, että olen täällä?"

"En tiedä, mitä sanoisin. Olen sanaton." Hän käveli ympäriinsä. "Miksi myöntää jotain, mitä et ole tehnyt? Miksi estää omaa tytärtäsi vierailemasta luonasi?"

"En pyydä sinulta muuta."

"Jätä se minun huolekseni. Anna minun miettiä sitä. Jos hän on tyttäreni..."

"Hän on. Ehdottomasti." Hän piti tauon. "Ja kiitos."

Englantilainen löi puhelimen luurin kiinni.

Tuo röyhkeä lutka. Miten hän kehtaa tehdä tämän minulle?

Teddy ei saanut unta. Hänen päänsä hakkasi. Hänellä oli taipumusta migreeniin tiettyinä vuodenaikoina, ja Marthan uutiset olivat aiheuttaneet hänelle kunnon päänsäryn.

Hän soitti Tibblesille.

Tibbles tajusi isäntänsä tilan heti. "No niin, no niin", hän sanoi, "parissa tunnissa kaikki näyttää paremmalta." Hän tarjosi viskipullon ja unitabletin. Englantilainen joi sen yhdellä kulauksella ja työnsi lasin takaisin palvelijalleen.

Kun Anglophone oli rauhoittunut ja hiljentynyt, Tibbles kelasi soittorasian ja siivosi huoneen.

"Oliko muuta, sir?"

Anglophone oli jo nukahtanut.

Tibbles hymyili ja sulki oven takanaan.

T IBBLES TARKISTI VIELä KERRAN juhlien tehtävälistansa ja ajatteli samalla uusinta työntekijäänsä Abbeyta. Hän huomasi aiemmin kahden nuoren naisen kuiskuttelevan. Se saattoi olla hyvä tai huono asia. Hän tiesi, ettei hän ollut suosittu, mutta silti hänen omistautumisellaan englantilaisuudelle ei ollut rajoja.

Abbey oli tullut, ja hänellä oli korkeat suositukset eräältä kaupungin kotitaloudelta. Paikallinen tyttö, jonka hän toivoi pitävän silmällä neiti Angelaa.

Kun hän löysi hänet puutarhasta, hän oli utelias ja kiihtynyt. "Neiti Angela, miten päädyitte aamiaiselle puutarhaan tänään?"

"Se oli m-m-mun ideani", Abbey myönsi keskeyttäen hänet. "On niin kaunis aamu!"

Tibbles vilkaisi häntä ristiin ja jatkoi Ribbyn puhuttelua. "Iltapäivätee on myös puutarhassa. Herra Anglophone halusi sen olevan yllätys   joten olkaa hyvä ja käyttäytykää yllättyneesti. Hän liittyy seuraanne."

"Ai, anteeksi. Ulkona ei voi ruokailla tarpeeksi, kun sää on niin kaunis kuin tänään", Ribby sanoi Abbeylle silmää iskien.

"Hyvä on sitten", Tibbles sanoi ja poistui.

"Huh! Se oli lähellä", Abbey sanoi pyyhkäisten otsaansa.

"Älä huoli, Abbey, minä pärjään kyllä vanhalle Tibblesille. Jatka ideoimista. Laitan puolestasi hyvän sanan herra Anglofonille."

"Kiitos, rouva", Abbey sanoi, eikä kyennyt peittämään jännitystä äänessään.

"Ei mitään neiti tai rouva -juttuja Abbey, ei silloin kun olemme kahden. Loppujen lopuksi me olemme ystäviä."

"Ystäviä", molemmat tytöt sanoivat yhteen ääneen.

Tukehduta minut lusikalla.

KAPPALE 49

ANGLOPHONE HERÄSI PÄIVÄUNILTAAN JA kutsui Tibblesin.

Tavallisena päivänä Anglophone veti kerran kutsunarusta. Jos kyseessä oli hätätapaus, hän veti narusta kahdesti. Tänään hän veti siitä kolme kertaa.

Tibbles kompastui omiin jalkoihinsa heittäytyessään pitkin käytävää. Hän toivoi voivansa lentää. Sylissään hän kantoi kaikkia suunnitelmiaan ja vahvistuksia kauden juhlia varten. Kaikki oli täydellistä. Hän oli saanut aikaan enemmän kuin oli suunnitellut. Kaikkien seurapiirijulkkisten osallistuminen oli vahvistettu. Hän ei malttanut odottaa, että saisi kertoa englantilaiselle yksityiskohdat.

Tibbles koputti ja työnsi päänsä sisään. Anglophone oli yhä sängyssä. Peitto oli vedetty kaulaan asti, ja hänellä oli maidonvalkoinen iho.

"Tibbles, en voi hyvin, en ollenkaan hyvin. Pääni pyörii ja pelkään..."

"Anteeksi, herra", Tibbles keskeytti, "saanko tuoda teille lisää tabletteja?"

"Ei, ei, Tibbles. Tämä ei ole sellainen päänsärky, joka katoaa lähiaikoina. Olen loppupäivän poissa töistä. Haluan olla yksin. Pimeässä."

"Mutta tänä iltana, sir", Tibbles protestoi. "Juhlat."

"Peruuta se."

"Mutta..."

"MINÄ SANOIN, ETTÄ K-A-N-K-E-L!" "MINÄ SANOIN, ETTÄ K-A-N-K-E-L!"

"Hyvä on, herra", Tibbles sanoi purren kurkkuunsa kiukkua, kun hän kumartui ulos huoneesta. Hän sulki oven ja poistui.

Tibbles soitti Viveca Hartmanille The Local Voiceen. Hän pyysi Tibblesin apua sanan levittämisessä.

"Teen kaikkeni auttaakseni", Hartman sanoi.

"Kiitos", Tibbles vastasi.

KAPPALE 50

V IVECA PÄÄTTI PUHELUNSA PAHAMAINEISEN Theodore P. Anglophonen Manservant, Tibblesin kanssa. Hän kiirehti kaupungin päätoimittajan Frank Munsonin toimistoon ja kertoi hänelle viimeisimmät uutiset.

"Niin, aiot siis kertoa minulle", raskasrakenteinen Munson sanoi ja poltti stogiaan. "Viime hetken Anglophone tapahtuma on peruttu?"

"Anglophone on sairas."

"Olen nähnyt hänet kaupungilla, ja hän on terve kuin hevonen. Huhutaan, että hänellä on suhde nuoren tytön kanssa, jonka hän toi kaupungista. Tyttö asuu hänen luonaan. Luoja tietää, mitä Anglophone puuhailee", Munson sanoi, puhalsi sitten savukehän ja katseli, kuinka se leijaili.

"No, meidän on odotettava, että saamme sen selville. Ja kun he siirtävät aikataulua, menen varmasti sinne ja hankin sinulle tietoa. Saatan tarkistaa tytön. Tietääköhän hän Englannin historiasta?"

"Kukaan ei voinut panna häntä syylliseksi edelliseen murhaan, mutta häntä epäiltiin. Ilman hänen rahojaan, joilla hän maksoi kaikille, häntä olisi syytetty. Nainenhan murhattiin hänen tiloissaan. He kaksi olivat ainoat, joilla oli avaimet kirjastoon. Hän näytti myös helvetin syylliseltä. Minä ainakin haluaisin varmasti räjäyttää tämän jutun auki ja saada naiselle oikeutta."

"Isäni mielestä Anglophone salaili ehdottomasti jotain. Totuus ei varmaan koskaan tule selville", Viveca sanoi katuen. "Tämä uusi tyttö siellä hänen kanssaan, en pidä siitä."

"Se tyttöparka!" Munson sanoi, eikä pystynyt enää peittämään innostustaan tästä uudesta tiedosta. "Mennään sinne ja katsotaan, mitä saamme selville. Hei, mikset alkaisi kävellä tuonnepäin, josko näkisit hänet. Selvitä tilanne. Pystytkö siihen, Hartman?"

"Teen mitä voin. Haluan pitää asian matalalla profiililla", Viveca sanoi vakuuttuneena.

"Jos joku voi selvittää, mitä on tekeillä, se olet sinä", Munson sanoi sammuttaessaan sikarin sytytetyn osan.

"Vieläkö vaimosi säännöstelee niitä?" Viveca tiedusteli virnistäen.

"Kyllä, mutta se, mitä hän ei tiedä, ei vahingoita häntä."

"Aivan." Viveca suuntasi kohti uloskäyntiä.

Munson laittoi osittain poltetun sikarin takaisin sellofaanipakkaukseensa. "Ai niin, ja raportoi minulle tästä kerran päivässä yritetään saada tämä paskiainen kiinni."

"Kyllä, sir", Viveca sulki oven takanaan.

Hän tunsi itsensä uskomattoman onnelliseksi keskustelustaan Munsonin kanssa, koska tämä uskoi hänen kykyihinsä. Hän oli noussut ilman paljon kokemusta, mutta hänellä oli suhteita ja kova halu ryhtyä toimittajaksi. Hän oli edennyt oikoluvusta sosiaalisivulle, mutta hän halusi enemmän.

Tämä on minun tilaisuuteni, enkä aio pilata sitä!

Viveca, joka asui yksin kaksikerroksisessa kerrostalossa Port Doverissa, nousi autoonsa ja ajoi kotiin. Hän eteni portaita ylöspäin ja mietti, kuinka iloinen hän oli siitä, että asui yksin. Hän suunnitteli viettävänsä rauhallisen illan.

Hänelle oli odottamatonta tulla kotiin ja löytää isänsä odottamassa. Hänen isänsä asui Brantfordissa, neljänkymmenenviiden minuutin päässä.

"Hei isä", Viveca sanoi.

"Viv, hauska nähdä sinua. Toivoin, että voisimme syödä illallista tänään", Frank Hartman sanoi. Hän paljasti selkänsä takaa suuren kukkakimpun. "Ajattelin, että nämä piristäisivät pöytääsi."

"Papuja paahtoleivällä tänään, isä", Viveca sanoi. Mies nousi seisomaan, ja Viveca suuteli häntä kaljun pään päälle.

"Ai, se on sitten gourmet-ateria." Frank nauroi myös ja siirtyi syrjään, jotta hänen tyttärensä pääsi ohi avaamaan ulko-oven. "Tiedätkö, Viv, jos hankkisit vanhalle rakkaalle isällesi kopion avaimestasi, niin voisin kokata meille jotain gourmet-ruokaa ja yllättää sinut. Munakokkelia paahtoleivän päällä."

He nauroivat, onnellisina siitä, että olivat toistensa seurassa.

"Mutta isä", Viveca kiusoitteli, "entä jos minulla olisi treffit? Sinusta tuntuisi kauhealta, kun tunkeilisin ja minusta tuntuisi niin syylliseltä."

"Ah, jos sinulla olisi treffit, olisin iloinen, jos lähtisit ulos. Olen ylpeä sinusta, Viv, mutta minusta sinua tuhlataan tuolla seurapiirisivulla. Ansaitset enemmän."

"Tiedän, tiedän, isä", Viveca sanoi pudottaessaan paistettuja papuja mikroaaltouunin lautaselle ja asettaessaan ajastimen kahdelle minuutille. Hän työnsi kaksi leipäviipaletta leivänpaahtimeen ja painoi vivun alas. "Kaksi minuuttia päivälliseen. Cabernet Sauvignonia, okei? Vai pidätkö mieluummin Chardonnaysta?" Kun kaksi minuuttia oli kulunut, hän sekoitti papuja ja laittoi ne takaisin mikroaaltouuniin vielä kolmeksikymmeneksi sekunniksi.

"Olutpullo sopisi minulle hyvin." Frank pamautti oluttölkin auki itselleen. "Kylmää olutta ja leivottuja papuja paahtoleivän päällä ja HP-kastiketta kyljessä - paljon herkullisempaa ei voi saada!"

Viveca voiteli paahtoleivän ja kaatoi sitten paistetut pavut viipaleiden päälle. Se oli brittiläistä ruokaa, hänen äitinsä suosikkiruokaa. Hän ja hänen isänsä jakoivat sen usein. Nimeä mainitsematta oli kuin hänen äitinsä olisi istunut pöydässä heidän kanssaan.

Frank haki ruokailuvälineet laatikosta, ja he istuutuivat syömään.

"No, mitä uutta sinulla on?" Frank kysyi.

"Ei juuri mitään muuta kuin töitä. Minulla on uusi tarina. Entä sinä, isä? Mitä uutta sinulla on?"

"Elämäni on samaa, samaa, mutta tuo uusi tarina kuulostaa mielenkiintoiselta. Kerro lisää."

"En halua puhua kanssasi liikeasioista, isä. Sinulla on varmasti jotain mielenkiintoista kerrottavaa. Mitä puutarhassasi tapahtuu? Jahtaako vanha rouva Warner yhä sinua ympäri naapurustoa?"

Frank laski veitsensä ja haarukkansa lautasensa sivuun. Hän joi muutaman kulauksen olutta.

"Anteeksi, nyt nolasin sinut." Viveca kaatoi lisää viiniä lasiinsa ja otti kulauksen. "Hyvä on, puhutaan minusta. Työstä. Minun tarinani on Theodore Anglophonesta."

"Mitä hän tällä kertaa puuhailee?"

"Hassua, että sanot noin. Näetkö häntä vielä kovin usein, isä?"

"En viime aikoina. Hän on ollut aika erakko kirjastossa sattuneen välikohtauksen jälkeen. Hän menee kaupunkiin, jossa häntä ei tunneta niin hyvin. Olen kuullut, että hänellä on toinenkin nuori tyttö, Viv, joka asuu hänen luonaan. Onko se totta?" Hän otti toisen kulauksen olutta, silmät kiinnittyivät Vivin kasvoihin.

"Se on totta, ja pomoni on pyytänyt minua ottamaan selvää hänestä."

Frank nielaisi, melkein tukehtuen. "No, et halua englantilaista vihollista viholliseksesi, et ainakaan tässä kaupungissa, Viv. Joten ole varovainen. Muista, että hunajalla saa enemmän kärpäsiä kuin etikalla.

Vanha sanonta, mutta täysin totta." Hän yskäisi selventääkseen ajatuksiaan ja otti sitten toisen suupalan ruokaa.

"Tiedän, isä. En minäkään halua riskeerata tätä tilaisuutta. Kuten sanoit, minun on päästävä pois sosiaalisilta sivuilta ja siirryttävä johonkin muuhun, johonkin haastavampaan. Jotain enemmän MINUA." Hän liikutti ruokaa lautasellaan, hänen ajatuksensa hukkuivat mahdollisuuteen uudesta tarinasta, joka voisi muuttaa hänen elämänsä.

"Autan kaikin tavoin. Mutta olen aina ajatellut, että se nainen, joka kuoli kirjastossa, oli englantilaisen huolimattomuutta. Asiaa oli pakko salata. Siinä ei ole mitään järkeä, miksi joku ryöstäisi kirjaston ja sitoisi hänet. Ehkä me teimme sille naiselle väärin, kun annoimme hänen sanoa hänestä mitä hän teki. Minusta ei koskaan tuntunut oikealta, vaikka englantilainen ja minä olemme olleet tuttuja jo vuosia. Hän ei ole sen jälkeen ollut oma itsensä - hän juoksee naisten perässä ja tuo heidät takaisin. Vei heidät ulos, esitteli heitä kuin näyttelyhevosia. Se on suorastaan häpeällistä", hän sanoi haistellen kuin paha haju olisi tunkeutunut hänen sieraimiinsa.

"Tiedän, isä. Kiitos neuvoista. Nyt minua väsyttää ja haluan nukkumaan. Jäätkö sinä yöksi?"

"Kahden oluen jälkeen en todellakaan haluaisi ajaa."

"Vierashuoneeseen sitten. Jätä tiskit."

"Sinun pitäisi hankkia astianpesukone."

"Minulla on jo sellainen! Hyvää yötä, isä", Viveca sanoi suudellessaan isäänsä poskelle.

"Hyvää yötä, rakas."

KAPPALE 51

P ALATESSAAN HUONEESEENSA AAMIAISEN JÄLKEEN puhelin soi käytävällä, ja Ribby vastasi siihen.

"Stephen?" Naisen ääni piti tauon. "Stephen?"

Ribby avasi suunsa, mutta ennen kuin hän ehti sanoa mitään, Tibbles nappasi puhelimen hänen kädestään.

"Haloo?" Tibbles odotti. "Täällä on englantilaisen asunto." Joku oli siellä. Hän kuuli heidän hengityksensä. "Neiti Angela, tässä talossa ei saa vastata puhelimeen. Olette, a, asukas, ja me olemme henkilökuntaa. Sallikaa meidän tehdä työmme."

"Anteeksi, Tibbles."

Tibbles piteli puhelinta kädessään. "Sanoiko toisessa päässä oleva henkilö mitään?"

"Ei mitään", Ribby sanoi kävellessään pois.

"Jos haluatte seuraa, neiti, Abbey on käytettävissänne."

"Ei kiitos. Haluan kävellä yksin."

Kun nainen oli lähtenyt, Tibbles nosti puhelimen jälleen korvaansa. Hengitti syvään. "Rosemary?"

"Kyllä."

"Käskin olla soittamatta tänne."

"Tiedän, mutta olen epätoivoinen. Minun on päästävä pois tästä jumalanhylkäämästä paikasta. Olen tulossa hulluksi."

Tibbles käveli ja puhui niin hiljaa kuin pystyi. "Sinun on yksinkertaisesti pyydettävä häntä auttamaan sinua."

"Minä pyysin, ja hän tarjoutui lähettämään minulle kirjoja. En tarvitse kirjoja häiritsemään itseäni, minun on päästävä pois täältä. Voisin lähteä ulkomaille. Kukaan ei tuntisi minua."

"En voi auttaa sinua. Minun on mentävä." Hän viittasi laskea puhelimen.

"Odota!" Rosemary huudahti.

Hän siirsi puhelimen takaisin korvaansa. "Tiedäthän, mitä hän teki minulle."

Tibbles epäröi. "Minun on mentävä. Älä soita tänne enää." Hän löi luurin korvaan.

Tibbles meni etuikkunalle ja katsoi ulos. Ribby istui tuolissa kuistilla. Hän meni keittiöön.

Pitäisikö meidän mielestäsi kertoa Stephenille puhelinsoitosta?

En ole varma.

Ehkä soittaja ei pidä Tibblesistäkään.

Hm, saatat olla oikeassa.

Ribby osoitti itseään limusiinin suuntaan. Kun hän lähestyi, hän näki Stephenin nukkuvan ratin takana kuljettajanlakki silmillään.

Ribby kumartui sisään avoimesta ikkunasta.

Jos hänet on pakko herättää, tee se edes suudelmalla. Kukaan ei saisi tietää.

Hän selvitti kurkkunsa. Oletko menettänyt järkesi?

Katso noita huulia. "Herätys, herätys", Angela sanoi, kun Stephen heräsi ja otti hatun pois kasvoiltaan.

Stephen katsoi kahdesti.

"Hetki sitten eräs nainen kysyi sinua puhelimessa."

"Ai?"

"Tibbles nappasi sen kädestäni. Hän varmaan löi sitten luurin korvaan."

Stephen tarttui rattiin.

"Hän sanoi vain nimesi."

"Kerroitko hänelle, että hän kysyi minua?"

"En."

"Kiitos, että kerroit minulle." Hänen kätensä siveli Ribbyn kyynärpäätä. "Ai, anteeksi."

"Äh, ei se mitään." Hän pysähtyi ja kumartui, uteliaisuus vei voiton: "Tiedätkö, kuka se oli?" Hän kysyi.

"Kyllä, neiti. Se oli äitini."

KAPPALE 52

TIBBLESIN TIUKKA JA JÄYKKÄ versio Hämähäkkiaistista kihelmöi. Hän oli varma, että Angela oli valehdellut, mutta miksi? Hän siirtyi etuhuoneen ikkunalle, kun Angela käveli pois. Hän jatkoi tämän tarkkailua. Angela pysähtyi juttelemaan Stephenin kanssa. Mielenkiintoista. Milloin heistä oli tullut ystäviä? Vai olivatko he olleet?

Sitten hän tajusi, mistä oli kyse. Kun neiti Angela vastasi puhelimeen, Rosemary oli puhunut. Itse asiassa hän oli sanonut Stephenin nimen, ja nyt neiti Angela oli tuolla ulkona välittämässä tätä viestiä. Vielä mielenkiintoisempaa.

Tibbles ajatteli, että parasta oli pitää poika kiireisenä. Hän päätti antaa Stephenille tehtävän.

Englantilainen oli ollut hyvin selvä. Häntä ei saanut häiritä. Hän kertoisi hänelle, aikanaan. Kehu tai jopa rahallinen palkkio saattaisi olla paikallaan.

Tibbles jatkoi matkaansa talon läpi ja löysi Abbeyn ahkerasti pölyjä pyyhkimässä. Hän pyysi häntä menemään ulos ja pitämään neiti Angelalle seuraa kävelyn ajan.

"Jos hän meni yksin ulos, herra Tibbles, neiti Angela haluaa varmaan olla yksin."

"Käskikö hän sinua olemaan tulematta mukaan?" Tibbles kehotti häntä laskemaan pölyliinansa ja riisumaan esiliinansa.

"Ei, sir", Abbey sanoi. Hänen jalkansa hipsuttelivat, kun hän lähti liikkeelle.

Tibbles huusi: "Nosta jalkasi ylös, senkin hölmö tyttö."

Hän ohjasi tytön ulko-ovelle ja ulos.

"Kyllä, herra Tibbles", Abbey sanoi.

Koska hän ei nähnyt Angelaa, hän kysyi Stepheniltä, missä tämä oli.

Stephen osoitti. "Luulenpa kuitenkin, että hän halusi vähän aikaa yksin."

"Niin minä sanoin herra Tibblesille - hän vaati sitä."

Stephen nauroi.

S TEPHEN KATSOI ABBEYN KÄVELEVÄN pois ajatellen Tibblesiä. Ei ihme, että talon henkilökunnan vaihtuvuus oli niin suuri. Muut eivät olleet hänen kaltaisiaan. Toiset eivät olleet englantilaisille kaikkea velkaa. Ilman Anglophonea hänellä ei olisi koskaan ollut varaa pitää äitiään näin kalliissa hoitokodissa.

Hänen katseensa seurasi Abbeyta, kun tämä lähestyi Angelaa, joka katseli nyt veden yli. Kun Angela lähestyi reunaa, suojeluvaisto sai hänet pelkäämään, että Angela voisi pudota.

Hänen puhelimensa soi. Tibblesin kutsu. Hän meni sisälle.

"Stephen, sinun on haettava muutama asia", Tibbles sanoi ja seisoi Stephenin yläpuolella vahvistaakseen auktoriteettiaan. "Herra Anglophone on huonovointinen. Tässä on lista."

Tibbles ojensi sen. Stephen vilkaisi lappua ennen kuin laittoi sen takkinsa taskuun.

"Se antaa sinulle jotain tekemistä, kun kerran olet vapaa."

"Ei ongelmaa, herra Tibbles." Stephen poistui. Hän hakisi tavarat ja palaisi heti takaisin, kunhan oli ensin tarkistanut äitinsä voinnin.

"Ei ongelmaa, herra Tibbles." Stephen poistui. Hän hakisi tavarat ja palaisi heti takaisin, kunhan oli ensin tarkistanut äitinsä voinnin.

KAPPALE 53

S EURAAVANA PÄIVÄNÄ VIVECA PÄÄTTI lähteä englanninkieliselle alueelle. Hän aikoi kulkea maisemareittiä pitkin rantaviivaa. Hän avasi ikkunan ja laittoi aurinkolasit päähänsä. Aurinko paistoi korkealla, pilviä oli vähän. Tienvarteen oli ripoteltu luonnonkukkia, violetteja, keltaisia ja sinisiä.

Ajomatka oli miellyttävä, ja liikennettä oli vähän. Kun hän kääntyi kulman takaa paikkaan, josta oli upeimmat näkymät, hän huomasi nuoren naisen, jota ei ollut koskaan ennen nähnyt.

Sen täytyi olla hän. Hän hidasti vauhtia.

Toinen tyttö kohtasi ensimmäisen. Nuorempi. Molemmat syleilivät sitten polkua pitkin.

Viveca pysähtyi ja pysäköi autonsa hyvin lehtimäisen vaahteran alle. Hän käveli jonkin matkaa korkeakorkoisissa kengissään ja kuroi väliä itsensä ja kahden naisen välillä umpeen. Kun hän oli niin lähellä, että nämä kuulivat hänet, hän huusi: "Auts!" ja meni maahan.

He eivät olleet kuulleet häntä. Hän yritti uudelleen. "APUA!"

Kaksi tyttöä kääntyi ja lähti hänen luokseen. Hän kurottautui käsilaukkuunsa ja painoi nauhoitusta. Okei, poika, he tulevat, joten sinun on parasta tehdä tämä hyvin. Hän hieroi toisella kädellään nilkkaansa nostaakseen veren pintaan ja siveli toisella kädellään krokotiilinkyyneleitä pois.

"Tarvitsetko ambulanssia?" Ribby kysyi.

"Voi, olen niin kömpelö", Viveca sanoi. Hän yritti nousta ylös. "Nilkkani taitaa olla nyrjähtänyt. Minulla oli näkyjä siitä, että olen jumissa täällä koko yön kojoottien ulvoessa ympärilläni, kunnes huomasin teidät kaksi."

"Mikä mielikuvitus", Ribby sanoi kumartuessaan katsomaan.

Abbey teki samoin. Se näytti hieman punaiselta.

"Minun nimeni on muuten Viveca, Viveca Hartman." Hän ojensi kätensä.

"Minä olen Abbey, ja tämä on Angela. Ilo tavata sinut."

Lokki kaarteli Vivecan pään ympärillä ja ärsytti häntä kähinällä. Hän karkotti sen pois.

"Ai, saanko?" Abbey kysyi.

Viveca nyökkäsi.

Abbey kumartui ja hieroi sitä muutaman sekunnin ajan. "Noin, onko nyt parempi?"

"Kyllä, kiitos", Viveca sanoi.

"Missä autosi on?" Ribby kysyi.

"Pysäköin sen tuonne varjoon." Abbey auttoi Vivecaa, kun tämä yritti nousta seisomaan. Kun Viveca oli pystyssä, hän sanoi: "Olen näet toimittaja, ja teen juttua luonnonihmeistä. Olen kuullut, että näkymät täältä ylhäältä ovat upeat."

"Niin on", Ribby sanoi. "Ensi kerralla sinun pitäisi käyttää sopivampia kenkiä."

Niin, kuten sinä kävelit kirjastosta takaisin.

Ole hiljaa.

He auttoivat Vivecan autoon.

"Oli hauska tavata, ja kiitos paljon, että autoitte tätä neitoa hädässä. Ai, tässä on käyntikorttini, jos haluat joskus ottaa yhteyttä."

"Kiitos. Oletko varma, että osaat ajaa?" Abbey kysyi.

"Kyllä, kiitos. Ai niin, koska se on lähellä, mietin, että tiedättekö te tytöt mitään kirjastosta. Olen kuullut, että se saattaisi olla taas auki?"

"Ei, emme tiedä siitä mitään", Ribby sanoi.

"No, se on ollut suljettuna jo vuosia. Epäilyttävissä olosuhteissa. Pistää miettimään uutta kirjastonhoitajaa."

"Mitä sinä vihjailet?" Ribby kysyi.

"Ihmettelen vain, jos hän, tarkoitan siis uusi kirjastonhoitaja..."

"Miksi luulet, että uusi kirjastonhoitaja on nainen?" Ribby kysyi.

"Ai, huhuja. Haluaisin todellakin puhua hänen kanssaan. Ehkä jopa tehdä haastattelun lehteen."

"Valitan, emme voi auttaa teitä. Meidän on palattava takaisin. Onnea artikkelisi kanssa."

"Toivottavasti nilkkasi paranee pian", Abbey lisäsi.

"Ai niin, kiitos avustanne. Toivottavasti näemme vielä joskus."

Kun Viveca oli istunut autoonsa, Abbey ja Ribby kävelivät pois.

"Hyvin outoa", Ribby sanoi vilkaisten takaisin olkansa yli.

"Minä en ajattelisi asiaa sen enempää", Abbey vastasi.

"Tiedän", Ribby sanoi kulmiaan kohauttamalla. "Tuntuu kuin hän olisi jo tiennyt, kuka olin. Aivan kuin hän olisi ollut kalastelemassa."

"Olet oikeassa, mutta hän on nyt poissa. Sitä paitsi Tibbles varmaan odottaa minua tuolla takahuoneessa. En usko, että hän odotti minun olevan poissa talosta näin kauan."

"Hän halusi, että seuraat minua. Sinä olet hänen pikku vakoojansa", Ribby sanoi pannessaan kätensä Abbeyn olkapään ympärille.

"En ikinä", tyttö sanoi kauhistuneena ehdotuksesta.

"Tietysti, mutta hän ei tiedä, että olemme ystäviä."

"No, minä en todellakaan aio kertoa hänelle siitä toimittajasta."

"Minä kerron herra Anglofonille, että tapasimme hänet täällä. Se ei kuulu Tibblesille."

He kiersivät kartanon edustalle johtavan polun ja menivät sisään.

KAPPALE 54

STEPHEN SAAPUI SAIRAALAAN JA pyysi saada tavata äitinsä. Hänen pyyntönsä evättiin. Hän kiihtyi ja aiheutti kohtauksen.

Kaksi isokokoista, kookasta, portsarin tyyppistä työntekijää nosti hänet takaapäin ylös maasta ja poisti hänet tiloista.

"Soita työnantajalleni, herra Theodore Anglofonille. Soita hänelle!"

"Toki, teemme sen", pienempi miehistä sanoi, kun Stephenin ruumis laskeutui kolahtaen asfaltille.

Hänen renkaansa vinkuivat, kun hän ajoi pois sairaalasta. Hän oli lattialla koko matkan takaisin kartanolle. Hän ei välittänyt siitä, kuinka monta kiveä autosta kimposi matkan varrella.

V IVECA LÖI KÄTENSÄ RATTIIN. Hänen suunnitelmansa ei ollut mennyt hyvin. Hän toivoi, ettei ollut mokannut koko sopimusta.

Minun on varoitettava tuota tyttöä, joten minun on puhuttava isän kanssa ja kysyttävä, voisiko hän auttaa minua saamaan jalan oven väliin, Viveca ajatteli. Jos jatkan näin, en ikinä saa ylennystä.

Hän asetti puhelimensa niin, että kaikki puhelut siirtyivät automaattisesti kaiuttimeen. Hän siirsi istuinta lähemmäs, kun hän ajoi ulos puun alla olevasta parkkipaikasta. Melkein koko matkan taaksepäin hänen puhelimensa soi ja avasi linjan.

Vastaantuleva mustavalkoinen limusiini ylitti keskiviivan ja siirtyi hänen kaistalleen.

Limusiinikuskin silmät pullistuivat, ja hän väänsi rattiansa samaan aikaan kuin hän. Autot ohittivat toisensa tuuman päässä.

"Whoa! Varo! Senkin hullu paskiainen!" Viveca huusi.

"Toivottavasti et puhu minulle", Munson sanoi.

"Öh ei, pomo, se oli Anglophonen autonkuljettaja. Hän melkein tappoi minut!"

"Mikä häntä vaivaa?"

"Ei aavistustakaan, mutta olen iloinen, että olemme menossa eri suuntiin."

"No, löysitkö hänet?"

"Löysin."

"Ja?"

"Tein siitä pienen lavastuksen. Teeskentelin nyrjäyttäneeni nilkkani."

"Voi pojat. Uskoiko hän sen?"

"Se vaikutti tarpeeksi vakuuttavalta."

"Ja millainen hän oli?"

"Hänen nimensä on Angela. Vaikutti mukavalta, vaikkakin naiivilta."

"Ei siis mikään sosiaalinen kiipeilijä? Tai paikallinen?"

"Ei, ei ollenkaan. Hän on erilainen. Luulen, että hän on noin kolmekymppinen, hiljainen ja hiljainen. Toivottavasti en painostanut liikaa ja käännytä häntä pois."

"Hitto, Viveca, sosiaalisivukoulutuksesi pitäisi opettaa sinulle, miten käsitellä hankalia tilanteita. Toivottavasti et mokannut, ja jos mokasit, korjaa se."

"Totta kai, pomo", Viveca sanoi, kun hän katkaisi yhteyden. Hän suuntasi kotiin.

TAKAISIN TALOSSA STEPHEN PÄÄTTI mennä suoraan sisälle ja tunnustaa englantilaiselle. Jos hän kohtaisi musiikin ja myöntäisi harkitsemattomuutensa, hän ymmärtäisi. Englantilainen oli kiintynyt hänen äitiinsä. Hän auttaisi selvittämään asian.

Toisaalta, jos hän mainitsisi puhelun, hän paljastaisi neiti Angelan; että tämä oli tullut hänen luokseen ja kertonut puhelun.

Joten en voi mainita puhelua. Minun on kerrottava, että minulla oli tunne, että äiti oli vaarassa. Pojan vaisto. Minun oli mentävä katsomaan häntä silloin ja siellä. Englantilainen voi varmasti antaa minulle anteeksi.

Stephen meni sisälle. Siellä ei ollut ketään. Hän palasi virkaansa.

KAPPALE 55

E NGLANTILAINEN HERÄSI JA HUUSI Tibblesin perään.

Tibbles oli keittiössä kuulustelemassa Abbeytä. Anglofonin jatkuva kellonsoitto vei hänen huomionsa muualle.

Tibbles osoitti sormellaan Abbeyn kasvoja. "Emme ole vielä lopettaneet! Älkää liikkuko! Se on käsky!"

Kun hän saapui Anglophonen ovelle, jotain kovaa kolahti sisään. Tibbles työnsi oven auki, ja mikä näky häntä odottikaan.

Tavallista kärsimättömämpi Anglophone oli vetänyt kellonsoitinlaitteen katosta. Siinä hän istui, naama punaisena kipsin ja raunioiden keskellä.

"Olen pahoillani, sir", Tibbles sanoi.

Anglophone tuijotti ja huusi. "Totta kai olet Tibbles. Olet aina pahoillasi, mutta se ei kuulu asiaan. Kerro nyt, miksi sairaala soitti minulle yksityisnumerooni valittaakseen yhdestä työntekijästäni?" Hän piti vaikutuksen vuoksi tauon, ja kun Tibbles ei reagoinut.

"MINÄ, MINÄ..."

"Stephen aiheutti melkoisen metelin."

"MINÄ, MINÄ..."

"Sinä, Tibbles, mitä sinulla on sanottavaa omasta puolestasi? Miksi lähetät henkilökuntani ajelehtimaan minun aikaani? Vai ajoiko autonkuljettajani omasta tahdostaan pois tiloistani? Selitä itse, mies!"

"Minä, me tarvitsimme joitakin tavaroita talouteen. Sinä olit huonovointinen. Stephen oli vapaana. Hänellä oli tarkat ohjeet. Minulla ei ollut aavistustakaan, että hän käyttäisi luottamustani väärin." Hän piti tauon. Hiki valui hänen otsalleen. "Sinun luottamustasi. Hän on tunkeilematon...."

"Sitä hän on, mutta sinä, Tibbles, olet kömpelö typerys! Nyt sinä moitit Stepheniä. Laita hänet ruohonleikkuutyöhön seuraavaksi kahdeksi viikoksi ja hanki minulle toinen kuljettaja hänen tilalleen. Ja palkkaa leikataan. Hän saa 50 dollaria vähemmän palkkaa, ja hänen rikoskumppaninaan myös sinä. Hakekaa joku tänne ja korjatkaa tämä... älkääkä unohtako unilääkkeitä. Mene nyt, ennen kuin saan sata!"

Vähän myöhemmin Ribby nukkui syvään talon kirjaston lattialla, ja hänen muotoaan kehystivät avonaiset kirjat.

Unilääkkeet, joita Anglophone oli pyytänyt Tibblesiä laittamaan hänen teeseensä, olivat tehonneet. Hän tarvitsi vain muutaman minuutin näytteen ottamiseen, kun he olivat korjaamassa hänen huonettaan, ja sitten hän tietäisi, oliko Angela hänen tyttärensä.

Anglophone seisoi tytön yläpuolella, katseli häntä ja halusi häntä niin kovasti, että häntä särki. Hän ei voinut olla tämän tytön isä. Se oli mahdotonta. Pelkkä ajatus siitä, että hän voisi tuntea vetoa omaan lihaansa ja veriinsä...

Kun hän katsoi tyttöä, muisto Marthasta palasi. Hän oli kertonut totuuden. He olivat tavanneet ennenkin. Miksi hän ei ollut muistanut häntä, ennen kuin nainen oli maininnut siitä? Muistot tulivat ja menivät ikääntyessä ilman syytä.

Hän hyväili Ribbyn hiuksia ihmetellen. Hän jatkoi Ribbyn kämmenselän koskettamista, kun hän kääri Ribbyn puseron hihaa ylös.

Injektiopullo odotti, ja neula oli valmiina.

Herää, Ribby. Herää! Vanha paskiainen on. Hän on.....

"Rakas Angela", Anglophone kuiskasi, kun hän tökkäsi neulan kärjen hänen suoneen. Veri virtasi pulloon. Hän katsoi hänen haavaansa ja kumartui hänen ylleen nuolemalla kielellään avointa haavaa. Veri maistui makealta, Angelan kaltaiselta. Hän tunsi jäykistymisen housuissaan ja tiesi, että hänen oli päästävä pois sieltä. Hän inhosi nähdä Angela niin epämukavasti lattialla koko yön.

Hän keräsi näytteen ja laittoi etiketit pulloon. Hän otti tytön puhelimen, joka oli pöydällä.

Tibbles seisoi oven ulkopuolella, kun Anglophone poistui. "Tilaamanne ajoneuvo odottaa ohjeita."

"Hetki vain", Anglophone kiinnitti näytteet kylmälaukkuun. Hän ojensi ne Tibblesille. "Käske kuljettajan mennä suoraan laboratorioon. Olen jo ilmoittanut yhteyshenkilölleni laboratoriossa, että tämä on erittäin tärkeää. Odotan välitöntä vastausta." Hän piti tauon. "Kun olet valmis, vie hänet huoneeseensa. Niin ja", hän ojensi Tibblesille tämän puhelimen. "Laita tämä jonnekin turvaan, kunnes sanon toisin."

Tibbles nyökkäsi: "Olen piilottanut sitä silloin tällöin, kuten pyysit, mutta tämä tekee siitä pysyvämmän." Sitten hän suuntasi talonsa etuosaan.

Englantilainen palasi huoneeseensa. Hänellä oli nälkä, mutta myöhäinen iltapäivätee puutarhassa selvittäisi sen. Sillä välin hän ei saisi hetkeäkään rauhaa ennen kuin tietäisi varmasti, oliko hän rakastunut omaan tyttäreensä.

KAPPALE 56

Väsyneenä odottamaan kirveen kaatumista Stephen paiskasi auton oven kiinni ja ryntäsi sisälle napattuaan Tibblesille ostamansa kassillisen tavaroita. Hän pysähtyi kesken kävelyn kohdatessaan Tibblesin.

Tibbles karjahti: "Siinähän sinä olet, senkin imbesilli! Tule toimistooni, heti!"

"Ei nyt, senkin koppava, mene pois tieltäni. Minun on tavattava englantilainen."

Tibbles nosti kätensä läimäyttääkseen Stepheniä kasvoihin.

Stephen torjui iskun, ja miehet katsoivat toisiaan silmiin. Stephen piti Tibblesin kädestä kiinni muutaman sekunnin ajan ja päästi sen sitten irti.

Miehet seisoivat silmästä silmään, nenät melkein toisiaan vasten, ja taistelivat siitä, kumpi antaisi periksi ensin.

"Anteeksi, Tibbles", Stephen sanoi.

"Minun pitäisi sanoa niin. Anteeksipyyntö hyväksytty. Mene nyt toimistooni ja odota minua.

Minulla on ensin asioita hoidettavana, ja sitten voimme selvittää tämän asian."

Tibbles poistui talosta. Hän nojautui odottavan auton avoimeen ikkunaan ja välitti englantilaisen ohjeet. Auto ajoi pois. Tibbles palasi toimistoonsa.

"Istu alas, Stephen." Tibbles käveli muutaman sekunnin ennen kuin puhui. "Herra Anglophone on erittäin kiihtynyt. Ensinnäkin hän on vihainen minulle, koska annoin sinun riehua hänen aikanaan. Toiseksi hän on vihainen teille, koska sairaala valitti aiheuttamastanne kohtauksesta. Mitä helvettiä sinä oikein ajattelit?"

"Minulla oli tunne, että äiti voi huonosti. Minun oli pakko tarkistaa asia. Nähdäkseni, onko hän kunnossa."

"Valheita, kaikki valheita", Tibbles sanoi henkeään pidätellen. "Tiedän, että neiti Angela kertoi sinulle puhelinsoitosta. Uskallatko kieltää sen?"

Stephen katsoi jalkojaan.

"Käytöksenne kertoo kaiken! Kun siis pyysin sinua hakemaan tavaroita, tarkoituksesi oli käyttää luottamustani väärin."

"Olen pahoillani, Tibbles. Olen pahoillani, mutta minun oli pakko mennä."

"No, herra Anglophone on hyllyttänyt sinut kahdeksi viikoksi. Koska luotin sinuun, hän on vähentänyt myös minun palkkani. Lisäksi tulet olemaan täällä koiranruumis   leikkaat nurmikkoa, teet mitä tahansa tehtäviä, jotka sinulle on osoitettu. Minun on palkattava toinen kuljettaja. Jos on onnea, uusi mies ei ole yhtä röyhkeä kuin sinä!"

"Olen pahoillani, että palkastasi vähennettiin. Minusta se ei ole reilua. Voin puhua asiasta hänen kanssaan."

"Etkä puhu."

"Pidättäkää palkkani, mutta älkää jättäkö minua ilman ajoneuvoa. Antakaa minun mennä puhumaan hänelle. Pyydän häneltä anteeksi."

"Herra Anglophone sanoo, ettei hän halua puhua kanssanne kahteen viikkoon. Jos näet hänet, jatka töitä. Näytä omistautumisesi. Näytä hänelle katumusta. Olemme onnekkaita, ettei hän erottanut meitä. Aikanaan asiat palaavat normaaliin tilaansa."

Tibbles otti puhelimen ja jätti Stephenin läsnäolon huomiotta.

Stephen, epävarmana siitä, mitä tehdä nyt, painoi päänsä käsiinsä. Tibbles jutteli puhelimessa. Masentuneena hän nousi ylös ja poistui toimistosta. Hän uskaltautui ulos nyrkit syvällä taskuissaan.

Hän kuljeskeli tuntikausia, katseli maisemia ja punnitsi asioita mielessään.

Hänen oli keksittävä, miten hän saisi äitinsä pois siitä paikasta.

Hänen oli keksittävä keino olla riippumaton Englannista.

Hänen oli otettava elämänsä hallintaansa. Jos hän vain keksisi miten.

KAPPALE 57

RIBBY AVASI SILMÄNSÄ. ALUKSI hän ei tiennyt, missä hän oli. Viimeinen asia, jonka hän muisti, oli lukeminen kirjastossa.

Hän yritti nousta istumaan, mutta hänen päähänsä sattui, ja huone pyörähti. Hän halasi itseään ja huomasi käsivarressaan ison violetin laikukkaan mustelman. Hän yritti muistella tilaisuutta, jossa mustelma olisi voinut syntyä. Hän epäonnistui.

Angela ei myöskään muistanut mitään. Jokin vaivasi häntä. Heikko muisto, tavoittamaton.

Miten tämä oli voinut tapahtua?

Sinä luultavasti kävelit johonkin. Se ei olisi ensimmäinen kerta.

Totta, voin olla kömpelö.

Älä siitä huoli. Sinulla on tärkeämpääkin tekemistä.

Ribby haistoi vihjatun kalan paistumisen ja juoksi käytävää pitkin kylpyhuoneeseen oksentamaan. Hän pesi kasvonsa ja joi muutaman kulauksen vettä.

Onko nyt parempi?

Luulen niin, kiitos.

Missä Teddy muuten on? Aivan kuin hän olisi menettämässä kiinnostuksensa. Hän oli kämmenelläsi.

Hän on kiireinen mies.

Ribby peseytyi ja harjasi hampaansa.

Sitä paitsi hän ei ole voinut hyvin.

Jokin vaivasi Angelaa yhä. Jokin, jonka hän oli lähellä muistaa, mutta sitten se lipesi pois.

Mutta hän on mies, ja sinun on pidettävä hänet kiinnostuneena. Flirttaile vähän. Lisää hieman seksikkyyttä. Pidä hänet arvaamassa ja toivomassa. En kuitenkaan ehdota, että menisit loppuun asti lähiaikoina. Leikittele häntä.

Minulla ei ole paljon kokemusta miesosastolta.

Luulen, että hän on pohjimmiltaan kiimainen vanhus.

Hän haluaa, että joku on hänen tukenaan. Jonkun, johon hän voi luottaa.

Hän voisi valita, kun hänellä on niin paljon rahaa. Joten, älä mokaa sitä, poika, tai jos mokaat, niin tee se!!!

Olet niin inhottava.

"Neiti Angela, neiti Angela", Abbey huusi koputtaessaan oveen.

"Herra Anglophone odottaa teitä puutarhassa."

"Tule sisään, Abbey. En jaksa iltapäiväteetä."

"Sinun täytyy."

Ribby istuutui sängylle pitäen päätään käsissään.

"Pyydä herra Anglofonia tapaamaan minut tunnin kuluttua."

"Kuten haluatte, neiti Angela."

"Kun olet valmis, tule takaisin ja auta minua valmistautumaan."

"Totta kai, neiti Angela. Tulen pian takaisin."

Hetkeä myöhemmin Abbey palasi Ribbyn huoneeseen.

"Toivottavasti herra Anglophone ei ollut vihainen minulle", Ribby sanoi.

"Ei, neiti Angela. Hän ymmärtää, että meiltä kestää kauemmin tehdä itsemme edustuskelpoisiksi", Ribby sanoi nauraen. "Istukaa nyt tähän, niin minä autan teitä." Abbey höpötteli, kun Ribby antoi hemmotella itseään. "Voila", hän sanoi.

"Kiitos, Abbey."

"Näytät upealta!" Abbey sanoi, kun he kulkivat käytävää pitkin ulos puutarhaan.

Ribby huomasi Teddyn, jonka kasvot oli peitetty sanomalehden taakse. Hän istuutui hiljaa tämän viereen. Mies ei ollut kuullut häntä. Hän hymyili.

Tibbles ryntäsi pöytään ja ilmoitti: "Hyvää iltapäivää, neiti Angela".

Teddy melkein pudotti sanomalehden noustessaan ylös. "Kauanko olet istunut siinä?"

"Oikeastaan vain hetken. Oliko sinulla ikävä minua?" Ribby kuiskasi ja otti kätensä Teddyn käteen.

Englantilainen veti kätensä pois ja sanoi: "Olin hyvin, hyvin sairas."

Ribbyn ihonväri paloi.

Mitä ihmettä?

"Mutta ajattelin sinua, usein."

"Ja mitä ajattelit minusta?"

"Ajattelin sinua ja kirjastoa."

"Aivan, ja minulla on joitakin ajatuksia, joista haluan keskustella kanssasi."

"Mihin Tibbles joutui? TIBBLES!"

Tibbles palasi takaisin. Abbey seurasi perässä. He kantoivat tarjottimia täynnä ruokaa ja juomia. Englantilaisen lautanen oli pian täynnä ruokaa, kun taas Ribby valitsi vahvan kupin teetä.

"Olen miettinyt", Ribby sanoi ja sekoitti teetä. "Haluaisin lukea ja esiintyä lapsille kirjastossa. Haluaisin tehdä suunnitelmia lastenpäivää varten."

"Ja mitä se tarkoittaisi?"

"Kirjailijat voisivat pitää kirjojen lukuhetkiä."

"Hmmm, mielenkiintoista, mielenkiintoista", Teddy sanoi.

"Haluaisin myös, että lahjoittaisimme kirjoja sairaaloihin."

"Kyllä, pidän noista ideoista, enkelini, se vaatii hieman ajattelua ja organisointia. Toistaiseksi meidän pitäisi keskittyä kirjastoon. Kun olemme saaneet toimintamme käyntiin, ehkä vuoden tai kahden kuluttua, voit toteuttaa nuo muut ideat. Mene hitaasti, Angela. Muista, että tämä ei ole iso kaupunki. Täällä puhutaan erilaisista ihmisistä."

"Perheitä on kaikkialla."

"Ymmärrän, mitä tarkoitat", Teddy sanoi ja taputti Ribbyn kättä kuin lasta, jota hänen piti anella.

"Anteeksi", sanoi mies lippalakki kädessään sisäänkäynnistä.

"Niin? Ai niin, olette siis uusi autonkuljettaja."

Tibbles astui sisään kantapäitään naksuttaen. "Käskin teidän odottaa minua keittiössä."

Pahoitteluni, uusi mies sanoi kallistaessaan hattuaan ensin englantilaiselle ja sitten Tibblesille. Hän perääntyi ulos huoneesta.

"Onko Stephen sairas?"

"Ei ole." Teddy otti palan quichea. "Hän käytti luottamustani väärin. Hän on koirankopissa seuraavat kaksi viikkoa."

"Olen pahoillani siitä." Hän otti kulauksen teetä. "Haluaisin soittaa äidilleni, ja olen näköjään hukannut kännykkäni."

"Totta kai. Käytä eteisessä olevaa puhelinta. Sillä välin me katsomme, löydämmekö puhelimesi."

Ribby oli niin iloinen, että hän nousi ylös, pudotti lautasliinansa maahan ja ryntäsi Teddyn luo. Hän lensi hänen kimppuunsa täynnä intohimoa, laittoi kätensä hänen kaulansa ympärille ja suuteli häntä huulille. Hän avasi silmänsä. Teddy katsoi takaisin häntä. Hän oli jääkylmä.

Hän työnsi naisen pois ja nousi seisomaan. Hänen kasvonsa olivat punaiset.

Ribby juoksi ulos huoneesta ja portaita ylös. Hän heittäytyi sängylle ja itki itsensä uneen.

Onko se sinusta seksikästä?

KAPPALE 58

SEURAAVANA AAMUNA, KUN RIBBY oli avannut parvekkeen ovet, hän venytteli ja haukotteli. Auringonvalo lämmitti hänen ihoaan, ja hän tunsi voimakasta kaipuuta olla lähempänä rantaviivaa. Hän pukeutui, kävi suihkussa, heitti hatun päähänsä, puristi poskia ja lähti ulos kartanosta.

Polulla hän huomasi Stephenin. Hän oli selkä häneen päin, mutta hän pystyi kuulemaan leikkureiden leikkuuäänet. Hän leikkasi ruusupensaita.

"Stephen", Ribby sanoi.

Hän suoristi selkänsä ja kohotti kätensä ilmaan varjostaakseen auringonsäteitä silmistään.

"Voisitko viedä minut jonnekin?" Hän kysyi, voisitko viedä minut jonnekin.

Hän ei vastannut. Sen sijaan hän kääntyi takaisin ja jatkoi puutarhatöitä. Hän odotti, että nainen kävelisi pois, jatkoi leikkaamista ja leikkuuta. Hetken tai kahden kuluttua hän sanoi: "Miksi minä? Kysykää vanhukselta. En voi auttaa teitä. En voi auttaa edes itseäni."

"Mutta minulla ei ole ketään, Stephen." Hän kosketti miehen olkapäätä. "Haluan mennä kotiin."

Mies kääntyi äkillisesti häntä kohti, mikä melkein sai hänet menettämään tasapainonsa. "En voi auttaa sinua. Hitto vieköön. Haluaisin, rehellisesti sanottuna haluaisin, mutta minä... Minusta ovat riippuvaisia muutkin ihmiset. En voi auttaa sinua. Mene nyt pois!"

Ribby astui taaksepäin taistellen itkunhalua vastaan. "Ajattelin vain... Olen pahoillani, että vaivasin sinua."

Stephen päästi hänet menemään. Hän antoi naisen siirtyä yhä kauemmas ja kauemmas, ennen kuin hän huusi. Ribby jätti hänet huomiotta. Hän juoksi hänen perässään.

"Kuule, olen pahoillani. Hänen silmänsä kohtasivat hänen silmänsä. "Minut on vain alennettu, ja vihaan puutarhanhoitoa."

Ribby otti huomioon hänen pehmenneet piirteensä.

Hän vilkaisi hermostuneena takaisin talolle, kun auto kiiti heidän ohitseen. Kuljettaja nousi ulos ja juoksi portaita ylös, jossa Tibbles avasi oven. Muutamaa hetkeä myöhemmin auto kiersi heidän ohitseen matkalla ulos.

Ribby siirtyi Stephenin luo.

Stephen siirtyi Ribbyn luo.

He kohtasivat jossain keskellä.

KAPPALE 59

TIBBLES TOIMITTI KIRJEKUOREN ENGLANTILAISELLE ja palasi sitten tehtäviinsä.

Anglofoni oli ikkunan ääressä ja katseli, kuinka hänen nyt jo konfirmoituneet tyttärensä ja poikansa tuijottivat toisiaan silmätikkuna. Hän pystyi tuntemaan heidän välisen kemiansa huoneessaan asti. Hän nauroi nähdessään heidän kuiskailevan ja vaihtavan katseita.

Hän soitti kelloa, ja Tibbles palasi sekunneissa.

"Tibbles", Teddy sanoi, "lähden tänään kaupunkiin. Minulla on siellä muutama asia hoidettavana. Ilmoita kuljettajalle, että palaan huomenna.

"Pidä sillä välin vahtia Stepheniä ja neiti Angelaa puolestani. Katso, mitä he puuhaavat, mutta älä anna heidän tietää, että vahdit heitä." Hän kosketti nenäänsä etusormellaan. "Hienovaraisuutta, rakas Tibbles, hienovaraisuutta."

"Totta kai, herra englantilainen." "Totta kai, herra englantilainen." Tibbles kumartui ulos huoneesta.

KAPPALE 60

"**M**ITEN VOIN AUTTAA TEITä?" Stephen sanoi ja johdatti Ribbyn pois pääreitiltä. "Kuten sanoin, en voi auttaa edes itseäni. Minulla on velvollisuuksia."

Tibbles tarkensi heitä, kun englantilainen valmistautui lähtemään.

"Liittyykö se jotenkin äitiinne?"

"En voi kertoa. Mitä vähemmän tiedät, sen parempi. Miksi haluatte lähteä? Onko hän tehnyt sinulle jotain?"

"En edes tiedä, mitä teen täällä", Ribby sanoi. "Tarkoitan, miksi minä?"

Limusiini kiihdytti pois.

"Mihinköhän hän on menossa?"

"Hänellä on uusi kuski."

"Tiedän, mutta se on vain väliaikainen", Stephen sanoi. "Jos sinun pitää päästä pois, tee se nyt."

"Miten voisin? Minulla ei ole autoa."

Ribby, olet aivan paniikissa. Rauhoitu.

"Sinä tunnet varmasti jonkun, joka voisi auttaa."

"Tapasin eilen toimittajan, Viveca Somethingin."

"Niin, soita hänelle. Kysy häneltä."

"Entä jos hän ei tule?"

"Luota minuun, hän tulee", Stephen sanoi.

"Mistä sinä sen tiedät? Miksi hän välittäisi minusta?"

"Eikö hän kysellyt sinulta paljon englantilaisuudesta?" "Ei."

"Ei oikeastaan", Ribby sanoi. "Hän sanoi kirjoittavansa tarinaa luonnonihmeistä."

"Saatat ajatella niin, mutta usko pois, sinä olet se tarina. Toimittajien lisäksi voit taata, että myös poliisi pitää tilannetta silmällä."

"En ymmärrä. Miksi?"

"Voin vain sanoa sinulle, neiti, että soita hänelle. Anna toimittajan selittää. Mutta älä sano mitään minusta, olen jo tarpeeksi pulassa. Ja herran tähden, älä soita talosta. Tarvitset kännykän, tai vielä parempi, voitko luottaa Abbeyyn? Siis oikeasti luottaa Abbeyyn?"

"Minulla oli kännykkä, mutta kadotin sen. Mitä Abbeyyn tulee, kyllä, luulen niin", Ribby sanoi. "Olen melko varma, että voisin luottaa häneen henkeni edestä."

"Käytä sitten häntä. Käske hänen mennä soittamaan toimittajalle. Antaisin sinun hoitaa omani, mutta Tibbles varmaan kuuntelee sitä. Tee se tänään, neiti."

"Kiitos", Ribby sanoi koskettaessaan Ribbyn kättä.

"Selvä, nähdään sitten", Stephen sanoi. Hän vilkaisi ikkunaan ja huomasi verhojen liikkuvan. Tibbles. Hän palasi leikkaamaan ruusuja.

Niin söpö peppu.

Etkö koskaan ajattele mitään muuta?

Stephen kääntyi ympäri, katsoi Ribbyä ja palasi sitten taas töihin.

Ribby etsi Abbeyta.

Kun he melkein törmäsivät pääkäytävällä, Abbey sanoi: "Tibbles sanoi, että minun on löydettävä sinut, HÄLYTTÄVÄSTI. En ymmärrä, mistä tämä hössötys johtuu. Vain siksi, että herra Englantilainen on poissa päivän tai pari."

"Niin, näin hänen autonsa juuri äsken."

"Minusta tulee varjosi."

Ribby ja Abbey lähtivät ovesta ja jatkoivat matkaa. Kun he olivat tarpeeksi kaukana kartanosta, Ribby sanoi: "Haluan pois täältä ja tarvitsen apuasi."

"Jos Tibbles saa tietää, hän on hyvin vihainen. Hän saattaa jopa erottaa minut."

"Sinun täytyy soittaa jollekulle. Se nainen, jonka tapasimme eilen, tiedätkö, se toimittaja?" Abbey nyökkäsi. "Sinun on mentävä puhelimeen, ei tänne, ei minnekään muualle kuin tänne, ja sinun on soitettava hänelle. Sovi tapaaminen. Teetkö sen?"

"Voin tehdä sen", Abbey sanoi hetken epäröinnin jälkeen. "Itse asiassa olen menossa tien varrella sijaitsevalle Fairfield Farmille hakemaan juustoa. Kuljettajan piti viedä minut, mutta nyt minun on käveltävä. Voin soittaa hänelle sieltä."

"Olet tähti", Ribby sanoi. "Nyt menen takaisin sisälle. Pidä hauskaa Fairfieldin tilalla."

"Milloin minun pitäisi perustaa se? Tarkoitan tapaamista sinun ja Vivecan kanssa?"

"Luulen, että hän tietää, miten vaikeaa se voi olla minulle. Kerro hänelle kuitenkin, että herra Anglophone on poissa ja että mahdollisimman pian olisi parasta."

"Se on suunnitelma."

FAIRFIELD FARMILLA ABBEY SOITTI Viveca Hartmanin numeroon sanomalehteen. "Hei, Abbey tässä." "Hei, Abbey täällä."

"Kuka Abbey?" Viveca sanoi vihaisesti. "Täällä on Viveca Hartman The Local Times -lehdestä."

"Kyllä, tiedän, öö, h-miten nilkkasi voi?" "Kyllä, tiedän."

"Nilkkani? I..." Viveca jäi kiinni. "Abbey, oi kyllä. Miten voin auttaa sinua? Onko se Angela? Onko hän kunnossa?"

"Kyllä", Abbey sanoi, "ja olen ollut todella huolissani sinusta, kun olet ollut niin sairas ja sitten nyrjäytit nilkkasi noin." "Kyllä", Abbey sanoi.

"Okei", Viveca sanoi, "siellä on joku muu, eikö niin?"

"Voi kyllä", Abbey sanoi, "sinun täytyy todella ottaa rauhallisesti ja pysyä erossa siitä."

"Abbey", Viveca sanoi, "minä, en tiedä mitä haluat tai miten voin auttaa. Uh, haluaako hän nähdä minut? Haluaako Angela, että tulen sinne?"

"Kyllä", Abbey sanoi, "herra Anglophone on poissa kaupungista. Mahdollisimman pian olisi parasta. Olen nyt Fairfield Farmilla hakemassa juustoa."

"Hyvä on, Abbey", Viveca sanoi, "Miten olisi huomenna kello 10-11 välillä?" "Hyvä on, Abbey", Viveca sanoi.

"Yritämme päästä pois. Odottakaa meitä Fairfield Farmilla, vaikka olisimme myöhässä."

"Selvä", Viveca vastasi.

KAPPALE 61

Kello 21.00 limusiini kääntyi kulman takana matkalla Marthan talolle. Se oli hänen lempiaikaansa, kun illalla oli vielä valoisaa. Totta, Martha oli vankilassa, mutta hän halusi nähdä, saisiko hän naapureilta jotain selville. Hän oli yhä raivoissaan siitä, että Martha oli hiipinyt takaisin hänen elämäänsä. Hän oli avannut kirjastonsa ja sydämensä, ja nyt...

Marthan talo oli poissa. Täysin tuhoutunut. Jäljellä oli vain kasa palanutta rauniota. Hän astui ulos autosta katsomaan tarkemmin. Autonkuljettaja seisoi hänen vierellään.

Iäkäs nainen kiemurteli jalkakäytävällä. Hänellä oli yllään rähjäinen kylpyhuonetakki. Hän lähestyi englantilaista. Kuljettaja asettui vartalonsa ja naisen väliin.

"Hemmetin sääli", nainen sanoi yrittäen siirtyä lähemmäs Anglophonea. "Niin hyvä nainen ja lähteä tuolla tavalla. Niin surullista. Ja hänen tyttärparka. Kukaan ei tiedä, missä hän on, ja nyt, nyt kaikki tämä skandaali. En minä tiedä. En vain tiedä." Hän pyyhki silmiään hihansa kulmalla vilkaistessaan kohti limusiinia.

"Väitätkö, että täällä asunut nainen, Martha, kuoli?"

"Ei, hän ei kuollut. Hänen naapurinsa rouva Engle haistoi savun. Hän veti Marthan ja Scampin ruumiit pois sieltä. Pelasti heidän henkensä, vaikka Martha ei halunnut elää. Rouva Engle adoptoi Scampin." Hän osoitti taloa.

"Mitä tarkoitat, ettei hän halunnut elää?"

"Hän oli täynnä pillereitä ja viinaa."

"Jatkakaa, olkaa hyvä."

"Talo räjähti kuin tulikivi. Emme koskaan olleet ystäviä. Sillä naisella oli miehiä, jotka tulivat ja menivät koko ajan. Oli kuin hänen talossaan olisi ollut pyöröovi." Nainen raapi itseään, kuin hänellä olisi ollut kirppuja. "Minun on parasta mennä sisälle, ennen kuin saan kuoleman. Iltaa, herra." Hän käveli pois.

"Odota. Pysy täällä. Tule sisään autooni, niin annan sinulle viskiä lämmittämään sinua", englantilainen sanoi.

Nainen pysähtyi. Hän kääntyi kohti miestä. Hän epäröi ja käveli sitten pois.

"Olisin todella kiitollinen avustanne", Anglophone huusi. "Teen siitä sen arvoisenne."

"Äh, mutta minä, en tunne sinua Adamista", nainen sanoi. "Voisit olla yksi Marthan rappeutuneista ystävistä. Haluavat osansa tästä." Nainen heilutti käsiään ja hymyili, paljastaen hampaattoman virneen.

"No, minä olen Theodore Anglophone, Marthan vanha ystävä. Meillä on pitkä yhteinen taival." Hän sujautti kaksikymppisen hänen kämmenelleen.

"Hän on vankilassa."

Hän heilutti viisikymppistä naisen kasvojen edessä, johon tämä yritti tarttua.

"Rauhallisesti, ystävä", englantilainen sanoi. "Kerro minulle jotain viidenkymmenen dollarin arvoista. Teen kovasti töitä rahojeni eteen."

"Voin kertoa sinulle asioita; asioita, jotka saavat pääsi pyörimään."

Anglophone siirtyi lähemmäs, ja pistävä kaalin haju sai hänet peittämään nenänsä kädellään. "Vaununne odottavat."

Iäkäs nainen nauroi, kun autonkuljettaja avasi hänelle oven.

Kun he olivat sisällä, Teddy täytti lasin viskillä ja ojensi sen sitten naiselle. Nainen koputti sen takaisin. Mies täytti sen uudelleen.

"No, Martha ja Ribby asuivat täällä, ja Martha oli prostituoitu, vaikkakaan ei kuulemma kovin hyvin palkattu." Nainen nauroi. "Me tiesimme siitä, siis kaikki hänen naapurinsa tiesivät. Me ummistimme silmämme siltä. Niin kauan kuin hän pysyi erossa miehistämme, se oli elettävä ja annettiin elää. Sitten lehdet saivat tietää ja tulivat tänne tarkastamaan bordellin. Ribby ei ollut silloin vielä paikalla, siunatkoon häntä. Pikku pikku raukka. Mitä hänen on täytynyt nähdä, kun miehet tulivat ja menivät, kun hän varttui."

"Niin, mene asiaan, ansaitse viisikymmentä dollaria", Anglophone vaati.

"Kun talo paloi maan tasalle, he löysivät... Jotain... vajasta... Myöhemmin... Kun Martha toipui sairaalassa..."

"Ryhdy toimeen."

Nainen ojensi lasinsa. Kun se oli täynnä, hän jatkoi. "Silloin se löytyi, veitsi."

"Voi ei", Teddy sanoi ja kumartui lähemmäs naista. Hän täytti naisen lasin uudelleen.

"Siinä hän siis oli, Martha-parka, ilman tytärtään, ilman sielua, ja häntä syytettiin ensimmäisen asteen rikoksesta. Kahdesta murhasta. Hänen siskonsa ja yksi hänen Johnsistaan   luulen, että hän oli torstain. Se oli kaikkialla sanomalehdissä. Se oli hullua täällä."

"Thursdayn?" Teddy sanoi vastenmieliseen sävyyn.

Nainen epäröi: "Lihava, hyvin, hyvin, hyvin, lihava. Ei mikään tavallinen läski. Erittäin epämiellyttävän näköinen. Ja vieläpä naimisissa."

"Jatka tarinaa. Mitä sitten tapahtui?" Teddy kysyi kärsimättömänä.

"Hän oli kuollut. Puukotettu selkään. Lehdet arvelivat, että sisaret riitelivät hänestä." Nainen hihkui kuin kananmunaa muniva kana ihmetellessään, että naiset tappelivat tällaisesta palkinnosta.

"Hän on vankilassa odottamassa tuomarin tuomiota. He luulevat, että hän tappoi miehen ja siskonsa. Sitten hän ajoi heidät jyrkänteeltä alas. Veitsi ja yksi hänen mekkoistaan Carl Wheelerin veren peitossa löydettiin haudattuna vajasta takapihalta." Hän pysähtyi ja odotti toivoen, että hänen kertomuksensa oli riittänyt ansaitsemaan viisikymppisen.

"Olet ollut todella avulias. Tässä on toinen satanen ajastasi, ja voit ottaa loputkin pullosta mukaasi."

Kun nainen ei näyttänyt olevan kiinnostunut nousemaan ulos, autonkuljettaja avasi oven. Englantilainen tönäisi naista hieman.

"Ei sinun olisi tarvinnut työntää! Sinä, sinä!" nainen huudahti perääntyessään autosta.

"Mene vain", Anglophone sanoi kuljettajalle, kun tämä palasi istuimelleen. "Vie minut vankilaan."

"Kyllä, herra Anglophone."

Teddy nojasi taaksepäin ja sulki silmänsä.

KAPPALE 62

S EURAAVANA AAMUNA RIBBY JA Abbey tapasivat Vivecan Fairfield Farmilla.

"Näytät sensaatiomaiselta!" Abbey sanoi.

"Kiitos, Ang", Viveca sanoi. "Voin niin hyvin, että voin jopa hypätä tänään yhden hevosen selkään ja lähteä ratsastamaan. Jos valitset lempeän sielun, ratsastus sopisi minulle hyvin."

"Abbey tuntee kaikki hevosemme", rouva Fairfield sanoi. "En haluaisi kiirehtiä, mutta minulla on pari askaretta kaupungilla. Olkaa kuin kotonanne. Ottakaa mitä tahansa tarvitsette. Palaan lounasaikaan mennessä, jos haluatte jäädä."

"Ei kiitos", kolmikko sanoi yhteen ääneen.

"Kiirettä, kiirettä, kiirettä", Ribby sanoi, ja Abbey ja Viveca nyökkäsivät päätään myöntävästi.

Kun rouva Fairfield oli poistunut talosta, Viveca kysyi: "Mitä kuuluu?"

Abbey sanoi: "Menen ulos ajelulle, kun te kaksi juttelette."

"Kiitos, Abbey. Olet helmi", Ribby sanoi katsoessaan, kun Abbey sulki oven takanaan. Ribby kiinnitti sitten huomionsa Vivecaan, joka vaikutti yhtä levottomalta kuin hänkin.

"Miten voin auttaa?" Viveca kysyi.

"Ensinnäkin kiitos, että tulit näin lyhyellä varoitusajalla. Olen ylivoimainen talossa herra Anglofonin kanssa. Haluan mennä kotiin."

"Eikä hän päästä sinua? Pidetäänkö sinua vankina?"

"Ei aivan. Hän on ollut ystävällinen minulle muutama päivä sitten asti, vaikka tunnen itseni hyvin eristetyksi, koska hän on aina työmatkoilla. Pari päivää sitten, en tiedä miten selittäisin sen muuten kuin että halusin lähteä. Kaiken lisäksi puhelimeni katosi. Tiedän, että hän haluaa minun jäävän ja avaavan kirjaston, mutta epäilen, että hän salaa minulta jotain. En tiedä, miksi hän tarvitsee minua kirjastonhoitajaksi. Tarkoitan nimenomaan minua. Enhän minä vastannut työpaikkailmoitukseen. Suoraan sanottuna minua pelottaa."

"Kerro ensin, mitä tiedät."

"Taitaa olla parempi aloittaa ihan alusta."

"Englantilaisella on maine naisten suhteen. Yksinkertaisesti sanottuna hän kuvittelee olevansa. Kaiken sen rahan avulla, puhumattakaan vallasta, jota hän käyttää, hän pystyy tekemään asioita, joita tavallinen mies ei voisi tehdä. Hänellä on esimerkiksi useita neuvoston jäseniä takataskussaan. Tiedetään, että hän voitelee kämmeniä, mutta hänellä on niin paljon valtaa, ettei kukaan saa todisteita häntä vastaan. Kuten mitä tapahtui kirjastossa. Tarkoitan, että Stephenin äiti sidottiin ja jätettiin kuolemaan."

"Se nainen, oliko Stephenin äiti?"

Mutta Stephenin äiti ei ole kuollut...

"Tarkoitatko, että tiedät siitä, mitä kirjastossa tapahtui?"

"Kyllä, luin siitä netistä ennen kuin tulin tänne."

"Mutta lehdissä ei kerrottu koko tarinaa. Kuten se, että kun toimittajat saapuivat ensimmäisenä ja löysivät hänet, hän oli melkoisessa kunnossa. Toimittajat puhuvat ja noh, he sanovat, että hän oli alasti, sidottuna tuoliin, palovammoja vartalossaan ja verta oli paljon. Myöhemmin rikostutkijat huomasivat, että se oli eläinten verta. Jotkut sanovat, että englantilainen harrasti mustaa magiaa. Outoja juttuja."

Ribby muisti siluettimiehen taikuudesta kertovan kirjan kääntöpuolella.

Tässä ei ole järkeä. Stephen käy hänen luonaan.

Ja hän soitti hänelle.

Viveca jatkoi: "Niin, mutta siinä on muutakin. Jotkut sanovat, että hän oli Anglophonen rakastaja. Hän oli ehdottomasti ainoa ihminen, jolle mies uskoi kirjastonsa."

Tämä käy yhä oudommaksi.

"Isälläni on pitkät perinteet Anglophonen kanssa, ja Stephen on asunut siellä pojasta asti."

"Niin, minun kanssani sitten, miksi juuri minä?"

"En tiedä, mutta en syytä sinua siitä, että haluat kotiin. Eikö sinulla ole perhettä?"

"On", Ribby sanoi, "äitini on kaupungissa. Minun täytyy soittaa hänelle. Soitan hänelle täältä heti." Ribby otti puhelimen.

"Olen pahoillani, numero, johon soitat, ei ole enää käytössä. Ole hyvä ja sulje luuri ja soita uudelleen."

Ribby soitti uudelleen, ja tulos oli sama.

"Ehkä voin ottaa häneen yhteyttä puolestasi? Pyydä häntä tulemaan hakemaan sinut apuvoimien eli poliisien kanssa. Mikä hänen nimensä on?"

"Martha, Martha Balustrade."

"Voi luoja!" Viveca huudahti. "Sinä et ole Martha Balustraden tytär!"

Voi, voi, mitä Äiti Rakas on nyt tehnyt?

KAPPALE 63

T EDDY SAAPUI VANKILAAN. MARTHA oli eristyssellissä. Hän vaati saada tavata hänet. Hän teeskenteli olevansa hänen asianajajansa.

Nainen pöydän ääressä sekoitti papereita. Englantilainen löi nyrkkiä naisen pöytään ja toisti vaatimuksensa. "Soita Frederick Schmidtille. Soita pormestari Brownille. He tuntevat minut. He sallivat minun tavata asiakkaani, HÄLYTTÄVÄSTI", Anglophone pauhasi.

Puheluita soitettiin. Silti Anglophone odotti tuntikausia.

"Voinko tuoda teille kupin teetä?"

"Ei kiitos", Anglophone sanoi, "haluan vain tavata asiakkaani." "Ei kiitos."

KAPPALE 64

"**T**UNNETKO ÄITINI?"

"Hän on pitänyt sinut eristyksissä", Viveca sanoi. "Kaikki tietävät äidistäsi, kun viime aikoina on ollut paljon lehdistöä. Tarkoitan, että kun joku tunnustaa kahden ihmisen murhan, oma sisko mukaan lukien, se pääsee uutisiin - jopa täällä. Puhumattakaan hänen muista tempauksistaan. Kaupungin etusivu, Angela!" Hän katsoi, kun Ribbyn kasvot muuttuivat valkoisiksi kuin lakana. "Olen pahoillani, hän on kuitenkin äitisi."

"Murhaaja? Teidän täytyy olla väärässä." Hän piti tauon. "Muuten, oikea nimeni on Ribby Balustrade."

"Miksi sitten?"

"Se on englantilaisperäinen juttu."

"Pakottiko hän sinut vaihtamaan nimesi?"

"Ei, Angela on kauniimpi kuin Ribby."

"Vivecakaan ei ole ihan tavallinen tai kaunis, joten tiedän, mitä tarkoitat. Mutta palataanpa äitisi ja murhien pariin. Et kai usko, että hän teki ne?"

Me tiedämme, ettei hän tehnyt, koska me teimme sen.

Me teimme yhden, toinen oli itsemurha.

Ribby ei sanonut mitään.

"Kuule, tiedän, että Anglophone on pitänyt sinut eristäytyneenä täällä alhaalla. Luulisi, että hänellä olisi edes kunniaa kertoa sinulle äitisi vankilasta."

"Olen käyttänyt kaiken aikani lukemiseen ja kirjaston kunnostamiseen. Sillä välin äitini on ollut... Voi luoja, minun on mentävä hänen luokseen, nyt. Voitko viedä minut? Sinun täytyy auttaa minua. Sinun on pakko!"

Abbey tupsahti kulman takaa ja kuuli Ribbyn anomuksen. "Mitä tapahtuu? Miksi hän on niin järkyttynyt? Angela, mikä hätänä? Näytät siltä kuin olisit nähnyt aaveen!"

"Minun on mentävä kaupunkiin, tänään. Nyt heti. Viveca vie minut sinne."

"Isäni voi varmaan saada meidät lentokoneeseen, ja olemme siellä hetkessä. Hetki vain, soitan hänelle ja selitän. Hän on hyvin perehtynyt juridiseen hölynpölyyn, joten kysyn, voiko hän tulla mukaamme."

"Onko lähistöllä lentokenttä? Miksei Teddy sitten lennä Torontoon? Kai hänellä on varaa siihen?"

"Pelkää lentämistä", Viveca sanoi, juuri kun hänen isänsä otti puhelimen toiseen päähän. Hän selitti miehelle kaiken. Mies suostui tapaamaan heidät lentokentällä. "Okei, neidit, lähdetään sitten!"

"Hetkinen", Ribby sanoi, "voimmeko mekin piipahtaa ja noutaa Stephenin? Minä, minä haluaisin, että hän olisi siellä."

"Totta kai, käymme siellä, ja jos hän haluaa tulla, niin mitä enemmän, sitä parempi. Entä sinä, Abbey? Tuletko mukaan?"

"En, minulla ei ole varaa menettää työtäni juuri nyt. Tibbles menisi yksinkertaisesti sekaisin, jos katoaisin koko päiväksi." Abbey katsoi kelloaan ja alkoi ahdistua. "Olen ollut poissa jo liian kauan."

"Hyppää kyytiin, niin annan sinulle kyydin."

"Mutta entä Tibbles?" Abbey kysyi. "Jos hän kysyy minulta jotain? En ole hyvä valehtelija."

"Älä sitten sano mitään. Meidän on lähdettävä liikkeelle, saatava etumatkaa."

"Okei, mennään", Ribby sanoi. Hän oli järjiltään huolesta Marthan suhteen. Hän kysyi itseltään, miten tämä oli voinut tapahtua. Hän tunsi itsensä niin syylliseksi.

Talon luona Stephen nousi auton takapenkille, ja he ajoivat pois jättäen Abbeyn seisomaan pölypilveen.

KAPPALE 65

KYLMässä JA KOSTEASSA ODOTUSHUONEESSA Teddy käveli edestakaisin kuin odottava isä. Hänen kiukkunsa nousi joka hetki, jonka hän joutui odottamaan. Kuusikymmentä minuuttia. Yhdeksänkymmentä minuuttia. Sata kaksikymmentä minuuttia. Ei merkkiäkään hänestä. Ei merkkiäkään kenestäkään.

Tuntia myöhemmin Teddy kuuli kolinaa, kun avainten vartija lähestyi ovea. "Anteeksi", hän sanoi äkkiä, kun nainen meni ohi, "olen odottanut täällä tuntikausia".

"Herra... uh, englantilainen. Pyydystänne pyysin poikkeusta. Se evättiin. Seuratkaa minua, niin vien teidät takaisin vastaanottoon."

Mies meni naamalleen ja kysyi: "Miten niin se evättiin?" Hän kysyi: "Miten niin evättiin?"

"Rouva Balustrade odottaa tuomiotaan", hän puuskahti. "Olen kiireinen nainen ja on myöhä, joten seuratkaa minua."

Hän teki kuten käskettiin, mutta ei ollut siitä iloinen.

EDDY OLI YHÄ RAIVOISSAAN, kun hän nousi limusiiniin. Hän soitti Four Seasons -hotelliin ja varasi sviitin ja käski kuljettajan viedä hänet sinne.

Matkalla hän soitti Tibblesille.

"Tibbles! Sinun on saatava Angela linjalle ja pronto!"

"Hän on kävelyllä Abbeyn kanssa. Odota hetki." Tibbles kurotti kätensä puhelimen päälle nähdessään Abbeyn astuvan sisään. Hän kysyi häneltä Angelan olinpaikasta. Abbey sanoi, että hänen ja Angelan tiet olivat eronneet tunteja sitten.

"Herra Anglophone, ilmeisesti neiti Angela ei ole vielä palannut."

"No etsi hänet. Soita minulle heti, kun tiedät hänen olinpaikkansa." Hän katkaisi yhteyden.

"Voisitteko pyytää Stepheniä tulemaan Abbeyyn? Asia on kiireellinen." Tibbles sanoi.

"En ole nähnyt Stepheniä."

"Katsele ympärillesi kiinteistössä. Käske hänen ilmoittautua minulle välittömästi."

Abbey katseli talon yleisissä tiloissa. Hän vaelteli aikaa tuhlaten sekä sisällä että ulkona. Puoli tuntia myöhemmin hän palasi ilman Stepheniä. Siihen mennessä Tibbles oli jo räjähtämäisillään.

"Missä hän on?"

"Katsoin kaikkialta. Häntä ei löydy mistään."

"Tee kaikki itse. Tee kaikki itse", Tibbles mutisi. Hänen olkapäänsä osui tytön olkapäähän, kun hän harjaantui ohi. "Jos löydän hänet sieltä, vähennän palkastasi viisikymmentä dollaria, ja ensi kerralla katsot, kun pyydän!" "Jos löydän hänet sieltä, vähennän palkastasi viisikymmentä dollaria, ja ensi kerralla katsot, kun pyydän!"

"Mutta, sir", Abbey alkoi sanoa lisää, mutta Tibbles paiskasi oven kiinni takanaan.

Tibbles katsoi myös kaikkialle. Stephenistä ei näkynyt jälkeäkään. Ei merkkiäkään neiti Angelasta. Hän palasi taloon ja soitti Anglophonelle.

"Tibbles?"

"Kyllä, sir, minä täällä. En löydä Stepheniä tai neiti Angelaa."

"Ovatko he yhdessä?"

"Ei aavistustakaan."

"Mutta varmasti se tyttö tietää. Sanoit, että hänen piti olla Angelan varjo. Anna hänelle puhelin."

"Hän ei ole käsillä."

"Mistä minä sinulle maksan? Etsikää hänet ja antakaa hänelle se hiton puhelin." Tibbles irrotti puhelimen ja kantoi sen mukanaan. Kun hän kuuli ylhäältä liikettä, hän meni yläkertaan.

Abbey oli siistimässä neiti Angelan yöpöytää. Hän poimi kirjan, jonka selässä oli varjoinen hahmo.

Tibbles astui sisään ja työnsi puhelimen Abbeyn käteen. Hän pudotti kirjan ja se putosi lattialle.

"Haloo", hän sanoi arkaillen.

"Abbey", englantilainen sanoi, "tarvitsen apuasi neiti Angelan löytämiseksi. Asia on kiireellinen. Missä hän on?"

"Jätin hänet aiemmin kävelylle. Hän halusi olla yksin."

"Ja Stephen. Näitkö Stepheniä?"

"Hän oli leikkaamassa ruusupensaita ennen sitä." Hänen kätensä tärisivät ja hänen äänensä myös.

"Laita Tibbles takaisin", Anglophone vaati.

"Hän valehtelee", Anglophone sanoi Tibblesille. "Ota selvää, mitä hän tietää, ja soita minulle takaisin."

"Mutta miten?"

"En välitä miten. Ihan miten vain. Ota selvää ja heti!" Englantilainen huusi linjalla.

Tibbles puristi nyrkkinsä yhteen ja nousi seisomaan. Hän ylitti lattian ja kun hän oli Abbeyta vastakkain, hän antoi tälle selkään.

Odottamaton isku lennätti Abbeyn taaksepäin, ja hän laskeutui Ribbyn sängylle. Mies kiipesi hänen päälleen, asettui hänen selälleen ja piti kiinni hänen käsistään ja jaloistaan. Hänen saappaittensa musta kiillotus naarmutti pussilakanaa.

"Kerro minulle!" mies huusi tytön kasvoihin. Kun tyttö ei vastannut, mies piti tyynyä tytön kasvoilla ja antoi tämän ponnistella. Hän nosti sen taas pois. Hänen silmänsä. Pehmeät, kuin peuran silmät. "Kerro minulle!" Mies painoi tyynyn taas alas, ja tyttö huitoi.

Kun mies nosti tyynyn pois, nainen vihdoin tunnusti, ja mies antoi naisen nousta istumaan ja hengähtää.

Hän soitti englantilaiselle, joka päästi hurraahuudon puhelimen toisessa päässä. "Hyvin tehty, Tibbles. Uskollisuutesi palkitaan."

Tibbles sulki puhelimen ja kääntyi sitten nuorta tyttöä kohti.

Abbey jäi sängylle tuijottamaan häntä noilla silmillään. "Älä katso minua!" Tibbles huusi työntäessään tyynyn tytön kasvoihin. Tyttö kamppaili aluksi hieman, mutta sitten hän antautui. Hän piti tyynyä työnnettynä, kun aika pysähtyi.

Kun hän poisti sen, tytön silmät olivat auki. Hän näytti rauhalliselta. Kuin enkeli.

Tibbles alkoi täristä. Hän tarttui yöpöytään ja huomasi kirjan lattialla. Hän nosti sen ylös ja tunnisti heti silmät varjoisen hahmon selkämyksestä. Ne kuuluivat hänen isännälleen. Hetken hän istui ja tuijotti kannessa kirjaa Kaikki, mitä olet aina halunnut tietää mustasta magiasta (mutta et uskaltanut kysyä.) Hänen ajatuksensa harhailivat Rosemaryyn ja tämän avunpyyntöön.

Tibbles avasi savupiipun ja sytytti tulen. Hän heitti kirjan sinne ja katseli sen palamista.

Hän kääri Abbeyn Ribbyn pussilakanaan, niputti tämän olkapäälle ja kantoi ruumiin ulos puutarhaan. Hän kaivoi matalan haudan ruusupensaiden alle. Kun Abby oli haudattu, hän laittoi ruusut takaisin paikoilleen ja suihkutti hieman vettä puutarhaan. Se oli kaunis leposija.

Sisällä Tibbles kävi suihkussa ja siistiytyi. Sitten hän meni neiti Angelan huoneeseen. Hän laittoi sänkyyn uudet lakanat, tyynynpäälliset ja uuden pussilakanan. Täydellistä.

Kun hän oli saanut kaikki tehtävänsä valmiiksi, hiljaisuus muuttui korviahuumaavaksi. Jopa hänen omat askeleensa kaikuivat hänen korvissaan.

Jonkin ajan kuluttua hän ei enää kestänyt oman hengityksensä ääntä. Se tuntui niin kovalta, niin meluisalta.

Hän palasi huoneeseensa ja puki päälleen aamutakin, jonka englantilainen oli kerran antanut hänelle. Hän meni alalaatikkoonsa ja otti esiin käsiaseen.

Istuessaan lempituolissaan lempipolttotakissaan hän ampui aivonsa pihalle.

Kukaan ei ollut kotona kuulemassa laukausta.

Vain linnut säikähtivät luonnotonta ääntä.

KAPPALE 66

ROSEMARY FRANKLIN, STEPHENIN äiti, oli jo kauan sitten kuollut. Hän oli kuvitellut pakenevansa parantolasta, haaveillut siitä niin monta kertaa. Kun tilaisuus tarjoutui, hän tarttui siihen ja kiipesi Clean-it-4-U -pakettiauton takapenkille. Kello oli neljä aamulla, ja hän oli matkalla.

Pakettiauto kulki jonkin aikaa hänen piilossaan takapenkillä. Heti kun he olivat päässeet sairaalan porttien ulkopuolelle, hän vaihtoi varastamansa asun päälle. Hän oli myös nostanut timanttisormuksen ja joitakin kolikoita.

Ensimmäisellä pysähdyspaikallaan Gus, kuljettaja, kiipesi ulos. Rosemary katsoi, kun hän astui kuppilaan. Kun tie oli selvä, hän avasi oven ja juoksi. Hän piiloutui rakennusten välisen ulkoseinän viereen. Sieltä hän pystyi seuraamaan Gusin ruokailua ja odottamaan, että tämä lähtisi. Hän haistoi tuoretta kahvia hauduttavan miellyttävän tuoksun ja sisällä paistuvan pekonin tuoksun. Jo pelkkä ajatus siitä sai hänen suunsa vuotamaan. Se oli paljon houkuttelevampaa kuin sairaalaruoan paha haju, johon hän oli tottunut.

Ovi narisi, ja hän vapisi, kun aurinko nousi taivaalle. Gus kiipesi pakettiautoon, näpytteli radiota, laittoi aurinkolasit päähänsä ja lähti liikkeelle.

Rosemary pysyi piilossa vielä hetken. Parempi olla varma kuin katua. Kun pakettiauto oli selvästi poissa näkyvistä, Rosemary harjautti sormella hiuksiaan. Hän meni kuppilaan, jossa hän tilasi kupin kahvia ja joi sen alas. Tienvarren kuppilan vastakeitetyn kahvin maku oli suorastaan taivaallinen. Tarjoilija tuli heti ja täytti sen uudelleen. Toisen kupin hän nautti.

Kun hän oli valmis lähtemään, Rosemary pudotti muutaman kolikon pöydälle. Hän tiesi, ettei hänellä ollut tarpeeksi, mutta toivoi, että tarjoilija antaisi hänelle luvan. Rosemary purskahti itkuun ja nyyhkytti hallitsemattomasti käteensä.

Tarjoilija palasi: "Onko kaikki hyvin, kulta?"

Rosemary valehteli. "Mieheni lyö minua. Minä juoksin pois. Tämä muutos on kaikki, mitä minulla on. Minun täytyy kadota. Jos hän löytää minut, hän raahaa minut takaisin."

Tarjoilija ojensi hänelle nenäliinan. "Onko sinulla turvallista paikkaa, jonne mennä? Vai pitäisikö minun soittaa poliisille?"

"Kyllä, minulla on poika, Stephen. Minun täytyy vain päästä hänen luokseen. Olisin kiitollinen, jos voisitte soittaa taksin ja selittää tilanteen. Tarvitsen apua päästäkseni pois."

"Jospa antaisin sinulle puhelimeni, niin voisit soittaa itse."

"Koska mieheni soittaa kaikkiin maakunnan taksifirmoihin. Jos heillä on nimeni, hän löytää minut." Hän nyyhkytti taas nenäliinaan.

Tarjoilija kertoi hänelle, että hän soitti taksin, ja se tulisi heti.

"Saanko pyytää vielä yhden palveluksen?" Kun tyttö nyökkäsi, Rosemary pyysi pari savuketta ja tulitikkuaskin. Tyttö suostui hymyillen.

Kun taksi saapui, Rosemary kiitti tarjoilijaa. "Tuon poikani jonain päivänä tänne tapaamaan sinua, kultaseni." Nuori nainen hymyili ja vilkutti, minkä Rosemary vastasi.

"Minne, rouva?" kuski kysyi.

"Theodore Anglophonen kartanolle."

Mies katsoi naista taustapeilistä ja nyökkäsi.

"Voisittekohan matkalla viedä minut panttilainaamoon. Minulla on jotain, jonka haluaisin myydä. Voit tietysti pitää mittarin käynnissä", Rosemary sanoi.

"Ne ovat teidän rahojanne, rouva. Täällä on panttilainaamo noin kahdenkymmenen minuutin päässä. Vien teidät sinne ja haen itselleni kupin kahvia ja palan kirsikkapiirakkaa a la mode."

"Kiitos paljon, Jimmy", nainen sanoi vilkaistuaan hänen kojelaudassa näkyvää kuvallista henkilöllisyystodistustaan.

Jimmy katsoi taas taustapeiliinsä. Kun hän käänsi hiuksiaan taaksepäin, auringonvalo kimposi hänen sormessaan olevasta kivestä. Hän väisti vastaantulevaa autoa. "Aikamoinen kivi, neiti."

"Kiitos", Rosemary sanoi tuijottaessaan kaukaisuuteen.

"Olemme perillä", hän sanoi.

KAPPALE 67

PIAN KONE SAAPUI TORONTOON.

"Minun täytyy nähdä äitini", Ribby sanoi.

Viveca soitti vankilaan ja selitti, että hänellä oli Martha Balustraden tytär mukanaan.

Pääsy kiellettiin.

"Tuomio julistetaan huomenna oikeustalolla. Varataan hotelli ja nukutaan kunnon yöunet", Viveca ehdotti.

"Miksen saa tavata häntä?" "Miksi he eivät anna minun tavata häntä?"

"Minulle sanottiin vain, että vanki ei saa tänä yönä vieraita", Viveca sanoi. "Mikä on lähin hotelli oikeustalosta?" hän kysyi kuljettajalta.

"Hilton on kävelymatkan päässä."

Viveca soitti etukäteen ja varasi kolme huonetta. "Käytän kulukorvaustilini", hän sanoi.

He kirjautuivat hotelliin ja sopivat tapaavansa aulassa. Sieltä he lähtisivät yhdessä oikeustalolle.

S EURAAVANA AAMUNA STEPHEN JA Viveca yrittivät saada Ribbyn syömään jotain. He onnistuivat saamaan hänelle kupin teetä, mutta eivät muuta.

"Olen niin iloinen, että pääsit mukaan moraaliseksi tueksi, Stephen", Ribby sanoi.

Angela vinkkasi hänelle silmää.

Viveca säikähti Ribbyn sopimatonta käytöstä. Hän huomasi, että se sai Stephenin tuntemaan olonsa epämukavaksi. Hän maksoi laskun, ja he poistuivat rakennuksesta. Meteli kadulla oli korviahuumaava.

"Liikennekaaos. Hyvä, että voimme kävellä sinne. Tervetuloa kaupunkiin", Stephen sanoi.

He suuntasivat oikeustalolle.

KAPPALE 68

ANGLOPHONE OLI KOKENUT LEVOTTOMAN yön ilman Tibblesiä, joka oli hoitanut häntä. Hänen poissa ollessaan Anglophone oli soittanut taloon. Hän oli tehnyt niin monta kertaa ennenkin. Tibbles auttoi mielellään vääntämällä soittorasiaa ja pitämällä sitä puhelimeen. Tällä kertaa hän ei kuitenkaan vastannut.

Kun hän näki hänet seuraavan kerran, Tibblesillä oli parasta olla pirun hyvä selitys valmiina. Hän piti miehestä, mutta tämä saattoi joskus olla raivostuttavan huolimaton.

Istuessaan tuntikausia hereillä hän mietti poikaansa ja tytärtään. Missä he olivat? Heidän täytyi olla jossakin kaupungissa. Hän muisti, kuinka he katsoivat toisiaan silmiin. Tietämättä, että he olivat sisaruksia. Hänkin oli tuntenut vetoa omaan tyttäreensä - ennen kuin hän tiesi, kuka tämä oli.

Hetken aikaa Englantilainen kuvitteli tunnustavansa isyytensä jälkeläiselleen. Hän meni vielä pidemmälle ja kuvitteli häitä, sitten lapsenlapsia, jotka juoksentelivat ympäri hänen taloaan, huusivat ja jahtasivat häntä. Hän vihasi lapsia. Hän tuhlasi kaikki rahansa. Hän pudisteli päätään, nosti hotellihuoneen sängyn vieressä olleen ruman lampun ja heitti sen seinään. Se särkyi, ja lamppu syttyi ja sammui. He eivät helvetissä kuulleet sitä koskaan. Ei ainakaan hänen huuliltaan. Hän ei ollut perheenisä. Ei koskaan olisi. Perhesiteet aiheuttivat vain hankaluuksia.

Hän pohti Marthan ahdinkoa. Hän oli pyytänyt Martan apua.

Aamulla hän söi aamiaisen huoneessaan. Kahvi ei maistunut. Hän kutsui autonkuljettajansa, ja he lähtivät oikeustalolle.

KAPPALE 69

ROSEMARY PANTTASI SORMUKSEN. SEN jälkeen hän kävi paperikaupassa, josta hän osti kynän, paperia ja kirjekuoren. Matkalla Englannin kartanolle hän kirjoitti kirjeen. Kun hän oli valmis, hän sulki kirjekuoren ja kirjoitti sen etupuolelle: "Stephen Franklinille. Yksityinen ja luottamuksellinen." Hän ei lisännyt palautusosoitetta.

Anglophonen kartanossa Rosemary pyysi Jimmyä laittamaan kirjekuoren postilaatikkoon. Hän ei halunnut ottaa riskiä törmätä Tibblesiin.

"Minne nyt, rouva?"

"Kirjastoon. Tarkoitan Englantilaisen kirjastoa. Tiedätkö, missä se on?"

Hänen päänsä kääntyi. "Voin viedä teidät sinne."

"Kiitos."

He saapuivat kirjastolle hetkeä myöhemmin. Aluksi Rosemary jäi taksin takapenkille mittarin ollessa käynnissä kykenemättä liikkumaan.

Jimmy kysyi: "Onko kaikki hyvin?"

Rosemary kietoi kätensä ympärilleen peläten nousevansa ulos. Peläten palaavansa takaisin. Peläten sitä, mitä hän aikoi tehdä. "Olen kunnossa", hän sanoi.

Jimmy laittoi radion päälle. Hän lauloi Elviksen mukana.

Rosemary avasi ovensa. Hän antoi miehelle muutaman setelin käteen: "Kiitos, Jimmy. Olet ollut ihana - ja sinulla on myös aika hyvä lauluääni."

"Kiitos, toista Elvistä ei tule koskaan." Hän nousi takaisin taksiinsa ja ajoi pois.

Kun hän oli kadonnut näkyvistä, Rosemary katseli kirjastoa täydestä sydämestään. Se oli kerran ollut hänen lempipaikkansa. Hänen turvapaikkansa. Ja ilma ulkona tuoksui yhä ihanalta. Männyt, oi ne männyt. Hän tunsi olevansa vihdoin vapaa.

Se tunne ei kestänyt kauan. Pian pahat muistot alkoivat taas pyörimään hänen päässään. Englantilainen seisoi hänen yläpuolellaan. Kiduttamassa häntä. Musta magia. Eläimen veren kaataminen hänen päälleen. Kaikki sen pirun kirjan takia.

Hänen kätensä tärisivät, kun hän kurkisti taskuunsa ja veti esiin taivutetun savukkeen. Tarjoilija oli ollut todella ystävällinen antaessaan sen hänelle. Hän sytytti sen ja otti pitkän vedon. Hän yskäisi, mutta jatkoi vetämistä, kunnes hänen kätensä rauhoittuivat.

Lisää muistoja nousi pintaan. Muistot, joita hän oli piilotellut, laukesivat kuin kesämyrsky. Englantilainen käytti häntä koekaniinina. Hän uhkasi mennä poliisin puheille. Mies uhkasi tappaa heidän poikansa. Sen oli loputtava, hänen kidutuksensa. Nainen uhkasi kertoa Stephenille, kuka hän oli.

Silloin syntyi suunnitelma. Kompromissi. Rosemary katoaisi ja kuolintodistus laadittaisiin. Koska he olivat menneet salaa naimisiin, kukaan ei tiennyt, että Rosemary oli vaihtanut nimensä. Stephen saisi työpaikan loppuelämäkseen, mutta hän ei saisi koskaan tietää, kuka hänen isänsä oli. Hän ei saisi koskaan tietää, että hän oli Englantilaisen omaisuuden perijä. Vastineeksi Rosemary saisi tarvitsemansa hoidon. Hänen palovammansa paranisivat, ja kaikki kulut katettaisiin. Suojellakseen poikaansa hän suostui olemaan lukkojen takana loppuelämänsä ajan. Teoriassa se vaikutti tuolloin mahdolliselta.

Kun hän oli pyytänyt Anglofonia vapauttamaan hänet ja tämä oli kieltäytynyt, hänellä ei ollut muuta vaihtoehtoa kuin paeta. Sitä paitsi Stephen ansaitsi tietää totuuden. Rosemaryn oli oltava se, joka kertoi sen hänelle. Hän istuutui kirjaston kaarien välisille portaille ja kuvitteli poikansa löytävän kirjeen ja lukevan sen. Äidin intuitio sanoi hänelle, että hän teki oikein.

Rosemary nousi seisomaan ja pudotti savukkeen maahan. Vietti jonkin aikaa keräten materiaalia. Tukkeja, tikkuja, kaikkea syttyvää, mitä hän löysi. Mitä tahansa hän pystyi kantamaan. Hän laittoi sytykkeet eteiseen ja sytytti ne tuleen ja lisäsi sitten isompia paloja. Hän seisoi puukaarien välissä kädet levällään ja odotti, että liekit nielaisivat hänet.

Savu olisi näkynyt kilometrien päähän, mutta kaikki, jotka olisivat saattaneet vaivautua huomaamaan, olivat joko poissa tai kuolleet.

Puukaaret sortuivat ennen kuin tuli ehti Rosemaryyn. Samalla kun liekit tanssivat hänen perifeerisessä näkökentässään, romahtavat raskaat palkit mursivat hänen kallonsa. Ei enää kärsimystä. Ei enää kipua.

KAPPALE 70

Oikeustalolla Viveca käytti lehdistöpassiansa päästäkseen lähelle etuosaa, vaikka oikeussali oli täpötäynnä. Matkalla heidän paikoilleen Ribby huomasi muutamia tuttuja kasvoja, myös naapureita. Hän inhosi ajatusta siitä, että hänen äitinsä oli oikeudessa saati joutuisi vankilaan.

Mennään ulos tupakalle.

Ei, äiti tulee pian sisään.

Iso juttu. Hän ei mene minnekään.

Hän ei mene minnekään. Hän ei lähde minnekään.

Tunnelma oikeussalissa oli hallitsematon. Juoruilijat juorusivat. Ne, joilla ei ollut mitään merkittävää sanottavaa, lisäsivät silti omat kaksi senttiä. Kun Martha tuotiin sisään, kaikki pysähtyivät ja tuijottivat.

Vanki oli hoitamaton. Harmaa puku, joka hänellä oli yllään, ei tehnyt hänestä mitään. Hän oli laihtunut. Ribbyn mielestä hänen liekkien arpeuttamat kasvonsa muistuttivat kävelevää ruumista.

Hitsi, jopa minä säälin häntä.

Ribby nyyhkytti.

Martha katsoi tytärtään ja melkein hymyili, mutta sitten hän katsoi poispäin.

"Nouskaa seisomaan, tuomari sanoi. "Tämän maakunnan tuomioistuin on nyt koolla. Puheenjohtajana toimii kunnianarvoisa tuomari Delvecchio."

Tuomari kuittasi kaikki läsnäolijat ja istuutui. Ulosottomies viittasi, että kaikkien oikeussalissa olevien olisi tehtävä samoin.

Ribby katsoi naista, joka piti äitinsä kohtaloa käsissään. Hänellä oli ystävälliset silmät, jopa näin kaukaa katsottuna, ja Ribby toivoi, että nainen osoittaisi armoa.

"Martha Balustrade, totean teidät syylliseksi kaikkiin syytteisiin."

Oikeussalissa vallitsi kaaos.

Tuomari Delvecchio nousi seisomaan ja huusi: "Hiljaisuus!" Hän kaatui takaisin istuimelleen. "Olen valmis antamaan tuomion nyt." Hän piti tauon. Kaikki läsnäolijat pidättivät hengitystään.

"Martha Balustrade, teidät tuomitaan kahdeksikymmeneksi vuodeksi vankeuteen."

Martha pysyi hiljaa.

Ribby nousi seisomaan ja sanoi: "Mutta hän ei tehnyt sitä."

"Järjestys, järjestys!" Delvecchio sanoi iskiessään nuijan alas. "Järjestystä tai tyhjennän tämän oikeussalin!"

Turpa kiinni, Ribby! Turpa kiinni!

Kun oli hiljaista, tuomari puhui Ribbylle. "Ja kuka te olette?"

Luojan tähden, Ribby piti turpansa kiinni.

"Arvoisa tuomari, nimeni on Rebecca Balustrade, mutta kaikki kutsuvat minua Ribbyksi. Olen Marthan tytär."

Äänet kajahtivat. Lisää kaaosta. Tuomari uhkasi jälleen kerran tyhjentää huoneen. Hän pyysi Ribbyä jatkamaan.

Englantilainen astui sisään.

"Äitini on syytön, ja tiedän sen olevan totta."

Ribby, ole kiltti.

"Ja mistä te sen tiedätte?" Tuomari Delvecchio kysyi.

Hetken tai pari vallitsi hiljaisuus, kun Ribby puristi ja purki nyrkkejään aivan kuten Angela oli hänelle opettanut.

Ribby katosi, ja Angela otti ohjat käsiinsä. Hän penkoi käsilaukkuaan, otti esiin savukkeen ja sytytti sen. Hän vetäisi savuketta, pudotti sen lattialle ja sammutti sen. Hän katsoi tuomari Delvecchion suuntaan.

"Hän, Ribby, ei tiedä mitään. Hän on niin epäkypsä, että hän loi minut   mielikuvitusystävänsä   ja hän on kolmekymppinen. Hän on joutunut selviytymään elämässään monista asioista, mukaan lukien elämisestä tuon surkean äidin tekosyyn kanssa." Angela kääntyi ja osoitti Marthaa.

Kyyneleet vierivät pitkin Marthan poskia.

Angela. Ei.

Angela jatkoi: "Joten minä tein ne asiat, joihin hän ei pystynyt. Kaikki ne."

Kaikki kumartuivat eteenpäin. Angela sai heidän täyden huomionsa. Yleisö roikkui hänen jokaisessa sanassaan. Hän tunsi itsensä voimaantuneeksi, kuin olisi ollut Shakespearen näytelmässä esittämässä yksinpuhelua. Hän ei ollut koskaan ollut Bardin ihailija, mutta Ribby luki häntä. Hän tylsistytti hänet kyyneliin. "Mitä tulee Wheeleriin, hän raiskasi Tizzy-tädin. Minulla ei ollut vaihtoehtoja. Minun oli saatava hänet pois tyttäreni luota. Hän tappoi hänet."

Angela lakkasi puhumasta. Hän käänsi katseensa ensin Englantilaiseen, sitten Marthaan ennen kuin kääntyi takaisin kohti tuomaria.

Hänen yleisönsä oli odottanut tarpeeksi kauan. "Päätin hankkiutua eroon ruumiista. Suunnitelmana oli ajaa hänet jyrkänteeltä pakettiautollaan. Hyvä että hänestä päästiin eroon. Hän ei ollut enää minkään arvoinen. Tizzyn piti hypätä ulos pakettiautosta ennen sen kaatumista, mutta hän ei hypännyt. Hänkin kaatui."

Martha nousi seisomaan. Hän yritti puhua, mutta asianajaja vaiensi hänet ja veti sitten takaisin istuimelle.

"Järjestystä! Järjestys!" Tuomari Delvecchio huusi. "Tyhjennän tämän oikeussalin, jos kaikki eivät ole hiljaa."

Angela käveli Marthan pöydän luo. Hän kaatoi itselleen lasillisen vettä. Hän otti kulauksen ja vilkaisi takaisin tuomariin, joka sanoi: "Me odotamme."

"En yleensä pääse puhumaan kovin paljon", Angela sanoi. "En ainakaan ääneen. Se on janoista työtä."

Oikeussalissa kuului naurua. Kärsimättömäksi käynyt tuomari Delvecchio löi vasaraansa useita kertoja. Hän nousi ylös ja avasi suunsa.....

Angela keskeytti. "Tunnustan myös portsarin murhan toisella puolella kaupunkia. Tapoin hänet itsepuolustukseksi, koska hän yritti raiskata minut."

Mitä? Angela?

Et tiedä mitään, Ribby.

Angela piti tauon. "Tässä minä siis seison edessänne. Syyllinen kaikkeen. En valehtele teille. Tein nämä asiat, mutta Rebecca, tarkoitan Ribby Balustrade, on syytön. Katsokaas, jo varhain pystyin estämään hänet. Pystyin ottamaan hänet täysin haltuuni. Jos haluatte syyttää ketään, syyttäkää minua. Minua ei ole edes olemassa. En ole Ribby. Minä olen Angela."

Englantilainen seisoi.

Angela sanoi: "Hän jopa menetti neitsyytensä tietämättään. Hän ei vieläkään tiedä."

Ribby huusi.

Anglophone työntyi rivinsä varrella ulos ja keskikäytävälle. Hän nosti keppinsä ilmaan, mutta hänet riisuttiin välittömästi aseista ja taklattiin maahan. Kun häntä raahattiin ulos istuntosalin ulkopuolelle, hän huusi: "Minä olen Theodore Anglophone!".

Kukaan ei välittänyt.

"Järjestystä oikeussalissa! Sanoin, että järjestys!" Tuomari Delvecchio huusi lyödessään vasaraa useita kertoja. Kun kaikki olivat hiljaa, hän sanoi: "Tämän uuden tiedon valossa tapaus on hylätty. Martha Balustrade, voitte poistua. Uusi oikeudenkäynti alkaa välittömästi psykiatrisen arvion jälkeen. Konstaapelit, viekää neiti Balustrade lukkojen taakse lisätutkimusten ajaksi."

Martha seisoi kyyneleet kasvoillaan: "Mutta minä tunnustan syyllisyyteni. Hyväksyn tuomion. Lukitkaa minut, olkaa kiltti. Päästäkää tyttäreni vapaaksi."

"Liian vähän liian myöhään, rakas äiti." "Liian vähän liian myöhään, rakas äiti."

Vasara lyötiin taas alas, ja tuomari sanoi: "Tämä on oikeusistuin, ja me tuomitsemme täällä murhaajia, emme huonoja äitejä. Voisin pidättää teidät oikeuden halventamisesta. Voisin sakottaa teitä oikeuden ajan tuhlaamisesta. Väärän valan antamisesta. Murhaajan suojelemisesta. Oikeuden estämisestä. Ymmärrättekö asian ytimen? Suosittelen, että lähdette ja annatte oikeuden tehdä, mitä pitää. Tämä istunto on nyt keskeytetty. Tyhjentäkää istuntosali, ulosottomies." Tuomari Delvecchio nousi seisomaan. Kaikki muut seurasivat häntä ja seurasivat, kun hän katosi työhuoneeseensa.

Martha seurasi tytärtään, kun poliisit panivat tälle käsiraudat ja veivät hänet pois. Angela vilkaisi Marthaa olkansa yli ja virnisti. Oli melkein kuin tuo katse olisi pysäyttänyt Marthan sydämen, tai ainakin niin he kertoivat tarinan jälkeenpäin. Martha kaatui lattialle ja menehtyi ennen kuin ambulanssi ehti paikalle.

KAPPALE 71

MARTHA BALUSTRADE HAUDATTIIN TYTTÄRENSÄ läsnä ollessa. Ribbyä vartioi kaksi virkamiestä, ja hän oli pukeutunut harmaaseen vankilavaatteeseensa ja hänen kätensä ja jalkansa oli sidottu. Vartijat asettivat kukkia hänen käsiinsä. Hän heitti ne arkun päälle sanoessaan viimeiset jäähyväiset.

Eikös tuo ole englantilaisen limusiini?

On. Miksei hän nouse ulos?

Hänen esityksensä oikeussalissa jälkeen on yllättävää, että hän on edes täällä.

Hän tuskin tunsi äitiäni.

En vieläkään tiedä, mitä hän yritti tehdä.

Hän oli onnekas, etteivät he ampuneet häntä.

Englantilainen oli paikalla, mutta päätti jäädä limusiiniinsa. Hän harkitsi nousevansa ulos muutaman kerran ja osoitti kunnioitustaan. Hän harkitsi myös kaiken tunnustamista. Sen sijaan, että hän olisi kohdannut asiat, hän määräsi kuljettajansa viemään hänet kotiin.

Hän nukkui hieman matkalla, ja kun auto pysähtyi talon eteen, hän huomasi kirkkaan oranssin kirjekuoren työntyvän ulos postilaatikosta. Luettuaan sen hän repi sen riekaleiksi.

Anglophone soitti kuljettajalleen takaisin. "Vie minut kirjastoon."

Kun Anglophone saapui paikalle, tulipalo oli sammunut itsestään.

Anglophone katseli mustuneita raunioita. Kaikki, mitä Rosemarysta oli jäljellä. Hän tajusi, että siksi Stephen ei ollut saanut tavata äitiään. Siksi hänen oli ollut pakko aiheuttaa sellaista meteliä sairaalassa. Idiootit olivat päästäneet hänet pakoon. Hän tunsi melkein huonoa omaatuntoa siitä, että häneltä oli vähennetty palkka. Melkein. Hänen oli soitettava sairaalaan ja kutsuttava heidät tänne keräämään äidin jäänteet. He peittäisivät sen, koska hän oli heidän suurin lahjoittajansa. Pitäisivät sen poissa lehdistä. Kukaan ei saisi tietää. Olihan Rosemary jo kuollut. Tekemällä itsemurhan hän oli itse asiassa tehnyt mahdottomaksi sen, että Stephen koskaan saisi tietää, kuka hänen isänsä oli.

Englantilainen oli järkyttynyt, kun autonkuljettaja toi hänet kotiin. Hän odotti Tibblesin olevan siellä tervehtimässä ja lohduttamassa häntä, mutta hänen luotetusta palvelijastaan ei näkynyt jälkeäkään.

"Tibbles!" hän huusi.

Hänen äänensä kaikui koko talossa, mutta vastausta ei kuulunut. Englantilainen oli liian uupunut yrittämään etsiä häntä. Hän meni huoneeseensa, väänsi soittorasian ja nukahti hetkeksi.

Kun hän heräsi, hän tunsi kauhun käyvän läpi sielunsa ja huusi Tibblesin perään. Hän veti ja veti kelloa niin monta kertaa, että se taas putosi katosta. Silti kukaan ei tullut.

Hän tunsi itsensä hyvin yksinäiseksi, ja niin hän olikin.

Paitsi Tibbles, joka oli kuollut omassa huoneessaan, ja Abbey, joka oli haudattu ruusujen alle.

KAPPALE 72

LAAJAN PSYKIATRISEN ARVIOINNIN JÄLKEEN Ribbyn oikeudenkäynti oli nopea. Hänet tuomittiin kahdeksikymmeneksi vuodeksi vankilaan. Kymmenen vuotta jokaisesta murhasta, josta vähennettiin istuttu aika. Tizzyn kuolemaa oli pidetty itsemurhana.

Ribby itki taukoamatta päiviä, joista tuli viikkoja. Hän ei pystynyt selviytymään vihamielisessä ympäristössä. Hän selviytyi reunalla.

"Hän puhuu taas itsekseen", Ribbyn sellikaveri Shona sanoi. Shona oli tuomittu miehensä ja kahden lapsensa murhista.

Vanginvartija tuli arvioimaan tilannetta. Hän näki Ribbyn kyyhöttävän ja keinuvan sängyllään. Hän nuhteli Shonaa ja käski tämän lopettaa huutamisen tai laittaa hänet eristysselliin.

"Älä viitsi", Shona sanoi. "En ole tehnyt mitään."

"Vielä yksi sana, niin menet eristysselliin", vartija sanoi.

Shona ojensi kielensä uhmakkaasti, kun vartija käänsi selkänsä ja käveli pois. Hän seisoi katselemassa häntä muutaman sekunnin ajan, ennen kuin hän kääntyi ympäri ja kohtasi Ribbyn. "Minä katson sinua, ämmä!"

Ribby käänsi hänen kasvonsa kohti seinää.

"Älä käännä minulle selkääsi, ämmä!" Shona sanoi antaessaan hänelle tönäisyn.

Angela nousi seisomaan ja tarttui Shonaa kurkusta. Hän tönäisi tätä vasten kaukana olevaa seinää voimalla, joka yllätti sellikaverin. Shonan pää napsahti taaksepäin. Se särähti, kun se osui kylmiin tiiliin.

Kädet Shonan kaulan ympärillä hän sanoi: "Haluan tehdä muutaman asian selväksi. Ensinnäkin, sinä et puhu minulle. Numero kaksi, et koske minuun. Ja numero kolme, jos teet jommankumman mainitsemistani asioista, tapan sinut."

Shonan silmät uiskentelivat silmäkuopissaan. Hän yritti vastata, mutta hän pystyi vain haukkomaan ilmaa. Nainen myöntyi nyökkäämällä.

Angela palasi sänkyynsä, mutta ennen kuin hän laskeutui ohuelle patjalle, hän otti vettä ja heitti sen Shonan kasvoille. Tämä teko herätti sellikaverin hämmennyksestä.

Shona levitti sanaa Ribbystä. Hän oli kovis, jonka kanssa ei kannattanut pelleillä. Muutama muukin yritti, mutta Angela tyrmäsi heidät heti. Hän oli saanut tarpeekseen Ribbyn nillittämisestä ja uhrin roolista koko elämänsä ajan.

Vuosia kului. Sellitovereita tuli ja meni.

Angela pysyi täydessä hallinnassa. Häntä sekä kunnioitettiin että pelättiin. Ajan myötä hän omisti paikan. Se oli nyt hänen vankilansa, ja hän hallitsi sitä ja Ribbyä. Elämä oli elettävää.

KAPPALE 73

MUUTAMAN VUODEN KULUTTUA ANGLOPHONE teki yllättävän vierailun vankilaan. Hän ei käynyt Ribbyn luona. Sen sijaan hän tapasi vasta nimitetyn vankilanjohtajan J. B. Bedfordin. Bedford oli vanhan tuttavan pojanpoika, joka oli hänelle palveluksen velkaa.

"Haluaisin rahoittaa tänne kirjaston", Anglophone sanoi. Anglophone oli nyt karvaton. Hänen vartalonsa tärisi koko ajan, eikä hän pystynyt seisomaan pitkään.

"Se on hyvin anteliasta teiltä", Bedford vastasi. "Vaikka rehellisesti sanottuna vangit tarvitsisivat lahjoituksia monista tavaroista. Siis ennen kirjoja."

Englantilainen kumartui lähelle Bedfordia. "Tehkää lista ja toimittakaa se minulle. Raha ei ole esteenä, mutta kirjasto on välttämätön ja nopeasti. Olen vanha mies."

"Totta kai", Bedford sanoi. "Jos sinulla on rahaa, nimeämme sen jopa sinun mukaasi."

"Ei", englantilainen sanoi. "En halua tunnustusta. Haluaisin kuitenkin, että ottaisit mukaan yhden vangin. Hän voi auttaa itse kirjaston perustamisessa ja ylläpidossa. Hänen nimensä on Ribby Balustrade. Hän on pätevä kirjastonhoitaja. Tietenkin lahjoitan laatikoita täynnä kirjoja."

Bedford tunsi Ribby Balustraden. Hän oli pallontallaaja, joka oli tähänastisen oleskelunsa aikana noussut vankilauman uudeksi kuningattareksi. Bedford ei teeskennellyt yllätystään sanoessaan: "Hän ei todellakaan vaikuta kirjastonhoitajatyypiltä".

"Ribby Balustrade on todellakin kirjastonhoitajatyyppiä. Olemmeko samaa mieltä?"

"Totta kai", Bedford vastasi.

"Ai niin, ja vielä yksi asia", englantilainen sanoi. "Hän ei saa koskaan tietää osallisuudestani. Siis ei koskaan."

"Selvä", Bedford sanoi.

✳✳✳

Kun Angela kuuli uutisen uudesta kirjastosta, hän ei ollut huvittunut. Kirjastot ja kirjat olivat surkeita. Hän oli tehnyt kovasti töitä maineensa eteen. Hän halusi säilyttää asemansa vankilassa. Hänen oli pidettävä profiilinsa korkealla. Säilyttääkseen pelon. Ilman pelkoa hän menettäisi kaiken, minkä eteen hän oli tehnyt niin kovasti töitä. Hän ei pystyisi suojelemaan Ribbyä, jos hän olisi aina kirjastossa.

Lukeminen on suorastaan tylsää, ja jos haluat minun suojelevan sinua, minun on oltava täällä johdossa.

Kun vangeilla on kirjasto, heillä on tekemistä. Se paranee.

Voi luoja, Ribby, voitko olla näin tyhmä? Oletko tosissasi?

Ennen kirjaston ideaa Ribbyn persoonallisuus oli jäänyt mielellään taka-alalle. Nyt se nousi taas esiin. Ribby tunsi itsensä melkein onnelliseksi.

Pystyn auttamaan muita. Tutustuttaa heidät kirjoihin. Ja bonuksena voin lukea, mitä haluan.

Kaiken maailman aikaa tylsistyttää itseämme ja laittaa tavoite selkään.

Kaikki tulee olemaan hyvin. Tiedän sen.

Herätä minut, kun se on ohi.

R IBBY SEISOI KESKELLä KäYTTäMäTöNTä huonetta. Siitä tehtäisiin pian kirjasto. Se oli riittävän tilava, mutta katon paljaat puiset kattoparrut olivat rumat. Samoin kylmät tiiliseinät ja liuskekivilattiat. Hän voisi korjata seinät peittämällä ne kirjahyllyillä ja lattiat matolla. Katto oli kuitenkin kokonaan toinen asia.

Laatikoita saapui päivittäin, täynnä vanhoja ja uusia kirjoja. Muutamat laatikoista piti avata sorkkaraudalla. Laatikoiden sisällä kirjat oli sidottu köydellä luokkiin. Ribby täytti hyllyt ja laittoi kaiken järjestykseen.

Kun uusi kirjasto oli valmis, Ribby seisoi johtaja Bedfordin rinnalla. Vangit kerääntyivät ympärille avajaisiin. Nauhan leikkausseremonia pidettiin.

Hänen vankitoverinsa astuivat sisään pienissä ryhmissä. Ribby esitteli paikkaa. Hän oli ylpeä pöydistä, tuoleista ja matoista. Ja kirjoista, niin monista kirjoista! Puhumattakaan liukutikkaista, jotka helpottavat pääsyä. Yksi asia, jota he eivät kuitenkaan voineet muuttaa, olivat katossa olevat puupalkit. Ne olivat yhä rumat, mutta valaistus auttoi peittämään sen.

Suurin osa vangeista suhtautui kirjastoon myönteisesti. Paitsi Angela.

Ribby, nuo naiset ovat erittäin vaarallisia. On vain ajan kysymys, milloin he tulevat taas peräämme.

Älä ole naurettava. Tämä kirjasto muuttaa pelin.

Ribbyn pakkomielle uuteen kirjastoon antoi Angelalle syyn pysyä yhä kauempana.

Eräänä iltapäivänä Ribby puhui johtajalle kirjakerhon perustamisesta. Hänen mielestään se oli hyvä idea, mutta koska heillä oli vain yksi kappale kustakin kirjasta, perinteisen kirjakerhon pitäminen olisi vaikeaa. Ribby kysyi, voisiko hän ottaa yhteyttä paikallisiin kirjakauppoihin ja pyytää lisäkappaleita. Bedford heitti hänelle muutaman kolikon kolikkopuhelimeen. Kesti pari päivää ennen kuin hän sai myöntävän vastauksen, sitten saapui kahdenkymmenenviiden kirjan lahjoitus. Heti ensimmäinen vankilakirjakerhon kirja olisi Fjodor Dostojevskin Rikos ja rangaistus.

Kun ensimmäiset kaksikymmentäviisi kappaletta oli saatu käyttöön, vangit puhuivat kirjasta. He halusivat lukea sen myös. Kuukausittaisesta kirjakerhosta tuli viikoittainen kirjakerho. Vangit jonottivat liittyäkseen mukaan.

Milloin meillä on enää koskaan hauskaa?

Tämä on hauskaa, ja me vaikutamme asiaan. Katso muita vankeja. Teemme täällä jotain hyvää.

Olet niin kiltti.

Kiitos.

Sinä laitoit tylsyyden sanaan tylsä.

Mene sitten pois. En tarvitse sinua enää.

Johtaja huomasi suuren eron vankiensa käytöksessä. Hän kutsui Ribbyn toimistoonsa. Hän kiitti Ribbyä ehdotuksista. Uutena vankilanjohtajana hän halusi tehdä vaikutuksen, ja Ribby auttoi häntä erottumaan.

Hän kysyi, oliko Ribbylla muita ideoita siitä, miten hän voisi parantaa vankitovereidensa oloja. Ribby ehdotti kirjailijalukemista. Johtaja sanoi tuntevansa jonkun, joka tuntee suositun Mainen kirjailijan. Ribby lähetti vankilanjohtajan ystävän kautta kirjeen, jossa hän mainitsi, että kirjakerho lukisi pian Stand By Me -kirjan. Pian kirjailijat eri puolilta maailmaa lahjoittivat kirjoja ja pyysivät tulla vankilaan keskustelemaan kirjoistaan.

Johtaja kutsui Ribbyn jälleen paikalle ja kysyi, oliko hänellä muita ideoita. Hän mainitsi perhepäivän, jolloin vangit voisivat lukea lapsilleen. Hän katseli usein perheitä yhdessä kokoushuoneessa vankilan vartijoiden ympäröimänä. Lapset näyttivät liian pelokkailta puhuakseen. Tämä oli tehotonta koko perheen kannalta. Hän ehdotti, että kirjastosta eristettäisiin osa, jossa yksi perhe kerrallaan voisi lukea yhdessä. Johtaja piti ajatusta erinomaisena ja tarjoutui kokeilemaan sitä. Sana suusta toi lisää lahjoituksia kirjakaupoista. Kirjastoon lisättiin lastenosasto.

Ribbyn seuraava ehdotus oli opettaa lukutaidottomia vankeja lukemaan.

Seuraavaksi hän pyysi lahjoituksia työnurkkauksen perustamiseksi. Tietokoneita hankittiin ja ne liitettiin WI-FI:hen, jotta vangit voisivat työstää ansioluetteloaan ennen vapautumistaan.

Sana levisi koko vankilajärjestelmään. Johtaja Bedford sai kiitosta ja palkintoja. Hän ei koskaan jättänyt mainitsematta Ribbyn panosta.

K IRJALAATIKKO OLI VIELä PURKAMATTA. Ribby leikkasi
sen auki. Takakannessa oli siluettina mies.
Englantilainen.

Luuletko, että hän teki tämän kaiken? Ja miksi
emme huomanneet sitä aiemmin?

En ole varma, mutta nyt se tuntuu ilmeiseltä.
Mietin kuitenkin, miksi hän teki sen. Miksi hän teki
sen?

Syyllisyys? Katumus?

Rakkaus?

Ribby oli tikkaiden huipulla, kun Angela kiristi
köyden puuparrun ympärille. Hän teki silmukan ja
laittoi päänsä siihen. Kun hän oli valmis, hän alkoi
laulaa:

"Kiltti kaksikenkäinen, kiltti kaksikenkäinen!" -
"Kiltti kaksikenkäinen, kiltti kaksikenkäinen!

Ribby pysyi lujana. Hän irrotti köyden kaulastaan.

Ei, ei, ei, ei.

Angela ponnisti saadakseen itsensä kuriin, tarttui
köyteen ja laittoi jälleen kerran päänsä siihen. Kun hän
työnsi itsensä pois tikkailta, Ribby onnistui pitämään

toisella kädellään kiinni ylimmästä askelmasta. Ribby roikkui kiinni köyden ollessa yhä kaulan ympärillä.

Angela yritti ponnistaa alas uudelleen hyräillen edelleen sävelmää. Pelkkä voima sai Ribbyn käden irtoamaan.

Ribby ja Angela roikkuivat hetken ja näyttivät sitten lentävän kohti valoa. Mutta köysi ei ollut tarpeeksi pitkä. He heilahtivat ja törmäsivät tikkaisiin. Ne sinkoutuivat sivuttain ja paiskautuivat kauimmaiselle seinälle, jonne ne putosivat kovaäänisesti.

Ambulanssi saapui liian myöhään.

Epilogi

J OITAKIN VUOSIA MYÖHEMMIN ENGLANTILAISEN asianajaja
lähetti Stephenille kirjeen.

Siinä paljastui totuus: Stephen oli Anglophonen
poika ja ainoa perillinen.

"Onko mitään mielenkiintoista?" hänen vaimonsa
Viveca kysyi.

"Ei mitään", Stephen vastasi heittäessään kirjeen
tuleen.

Onnellinen pariskunta istui yhdessä sohvalla, kun
heidän tyttärensä Rebecca luki kirjaa.

Lainaus

"Pormestarinrouva valitti, että muhennos oli kylmää;
"Ja kaiken aikaa teidän viulunsoitonne", sanoi hän.
"Mitäpä siitä, kiltti kenkäparka, mitäpä siitä?
Pidättele, jos voit, pikku juttujasi, sanoi hän."

CHARLES COTTON

Sana kirjoittajalta

Hyvät lukijat,

Kiitos, että luitte Ribbyn salaisuuden. Toivottavasti nautitte sen lukemisesta yhtä paljon kuin minä nautin sen kirjoittamisesta!

Ribbyn salaisuus alkoi novellina vuonna 2011. Tarina päättyi, kun Ribby sylki Marthan juomaan.

Ei mennyt kauan, kun Angela alkoi puhua minulle. Jätin hänet huomiotta sanomalla, että projekti oli valmis, mutta hän sinnitteli.

Sitten tuli Theodore Anglophone.

Kahdeksan vuotta myöhemmin olemme tässä.

Haluaisin kiittää oikolukijoitani ja betalukijoitani - vuosien varrella heitä on ollut monia. Viimeisenä mutta ei vähäisimpänä kiitokset lopullisille toimittajilleni LF:lle ja MC:lle - te kaksi rouvaa olette ROCK!

Kiitos myös miehelleni ja pojalleni, jotka ovat aina olleet tukenani.

Kuten aina - hyvää lukemista!
Cathy

Kirjoittajasta

Moninkertaisesti palkittu kirjailija Cathy McGough asuu ja kirjoittaa Kanadan Ontariossa miehensä, poikansa, kahden kissansa ja yhden koiransa kanssa.

Myös:

FICTION
Kaikkien lapsi
13 novellia (mm: Sateenvarjo ja tuuli; Margaretin
ilmestys;
Voikukkaviini (READERS' FAVOURITE BOOK AWARD
FINALIST)).
Haastattelut legendaaristen kirjailijoiden
kanssa tuonpuoleisesta (2. SIJA PARAS
KIRJALLISUUSKIRJALLISUUS 2016 METAMORPH
PUBLISHING)
Plus Size Goddess

NON-FICTION
103 varainhankintaideoita vanhempien
vapaaehtoisten kanssa
Schools and Teams (3RD PLACE BEST REFERENCE 2016
METAMORPH PUBLISHING.)
+ Lasten- ja nuortenkirjat

www.ingramcontent.com/pod-product-compliance
Lightning Source LLC
Chambersburg PA
CBHW022303310726
48973CB00001B/199